サイゴン・タンゴ・カフェ

中山可穂

角川文庫
16095

目次

現実との三分間

1

彼の遺影は、いつもの彼らしい二面性を湛《たた》えた表情で美夏《みか》を待ち受けていた。馴染みのない土地なので降りるべき駅を間違え、西舞鶴《にしまいづる》で降りるべきだったのに東舞鶴で降りてしまったために、葬儀場に着いたときにはすでに開始時刻を二十分近く過ぎていた。入り口に連なる長い列の最後尾から人々の頭越しにゆっくりと近づいてくる彼の――かつての上司であり、それ以上の存在でもあった男の――写真を睨《にら》みつけるように眺めながら、美夏は自分がふるえたり涙ぐんだりしないように気持ちを引き締めて歩いた。それでもやはり少し脚がふるえてしまうのは、死んだ男への愛惜などではなく、五年半という歳月をもってしても消すことのできない怒りのせいだったろう。

かつて自分と深く関わり、そして最悪の形で裏切った男の葬式に出ていることが、美夏には不思議でならなかった。もし彼が穏やかに天寿を全うしてあの世へと旅立ったのなら、自分はこんなところへ来たりはしなかった、と美夏は思う。だがわずか五十二歳で前触れもなく召された男の棺には、死んでも死に切れない理不尽な悲しみが煙のように立ちのぼり、野辺送りに集まった人々の喪服にしみついてしまうだろう。美夏はその煙を自分のからだにもしみこませたかった。そうしないと彼の死をうまく納得できないような気がしたのである。あの男が確かに死んだことを、無念の死を遂げたことを、この目で、このからだで、しっかりと見届けずにはいられなかったのだ。

もちろん、自分が招かれざる客であることくらい美夏にはよくわかっていた。彼の死を教えてくれたかつての同僚にも葬儀には出ないほうがいいだろうとほのめかされたし、さっき受付で香典を渡したときもかつての部下に驚愕と困惑の面持ちで迎えられた。もっとも、三人いる受付係の中で顔見知りの人間は一人だけで、あとの二人は美夏の知らない新入りのようだった。それが五年半という歳月なのだろう。よりにもよってまずい相手が受付にいるものだと美夏は思った。アルゼンチンの営業所に赴任していたとき、同じ釜の飯を食べた仲であり、あの国で起こったことのすべてを知っている数少ない人間であり、誰よりもかわいがっていた後輩だった。

「お久しぶりです、美夏さん」

菊池成美が、香典袋を受け取りながら極めて複雑そうな顔つきで言った。どんな顔をしたらいいのかわからないのだが、とりあえず懐かしさを抑えきれないといった感じで、反射的にその呼び名が口をついて出てしまったようだった。

「あれからずっと東京ですか？」

「うん。菊池は今どこにいるの？」

「あのあとサンパウロに二年ほど行かされてたんですけど、おととし神戸の本社に呼び戻されて、それからずっとこっちです」

「そう」

「まさかここでお目にかかれるとは……」

「教えてくれる人がいたから。会議の最中に心臓破裂だなんて、八尾《はちお》さんらしい死に方ね」

「八尾部長は戦死だって、みんな言ってますよ」

そのあと菊池は声を顰《ひそ》めて、

「でも私は、罰が当たったんじゃないかと思っていますけど」

とこっそり付け加えた。

「そんなこと言ってくれるの、あんただけだわ。でももう昔のことよ」

「美夏さん、今はどういう暮らしをされてるんですか？　私、ずっと気になっていて……」

受付で立ち話をしているあいだにも、会場に散らばっている古参社員たちが美夏の姿に気づくなり次々と微妙な表情に変わり、目配せや咳払いをしたり、ひそひそと囁き交わしたりするのが痛いほど伝わってくる。針のむしろとはこのことか、と美夏は思った。ある程度覚悟していたことではあったが、五年やそこらでほとぼりが冷めるほど世間というや

つは甘いものではないらしい。さすがにいたたまれず、もっと話したそうな菊池に、

「じゃあ」

とだけ言って、美夏は足早に受付を離れ、焼香の列に並んだ。すぐに新入りの社員が追いかけてきて、

「あの、すみません、記帳をお忘れです」

と言いに来た。香典返しのとき住所氏名が必要なのだろう。美夏の後ろにはひっきりなしに参列客が並び続けており、いったん列を離れるとさらに焼香の待ち時間が延びて、好奇の目に晒《さら》される時間が増えてしまう。できるだけ早くこの場を立ち去りたい。焼香を済ませたら記帳しに戻るから、ということで勘弁してもらい、美夏は深呼吸して前に進んだ。

社内きっての敏腕で知られていた男だったとはいえ、敵も多い曲者《くせもの》だったのにこれほど参列客がひきも切らないのは、会社の景気が上り調子であることを示しているのだろう。参列客の多くは八尾謙二という個人にではなく、会社そのものに対して哀悼の意を表すために香典を包んで来たのだろう。献花も豪勢なものだった。つきあいの深い南米諸国の企業名がずらりと並び、それはそのまま故人の華々しい経歴を彷彿《ほうふつ》とさせた。

何が戦死だ、と美夏は胸の中で毒づいた。この早すぎる死は、神様が悪党に正当な罰を与えるためにおまえの心臓に地雷を仕掛けて、おまえは自分でそれを爆発させてしまっただけなのだ、と。

美夏がその会社に就職を決めたのは、得意なスペイン語が生かせるのと、男女の区別なく希望すれば現地に赴任させてもらえるからだった。はじめは日本でもブームになりかけていたチリワインだけを扱う小さな会社だったらしいが、香辛料やコーヒー豆や健康食品なども手広く扱うようになり、美夏が入社した頃には南米各地に五つの営業所を持つ中堅どころの貿易会社になっていた。社長が日系ブラジル人二世の女性だったせいか、スペイン語とポルトガル語が堪能でありさえすれば女性にも平等にチャンスを与えてくれる社風が気に入っていた。

美夏は東京支社で採用され、三年後にブエノスアイレス営業所に配属された。どちらかといえば治安が良く、経済も安定し、パタゴニアの大自然もあるチリを希望していた美夏にとって、アルゼンチンはあまり喜ばしい赴任先ではなかった。その前年に営業所に強盗が入ったという情報も伝わってきて、美夏はほとんどいやいやながらエセイサ国際空港に降り立ったのである。

いやな予感は見事に的中した。まず美夏は自分のスペイン語がまったく通じないことに驚いた。それまで外語大で勉強し、スペインへの短期留学で磨きをかけた自慢の言葉が、まるで別の言語であるかのように通用しない。どうやらブエノスアイレスで流通しているのは一般的なスペイン語とはかけ離れた、ブエノスアイレス語とでもいうべき独特の言葉であるらしい。

そしてアルゼンチン人、というより、ポルテーニョ（ブエノスアイレス人）というべきかもしれないが、美夏は彼らをどうしても好きになれなかった。これほど傲慢な人々を美夏はそれまで見たことがなかった。自分が悪くても決して謝らない。遅刻してもストライキやデモや車の故障のせいにする。仕事のやり方はルーズで、そのくせ残業は決してしない。日本の企業に雇われているくせに、日本人スタッフを心のどこかで見下しているようなところがあった。

だがもっと嫌いだったのは、その日本人のボスだった。営業所長の八尾謙二はブエノスアイレスに来て七年目というだけあって、ブエノスアイレス人のように捉えどころがなかった。あまり親切に仕事を教えてくれず、こちらの悩みを聞いてくれるわけでもない。のみ込みの遅い美夏をわざとみんなの前でボロクソに叱りつけて、こちらの自尊心をズタズタにする。贔屓《ひいき》チームのサッカーの試合があるときは、仕事を部下に押し付けてさっさと帰ってしまう。休暇も自分だけはしっかりと取る。七年間のあいだに日本人であることを忘れて、すっかり現地に同化してしまったとしか思えない。逆にそれくらいでなければ、とてもこの国で生きていくことなんかできないのかもしれない。

それでも仕事ができないかといえば、そうではない。八尾はかなりのやり手だった。ときに強引とも言えるやり方で交渉を進めたり、納期が遅れた契約農家を容赦なく切り捨てたりもするが、彼の営業成績は五つの営業所の中でつねにトップクラスであり、そのおかげでブエノスアイレス営業所全体の成績が底上げされて、今や会社一番の稼ぎ頭になっているのも事実だった。彼が赴任してくる前は閉鎖寸前のお荷物部署だったというから、彼がどんなに勝手をしても社長でさえ文句を言えないほどの実績を積み上げてきたのである。日本人社員たちは誰も八尾のことを好かなかったが、彼の能力については認めないわけにはいかなかった。その裏で、

「ハッチはいろいろと汚いこともやってるみたいでっせ」

そんな噂を流す者もいた。五人いる日本人スタッフのうち、神戸本社から来た関西組と、東京支社から来た東京組に派閥が分かれていたが、そんな噂を流すのはなぜか八尾と同じ関西組と決まっていた。みんな面と向かっては一定の距離をおいたよそよそしい態度を取るのに、陰でこっそり彼の悪口を言い合う段になるとハッチという愛称で呼ぶのが何だかおかしかった。

「汚いことって、贈賄とか収賄とか？」

「それだけならええんやけどね、もっとやばいことに手を出しとるっちゅう噂もありますわ」

「もっとやばいことって、何ですか？」

「マフィアとおつきあいがあるとかないとか」

「マジですか？」

「さあ、ただの噂ですわ」

半分は彼の能力に対するやっかみなのだろうが、あの男ならやりかねないかもしれない、と美夏は思った。冷酷で、何をしでかすかわからないような不気味さがあり、日本人スタッフもアルゼンチン人スタッフも信用していないような一匹狼的な雰囲気があった。

私生活についても謎につつまれていた。ブエノスアイレスにおける日本人コミュニティとまったく交流しようとせず、社内の誰かと飲みに行くこともしなかった。京都に妻子がいるが単身赴任でブエノスアイレスに来ているらしい、ということを、美夏は人づてに聞いていた。

「ハッチはこの七年間、一度も日本に里帰りしてないらしいわ。家族が遊びに来たって話も聞かへんし、ありゃあすでに家庭崩壊してるんやないかって、みんな言うてますな」

「あの人、変わってるからなあ。奥さんは大変だろうなあ」

飲み会でそんな話を小耳にはさむことで、美夏は八尾という男の人間像を作り上げていくしかなかった。聞けば聞くほど近づきたくないと思った。美夏にとって八尾謙二はおそろしく仕事のできる、しかし性格にかなり問題のある孤高の上司として位置づけられ、なるべくなら関わりあいたくない人間の第一位になっていた。

そういう男の思いがけない一面を発見したのは、美夏がブエノスアイレスに赴任して半年も過ぎた頃だっただろうか。

ようやく言葉が理解できるようになり、バスやメトロを乗りこなせるようになり、地に足をつけた暮らしが少しずつ営めるようになってきて、会社の業務にも慣れてきた頃である。ちょうど会社は多忙な時期を過ぎて、比較的暇な時期に入っていた。この半年間、がむしゃらに土地と人々と仕事に慣れようと突っ走ってきた美夏に突然ぽっかりと空白の時間ができたのである。

定刻の五時に仕事が終わっても、特にするべきことが見つからない。デートする相手もいないし、ひとりでサッカーや映画を見に行くのもつまらない。たいていの観光名所は夕方で閉まってしまうし、いくらここの物価が安いとはいえ毎日ショッピングを楽しめるほどたくさんの給料をもらっているわけでもない。スペイン語の本ばかり読んでいると頭が痛くなってくる。しばらくは料理に精を出してみたり、部屋のインテリアを調えることに熱中したりしてみたけれど、それもすぐに飽きてしまった。何か趣味を持たなければ、そして友達を作らなければ、ここでの生活はとても持ちこたえられるものではないと美夏は思った。

そのタンゴ教室に足を踏み入れたのは、だからただの暇つぶしのためだったのだ。せっかくアルゼンチンに住んでいるのだし、体を動かすことで運動不足の解消にもなりそうだった。きっかけは自宅の郵便ボックスにレッスン代の割引チケットがついた広告チラシが入っていたことだ。期間限定のスペシャルプライスで通常料金の半額と書いてあり、しかも今なら入会金もサービス、見学自由、外国人歓迎、という文句に惹《ひ》かれた。グループレッスンなら毎週かよっても負担にならない額だった。会社の近くにも教室はあったが、誰かにタンゴを習っていることがばれたら何となく恥ずかしいような気がしたし、そこならちょうど会社から自宅への乗り換え駅の真上にあって、かようのに便利そうだと思ったのである。

はじめはちょっと見学するだけのつもりで教室のドアを開けると、鏡張りの広間に十数人の人々が集まってストレッチをしており、まもなくレッスンがはじまった。そこは中級クラスらしく、なかなか形になっているのが素人目にもわかる。東洋人も数人いた。とりわけ形の決まっている東洋人男性に美夏は自然と目をひきつけられた。あらためてその顔をまじまじと見たとき、美夏は驚きのあまり思わず声を上げそうになった。ついさっきまでデスクにふんぞりかえって自分に嫌味を垂れていた会社のボスが——八尾謙二が——別人のように真剣な顔をして踊っていたからだ。いつも渋めのスーツで隙なく決めている男がラフなレッスン着姿でいたから、すぐに気がつかなかったのだろう。

八尾はいつから美夏に気づいていたものか、三十分ほど踊って休憩になったとき、彼のほうから美夏に声をかけてきた。美夏はイタズラを見つかった子供のような心境だったが、八尾は悪びれた様子もなく、むしろ懐かしそうな嬉しそうな表情を浮かべていた。この男のこんな表情を見るのは初めてだ、と美夏は思った。

「まずいところを見られちゃったな」

「あの、見なかったことにしておきますから。私、誰にも言いませんから。それじゃ失礼します」

慌てて逃げるように帰ろうとすると、八尾に腕をつかまれた。

「待てよ、上原。タンゴを習いに来たんだろ？　せっかくだから踊っていけよ。初級クラスは隣のフロアだ」

「私はただ、ちょっと見学に……」

「踊る阿呆に見る阿呆、同じ阿呆なら踊らにゃ損々、だぜ」

「でも、タンゴシューズもまだ買ってないし」

「タンゴは街角から生まれたダンスだ。貧しい港町の移民たちがわざわざタンゴシューズなんか履いてたと思うか？　どんな靴で踊ってもいいんだよ」

「でもあの、私ダンスなんて生まれて初めてで……」

「頭で考えすぎるのがおまえの悪い癖だ。体裁を繕いすぎるところもな。いいか上原、タンゴのひとつも踊れないやつにこの国とこの国の人間を理解することはできないぞ」

「だから八尾さんはタンゴをはじめたんですか？　仕事の役に立つように？」

「まあ最初はな。だがすぐにハマった。そんな下心、いつのまにかどうでもよくなった。上原もやってみればわかるよ。タンゴは大の男を夢中にさせる」

「あなたがタンゴに夢中だなんて……とても意外です」

「ブエノスアイレスの夜は長い。おまえが暇つぶしにタンゴを選んだのはなかなか悪くない選択だ」

音楽がかかり、シンコ、セーイス、シエーテ、オーチョ！　という振り付けの掛け声が背後から聞こえてきた。どうやら休憩が終わってレッスンが再開されたようだ。

「ケンジ、早くまざりなさーい。そのお嬢さんも一緒に！」

オカマっぽい先生に手招きされて、八尾謙二は一緒に来るか？　と美夏を目で誘った。あのいやな上司はもうそこにはいなかった。美夏の知らない魅力的な中年男が、少年のように目をきらきらさせて、美夏に向かってまっすぐに手を差し伸べていた。

美夏がこの男を好きになったのは、この瞬間だったのかもしれない。いやそれとも、初めてのレッスンを終えてからレストランで食事をごちそうになり、タクシーでアパートまで送ってもらう途中、ラジオから流れてきたタンゴの曲に耳を傾けながら、

「ほら、これはソロといって、孤独というタイトルの曲だ。軍事政権時代の亡命者の悲しみが歌われてる。歌っているのはロベルト・ゴジェネチェ、だみ声だけどいい味出してるだろう？」

と教えてくれたあとで、

「ゼロのように孤独
野良犬のようにひとり」

と、ラジオにあわせて口ずさんだ瞬間だっただろうか。

ひどく風の強い夜だった。舗道のゴミ箱が倒れてちり紙や新聞紙や包装紙があたり一面に舞い上がり、吹雪のようにタクシーの窓に叩きつけていた。孤独な男が孤独という名の歌を歌っているのに、美夏はなぜか自分の骨にしみこんでいる疫病のような孤独がそれによって束の間薄められたような気がした。


だが次の日会社に出勤すると、八尾はきのうのことなんかまるで覚えてもいないかのように振る舞った。

美夏と同じように、タンゴを習っていることを会社の人間に知られたくないらしい。彼は会社では相変わらずいやな上司であり続けた。無能な社員をゴミか何かのように黙殺し、マイペースを貫きとおし、自らの王国に君臨し続けた。そしてタンゴ教室で会うときだけ、誰にも見せない別の顔を見せてくれる。この男は二重人格ではないかと思うほど、その切り替えは鮮やかだった。美夏が会社でミスをしてひどく叱られたあとでさえ、教室では今日初めて会ったかのように接するのだ。美夏は激しく混乱したが、タンゴを踊る彼の姿があまりにも格好いいので、つい見とれているうちに昼間のいやなことを忘れてしまう。

彼は初心者クラスにも顔を出して一緒にレッスンしたり、美夏の動きを見ていて直してくれたりした。その理由について、

「タンゴ友達ができて嬉しいんだ。早くおまえに上達してもらって一緒にミロンガへ踊りに行けるようになりたいんだよ」

と彼は説明した。

「だから上原、やめるなよ。早くうまくなれよ。俺についてこれるように」

と彼はいつも言った。

彼ほどの踊り手ならパートナーとして組みたがる女性はたくさんいるだろうに、そんなことを言われるたびに美夏は甘酸っぱいようなもったいないような気持ちになった。会社では冷酷無情な男が、タンゴ教室でだけこんなにやさしくなるのはなぜだろう。会社では美夏に一瞥《いちべつ》もくれず存在すら認めてくれない男が、踊っているときだけは美夏を熱烈に見つめ続けるのはなぜなのだろう。

「あんたたちって、恋人同士なわけぇ？」

とオカマの先生にひやかされるたび、八尾が否定も肯定もしないでにこにこしているのが美夏にはとても嬉しかった。

レッスンのあとは決まって食事に誘ってくれるのも嬉しいおまけだった。そこでは会社

の話はタブーであり、話題はタンゴに限られた。ランチでさえ社員とともにすることのない男は、ブエノスアイレスで今どこの店が一番おいしいかを驚くほどよく知っていた。彼と一緒だとたいていいつも窓際の一番いい席に案内された。その日連れて行かれたのはタンゴの生演奏の入った高級な店で、奥まったところにちょっとしたスペースがあり、踊りたい客はいつ踊ってもいいようになっていた。

「ここ、接待でよく使うんですか？」

「いや、タンゴの店はプライベートでしか使わない」

「じゃあ、デートで？」

「俺とデートしてくれる女なんていないよ」

「京都にいらっしゃる奥様とも、一緒にタンゴを踊るんですか？」

それまで穏やかだった八尾の表情に一瞬、翳《かげ》りがひろがった。しまった、と思ったときにはあとの祭りだった。美夏は懸命に話題を変えようとしたが、八尾は憮然としてこう言った。

「世の中には二種類の人間しかいない。踊る人間と、踊らない人間だ」

レッスンのあとでは会社の話だけでなく、家族の話もタブーなのだということを、美夏はたちまち理解した。困っていたら八尾のほうから話題を変えてくれた。

「上原の名前、美しい夏って書くんだったよな？　夏に生まれたのか？」

「七月九日です。この国の独立記念日ですよね。きっと縁があったんだと思います」

「そりゃすごい。来年の誕生日は国じゅうにお祝いしてもらえるぞ」

「ええ。寒い誕生日なんて初めてだけど」

八尾はウエイターを呼んで何事か耳打ちし、チップを握らせた。するとバンドがそれまで演奏していた曲を中断し、リズミカルなテンポの曲を演奏しはじめた。

「ダリエンソの七月九日という曲だよ。踊らないか」

「えっ？ 私のためにリクエストしてくれたんですか？」

美夏は感動のために全身がかっと熱くなるのを覚えた。

「好きな曲なんだ。一緒に踊ってくれ」

「あ、ありがとうございます。でもこんな速いテンポの曲、まだ私には……」

「何事も練習、練習。いつどんな時でも堂々としてろ。おどおどするな。自信をもて」

まるで美夏の生き方そのものを叱咤《しった》され励まされたような気がした。美夏は必死で八尾の踊りについていきながら、

「あなたはこんなにやさしくて素敵なのに、会社では別人みたい。どっちのあなたが本当なんですか？」

ときかずにはいられなかった。

「どっちも本当さ。誰にでも光と影はある」

「教えてください。八尾さんにとってタンゴって何ですか?」

「夢だ。ありえないほど美しい夢だよ」

「じゃあ、仕事は?」

「めしのたね」

「じゃあ、女は?」

「タンゴはひとりでは踊れない」

この答えに美夏は絶望したわけではない。むしろ希望を与えられたような気がする。自分がタンゴをやめないかぎり、そしてタンゴがうまくなりさえすれば、この男はいつか自分を愛してくれるかもしれない、と。自分の骨にしみこんだ疫病のような孤独を、この男の孤独が吸い取ってくれるかもしれない、と。

タンゴをうまく踊れるようになりたい、と美夏は突き上げるように思った。これまでの人生でこんなにも何かを切望したのは初めてだったかもしれない。そのときからタンゴ漬けの日々がはじまった。

美夏は週一日のレッスンを週三日に増やした。通勤の電車を待っているあいだにさえ、駅のホームでステップの練習をした。映画を見るかわりにタンゴのショーを見に行った。好きな作家の新刊やロックバンドのCDを買うお金をすべてタンゴのCDに費やした。家の中でもその日のレッスンの復習ができるように、アンティークショップで奮発したお気に入りのソファを思い切って古道具屋に売った。本棚も売った。テーブルも邪魔だった。食事は床にベッドカバーを敷いて摂《と》ることにした。次々に運び出される家具を見て、階下に住んでいる大家さんに夜逃げでもされるのではないかと心配されるほどだった。それらを処分したお金で美夏は特大の鏡を買い、がらんとした部屋の壁に設置した。

　これでいつでもタンゴの練習ができる。この部屋には何もないが、タンゴの気配があふれている。美夏は惚れ惚れと部屋を見回し、深呼吸をして、CDデッキのスイッチを入れた。ファン・ダリエンソ楽団のバンドネオンが軽快なリズムを刻みはじめた。シンコ（五）、セーイス（六）、シエーテ（七）、オーチョ（八）、と声をかけ、美夏は見えない男の影とともに、音楽に乗って踊りはじめた。

2

　焼香の長い列はゆったりとしたラプラタ川の流れのように進んでいった。

　遺族席に座って焼香客に丁寧に頭を下げている彼の妻の顔をなるべく見ないようにして美夏は歩いた。それでもやはり見ないわけにはいかなかった。彼女は想像していたとおりの女であり、同時に想像とはまったく違って見えた。品が良く、美しいが、その美しさは体温を感じさせせない人形のような美しさだろうと美夏はずっと思っていたのだ。凍えた男の掌をあたためることのない、決してタンゴを踊らないかたく閉じられた太腿と、疲れた男が枕にするには岩盤のように厳しく険しすぎる腰つきと、授乳のとき以来鍵をかけて封印したままの冷たい乳房を、遠い異国からいつも思い描いていたのだ。

しかし今目の前にいる彼女は、品が良く、美しいが、喪服の下からぐっしょりと涙が滴ってきそうなほど人間味にあふれていた。夫に愛され、夫を愛し、子供を産み育ててきた女にしかない神々しいまでの強さと生命力に、美夏はあっけなく打ちのめされた。ブエノスアイレスであの男は、自分とではなく、この人の面影を胸に抱きながらタンゴを踊っていたのではないか。夫婦は心をしっかりと結びつけたまま、京都とブエノスアイレスに遠く離れて、家族の絆を育み続けてきたのではないか。どのみち自分の入り込む隙間などなかったのだ。

彼女の隣に座っている子供たちの姿が、さらに美夏に追い討ちをかけた。大学生の長男を筆頭に、そこには三人の男の子が母親と同じように神妙な顔つきで並んでいたが、一番下の子の年恰好はどう見ても小学校低学年だったのである。彼がブエノスアイレスにいたのはちょうど十年、戻ってからは四年半の時間が流れている。するとあの子は、彼がブエノスアイレスにいた最後の数年間のあいだに誕生したことになる。つまり、自分と一緒にいたあいだに、ということだ。美夏はめまいを覚えながらぎゅっと拳を握りしめた。

「だから来るなと言うたやろ」

かつての同僚の有田がいつのまにか美夏に寄り添って耳打ちしてきた。

「悪いこと言わんから、ここでお帰り。もうハッチとのお別れは済ませたやろ。これ以上美人の奥さん、悲しませたらあかんで。社長もあんたの顔は見たくないそうや」

関西弁の口調はソフトだが、有無を言わせぬ圧力があった。美夏は腕を掴まれ、ほとんど引きずり出されるようにして列から離れた。

「これは社長からタクシー代や。まっすぐ西舞鶴まで行って京都行きの特急に乗るんやで。京都に着いたら何も考えんと新幹線に乗ることや。ええな」

有田は一万円札を美夏の胸ポケットに押し込んできた。結構です、と言ってつき返す前に、有田は足早に会場内へ戻って行った。受付からそのすべてを見ていた菊池成美が怒った顔をして近づいてきた。

「弔問客を追い返すなんて、ちょっとひどいですよね。私、有田さんに一言言ってきましょうか」

「いいのよ。来た私がどうかしてたの」

「あの人、ブエノ時代から美夏さんと八尾さんを目の敵にしてたから。今や社長の腰ギンチャクですよ。やっぱりちょっと言ってきます」

「それより、これあいつに返しといてくれない？　もらう理由がないから」

美夏はさっきの一万円札を菊池に渡した。菊池は頷き、

「すぐ戻ります。ちゃんと記帳しておいてくださいね」

と言い残して、有田のあとを追いかけて行った。あの潔癖な正義感の強さはあの頃と少しも変わらないな、と思いながら、美夏はその後ろ姿をぼんやりと眺めていた。


美夏のブエノスアイレス生活は二年目に入ろうとしていた。猛練習の甲斐あってようやく八尾からミロンガに誘われるようになり、週に一度は明け方まで踊り明かす楽しみを覚えた頃、東京からあらたに菊池成美が赴任して来た。会社は順調に業績を伸ばしており、従来の食品オンリーだけでなく、雑貨部門を新規に立ち上げることになって、その補強要員として送り込まれてきたのである。菊池はまだ若いながら欧米の雑貨を扱う大手の専門店から引き抜かれた雑貨のプロだった。年齢は美夏より一つ年下だったが、バイヤーとしてはすでに五年のキャリアを持っていた。美夏は彼女と一緒に雑貨部門を任されることになり、室長という肩書きを与えられた。

「室長と言ってもわずか二人だけのチームだし、私はずっとワインが専門だったから雑貨のことはほとんど何もわからないの。どっちが部下だかわかんないくらいだけど、よろしくね」

「前から南米の雑貨にはすごく興味があったんです。スペイン語はまだ一年しか勉強していないのでご迷惑をおかけすると思いますが、どうぞよろしくお願いします」

ひたむきで真面目そうな菊池に美夏はひと目で好感を持った。地方への出張も増え、仕事が忙しくなったおかげで以前ほど頻繁にタンゴ教室にかようことはできなくなってしまったが、責任を伴う仕事を任され、未知の可能性にチャレンジする機会を与えられたことは何よりやりがいのあることだった。関西組のひねくれた連中からは、

「南米の雑貨なんて素朴すぎて、目の肥えた日本人に受けるわけあらへんわ。ようするに上原たちは実験台やな。すぐにつぶされてしまうに決まってるから、女の子たちに遊び半分でやらせてんのや」

と陰口をたたかれたが、美夏は気にしないようにした。八尾もまったく期待していないといったふうに、

「まあ、やってみなはれ」

と鷹揚《おうよう》に構えていた。下手にハッパをかけられるより、そのほうが気楽というものだった。だがこの男が普段は決して使わない関西弁をわざわざ使うときには、内心ではおもしろがって期待している証しだということを美夏は知っていた。その証拠に、表面では無関心を装いながらも美夏たちの動きにこまかく目を配り、積極的に助言を与え、所長の権限で経理を動かして、しっかりと縁の下の力持ちになってくれた。

美夏と八尾との関係は、基本的には何も変わらなかった。ミロンガには誘われても、自宅やホテルに誘われることはなかった。踊りながらどんなに体を密着させて親密さを深め

ていっても、八尾は決して一線を越えようとはしなかった。美夏がどんなにせつなそうに見つめても、彼はキスさえしてくれなかった。たぶんそうしてもらうにはまだまだ自分のダンスのレベルが足りないのだと、そして女としても彼の愛情を勝ち得るレベルには達していないのだと、美夏は思った。

どちらかといえば焦らされるほうが好きで、好きな食べ物を一番最後まで取っておくタイプの美夏としては、むしろそのほうが余計に燃えるのだった。ストイックに欲望を抑え込むことで、逆に気持ちは高まっていった。セックスなど必ずしもしなくてもよい、と美夏はどこかで思っていた。彼が自分に対して特別な感情を持っていることは疑いの余地がなかったし、たとえ恋人同士になれなくても、タンゴのパートナーとして選んでもらえただけでも幸運なことだったのだと、美夏は自分に言い聞かせた。

「美夏さんって、恋人いるんですか？」

菊池はすぐに自分に懐き、ファーストネームで呼ぶようになった。営業所の中で女性社員は二人だけであり、仕事柄ほとんどいつも二人で行動することが多かったから、美夏のほうでも打ち解けて彼女を妹のように感じはじめていた。ある夜、二人だけで居残って残業をしているときに、ふいにきかれた。

「どう見える？」

「……いますよね、どう見ても」

「どうして？」

「時々やけに色っぽいため息ついてるし」

「えっ、ほんと？」

「それに金曜の夜と月曜の朝はいつも、何とも言えない潤んだ目をしてるんだもん。見え見えですよ」

美夏は赤面して言葉に詰まった。それは土曜の夜に一晩中八尾とミロンガで踊れるからだが、そんなことを言うつもりはない。

「そんな楽しい人生は送ってないけど」

「じゃあ、いつも週末は何してるんですか？」

「昼まで寝て、あとは掃除とか洗濯とか買い物とか」

「嘘ですね。土曜の夜に電話しても、家にいたためしがないじゃないですか」

「たまたまよ。菊池こそ、日本で彼氏が待ってるんじゃないの？」

「彼氏なんていません。男には興味ありませんから」

「じゃあ、私たちは似た者同士だ。男より仕事のワーカホリックで、たまの休みは疲れ果てて寝るだけ。お互い、老後がおそろしいわねえ」

適当にごまかしたつもりだったが、菊池は簡単に聞き流してくれなかった。

「もし間違ってたらごめんなさい。ひょっとして美夏さんは、報われない恋愛をしているんじゃないですか？　たとえば不倫とか」

「えーっ、どうしてそんなこと言うの？」

内心ひやりとしながらも、平静を装って笑ってみせた。

「色っぽいため息をついたあとで、すごく悲しそうだから」

コンピュータのキーボードを打つ美夏の手が止まった。そんなことまで観察されていたなんて、女って何てこわいのだろう、と美夏は思った。

「ねえ、それってさ、もしかして社内で噂になったりしてるの？　私の不倫とやらが」

「いいえ。ここの男性陣はみんな鈍感で気がきかない人たちばかりです。八尾さんだけはちょっと違うけど、あとはクズですね」

美夏はほっとして、再びキーボードをたたきはじめた。

「菊池の思い過ごしだよ。私、不倫なんて大嫌い。人のものを盗るくらいなら、ひとりで片思いしてたほうがましだわ」

「そうですよね。そのほうが美夏さんらしいですよね」

「さあ、早く終わらせて終電に間に合わせよう」

もうプライバシーには触れてくれるなとばかり、美夏はキーボードをたたく手に力をこめて、背中にバリアを張りめぐらせた。

私の孤独に触れていいのは、私と同じくらいさびしいあの男だけだ。ゼロのように、野良犬のように孤独なあの男だけなのだ。汗と埃のしみついたミロンガの暗がりでタンゴを踊るとき、私の孤独は彼の孤独とまじりあい、拡大される。ふたりでもっとさびしくなるために、私たちは踊りつづける。どんなに踊りつづけても、数え切れないほどの夜を踊り明かしても、私たちは何も分かち合えない。それがタンゴなのだと、私はあの男から教わった。ゼロにゼロをかけてマイナスにしていく営みこそがタンゴなのだと。だから踊れば踊るほど私たちは損なわれていく。それでも踊ることをやめることはできない……。

美夏はくちびるを嚙んで息を止め、蒼白になりながらキーボードを打ち続けた。隣のオフィスの窓辺からいつまでもサッカー中継の音が聞こえていた。

その事件は、ある真夜中にかかってきた一本の電話からはじまった。

「しばらくレッスンにもミロンガにも行けなくなった。すまない」

半睡状態で取った受話器の向こうから八尾の声が聞こえてきたので、美夏は驚いて身を起こした。これまでほとんど彼から電話をもらったことはない。前もって約束しなくても土曜日の夕方には教室でレッスン、そのあと食事をしたあとで夜遅くからミロンガに繰り出すことになっていたからである。それが暗黙の了解であり、いつもの時間に教室に行けば必ず彼に会えたのだ。美夏の携帯に彼からかかってくるときは出張中のときくらいで、それも仕事の話に限られていた。美夏はすぐにただならぬことが起きたと思った。

「どうしたんですか、こんな時間に……夜中の二時半ですよ。八尾さん、何かあったんですか？」

「何もない。ただちょっと足を怪我しちまったもんで、しばらくタンゴは踊れないんだ」

八尾の声はひどく苦しげだった。

「怪我って、ひどいんですか？　病院へは行きましたか？」

「たいしたことないよ……上原、おまえに言っておきたいことがある」

「はい、何ですか？」

美夏は思わず唾を呑み、ベッドの上で姿勢を正した。

「俺が行けなくなってもレッスンは続けてほしい。だが、ミロンガへは行かないでくれ。他の男とタンゴを踊るな」

はい、と美夏は不安におののきながら掠《かす》れた声で答えた。その不安には甘い幸福感もたしかに含まれていることを美夏は感じ取っていた。なぜなら、その言葉を聞いたとき、美夏はかすかに微笑んだのだ。これでやっと彼と心がつうじあったと思った。

「心配しないで。あなた以外の男とタンゴは踊りません」

「誓うか？」

「私の右足とあなたの左足にかけて」

「忘れるな。永遠にだ」

電話は突然切れた。受話器を置いたあとで、いやな予感が全身を駆け巡った。それからはどんなに眠ろうとしても一睡もできなかった。美夏はベッドから出てキッチンでミルクをあたため、砂糖をたっぷりと入れて立ったまま飲んだ。なぜかもう二度と八尾謙二に会えないような気がして仕方なかった。

翌朝出勤すると、会社は大騒ぎになっていた。オフィスが荒らされ、警察の人間が慌ただしく出入りしていた。先に来ていた菊池が美夏を見ると顔色を変えて走ってきた。

「ゆうべ遅く、強盗が入ったそうです。運悪く八尾さんがひとりで残業してたらしくて……」

菊池が彼のデスクまわりに飛び散っている血痕を指差すと、美夏は気を失いそうになった。

「撃たれたの？」

「いえ、刺されたみたいです」

「八尾さんは？」

「病院から連絡がありました。幸い命に別状はないそうですが、しばらく入院だそうです」

「ハッチは悪運が強いからな」

と憎々しげにつぶやいた有田に、美夏は思わず食ってかかった。

「ここ、前にも強盗が入ったと聞いてますけど、そのときセキュリティシステムを変えなかったんですか？」

「そんなもん、いくら変えても向こうはプロや。しかしハッチもなんでそんな時間に会社におったんやろな。下手に抵抗せんと金庫の鍵渡したらよかったんや。どうせ保険に入ってるんやから」

　これでは仕事にならないからとアルゼンチン人スタッフは早々に帰ってしまい、日本人スタッフも午後から自宅待機となった。警察はかなり時間をかけて現場検証をしており、社員といえども立ち入り禁止になったからである。

　会社を出てすぐ八尾の携帯にかけたが、電源が切られており、美夏は矢も盾もたまらず病院へタクシーを走らせた。だが病院に着いてみると八尾はもういなかった。それほどの大怪我ではないので、勝手に自宅に近い病院へ移ってしまったと、ひどく愛想の悪い受付の女が教えてくれた。もちろん新しい病院名は教えてもらえなかった。その女の不潔な白衣を見て吐き捨てるような物言いを聞いていると、八尾でなくともこんなところで治療したいとは思わないだろうという気がした。

　その日から八尾と連絡が取れなくなった。数日後、美夏が菊池とともに地方出張から戻ってくると、本社からやって来たという顧問弁護士が会社で美夏を待っていた。有田や他の日本人スタッフ、そしてアルゼンチン人スタッフもなぜか全員が美夏から目を逸《そ》らし、重苦しい空気につつまれていた。ホテルで弁護士と話をして、美夏はようやくその理由がわかった。八尾と連絡が取れなかった理由もわかった。ただひとつ、あの深夜の電話の意味だけがわからなかった。

「上原さん、あなたには業務上横領の容疑がかけられています」

と、弁護士は言った。美夏は腰が抜けそうになった。弁護士の話によれば、会社に強盗が入ったおかげで不審な裏取引が発覚してしまったのだという。調査の結果、組織ぐるみの犯罪というよりは、誰かがひそかに会社の金を流用して裏金を増やしていた個人的犯罪であると断定された。金の流れがすべて雑貨セクションに集中していたことから、責任者である美夏が疑われたのである。

この期に及んでもまだ、それがすべて八尾の仕組んだことであり、彼が自分に罪をなすりつけようとしたのだということに、美夏は思い至りもしなかった。いや、うすうすはわかっていたのだが、はっきりと認めたくなかったのかもしれない。

「これは何かの間違いです。もう一度よく調べてください。八尾さんと連絡を取らせてください」

「彼の内部告発によって会社は調査に乗り出したんですよ。ここに決定的な証拠もあります」

と弁護士に言われたとき、美夏はようやく事実を受け入れる気になった。自分はあの男に嵌《は》められたのだと素直に認める気になった。八尾は実に巧妙に帳簿の偽装工作をしており、誰が見ても美夏の一存で裏金を操作しているように見せかけていた。美夏を室長に据えたときから計画的に事を進めていたとしか思えなかった。

そのとき美夏が感じたのは怒りではなく、自分のどこに落ち度があったのだろうという後悔の念だった。自分の何が足りなかったから、彼はこんなひどい仕打ちをしなければならなかったのか。自分の何が彼を怒らせ、あるいは傷つけてしまったのか。彼は自分を罰したかったのだ、と美夏は思った。彼との関係性において、自分はどこかで決定的なミスを犯してしまっていたに違いない。そのようにつけ入られ、騙《だま》される自分が悪いのだと、美夏は納得するしかなかった。すべてがあまりにも唐突で理不尽だったから、怒りを感じる気力さえなくしていたのである。

そしてあの電話のことを何度も何度も考えた。なぜ彼は最後にあんな電話をかけてきたのだろう。奈落の底に突き落とすその前に、愛を囁くような真似をして、彼は一体何を伝えたかったのだろうか。どうせなら徹底的に冷酷になりきればよかったものを、毒を盛る前に一滴だけ甘い蜜を垂らして夢を見させるなんて、そこまで残酷なことをされる覚えは自分にはない。その一点だけがどうしてもゆるせなくて、美夏は嗚咽を漏らさないように涙を流した。ブエノスアイレスに来てから、美夏が人前で泣いたのはそれが初めてだった。

「あなたが罪を認め、横領した三千八百万円を全額返済するのなら、会社としても刑事告訴はしないで済ませてもいいと考えています。もちろん懲戒解雇は免れませんが、社長の寛大な措置には感謝すべきだと思いますよ」

「そんな大金、一体どうやって……」

「盗んだ金をすでに使い込んでしまったのなら、工面してもらうしかないですね。あなた、世田谷の一等地にご実家がありましたよね。あの家と土地を処分すれば、何とかなるんじゃないですか」

「あれは私のものではなく、両親の家です」

「ご両親に泣きついたらどうですか。かわいい娘が刑務所に入らずにすむのなら、家くらい手放してくれるでしょう」

少し考えさせてくれと言って、美夏はアパートにひきこもった。そのあいだ会いに来てくれたのは菊池だけだった。菊池の顔を見ると泣きそうになったが、美夏は立場上わざと気丈に振る舞った。

「私は美夏さんの無実を信じていますから。これは何かの陰謀ですよ。経理を動かしていたのは八尾さんじゃないですか。全部あの人がやったんでしょう?」

「彼はまだ入院してるの?」

「杖をついてますけど、もう出社して歩き回ってますよ」

「彼は私のことを怒ってるの?」

「飼い犬に噛まれた、騙された、って言いふらしてます。美夏さんと八尾さんがつきあってたっていうのは本当なんですか？　美夏さんを陥れるために八尾さんがでっち上げた嘘ですよね？」

「本当よ。つきあっていたわ」

菊池は悲しみで顔を歪ませた。美夏はたったひとりの味方にも一切の弁明をしなかった。

菊池は涙を浮かべながら、

「でも、私だけは美夏さんのことを信じていますから」

と言って、帰って行った。

刑事裁判になれば、ひょっとしたら無実を証明することはできるかもしれない。だが、美夏はそうしなかった。すべてをひっかぶって、会社に言われるまま示談に応じることにした。なぜそんなことをしたのかわからない。プライドを捨てるほど追い詰められていた男にどんな事情があったのか知らないが、自分からどん底に堕ちていくことだけが、あの男への唯一のメッセージだと美夏は思った。

3

あのとき、八尾謙二は自分に戦ってほしかったのだろうか、と美夏は葬儀場の受付に戻りながら考えた。あっさり罪を認めずに、この手で本物の犯人を告発してほしかったのか、と。そのことは今でも時々考えることがある。でももう本人に確かめることはできない。

この五年半、美夏は必死で損害賠償のために生きてきた。両親は家と土地を担保に二千万円用立ててくれたが、そのあとで堅物の父に勘当を宣告された。残りの千八百万円を工面するために、ひたすら金になる仕事だけを選んで昼も夜も働いた。健康保険料さえ払えなくて、歯が痛くなっても歯医者に行くこともできなかった。母親が癌で入院したと人づてに聞いても、見舞いに行くことも許されなかった。自殺も考えたが、両親に借金を完済するまでは死ぬわけにはいかなかった。

まるで灼熱の砂漠を裸足で歩いているような日々だった。それでも美夏は心のどこかで八尾が連絡してくるのを待っていたような気がする。今さら謝罪の言葉を期待していたわけではなかったが、なぜこんなことをしたのかという説明が一言でいい、ほしかった。事件の翌年には八尾がブエノスアイレスから本社に戻って営業部長になったと風の噂に聞いたが、東京で息を潜めるようにして暮らす美夏のもとにはとうとう一本の電話も一通の手紙もくることはなかった。

新入りの受付係が美夏を見て思い出したように記帳を促してくる。あの事件のことなど何も知らない、無邪気そうなつるんとした顔を見ていると、思わず笑みがこぼれてきた。あまりにも真っ白で、一点のしみもない人生だ、と思って、そのことが心の底からうらやましくて、なんとなく微笑んでしまったのだ。すると相手も反射的に微笑みかけ、話しかけてきた。

「前にうちの会社にいらした方ですか？」

「そうよ」

「菊池先輩のお知り合いだということは、サンパウロでご一緒だったとか？」

「いいえ、ブエノスアイレスよ」

「へー、そうなんですかー。私もいつかはブエノスアイレスに配属されたいって思っているんですけどね」

「どうして？」

「だって、南米のパリっていうじゃないですかあ」

「パリほど洗練されてないわ」

　素直だが、媚びるような語尾の伸ばし方が少々鼻につく女の子だった。いや、今どきの若い子たちの話し方は多かれ少なかれこんなものなのだろう。もう新しく来る客もなく、受付は暇そうだった。香典も芳名帳もすでに紙袋にしまわれて店じまいの様相を呈している。もう一人の新入りのほうも焼香に行ってしまったらしく、美夏はうっかりこの女の子の話し相手にさせられたうえ、厚かましくもこんなことまで頼まれる始末だった。

「あのう、出棺までにトイレに行っておきたいんで、すみません、ちょっと一、二分、ここ見てもらっていいですか？」

「どうぞ、行ってらっしゃい」

彼女は恐縮しながらトイレに走っていった。会社の先輩ということで信用されたのだろうが、香典の管理をしているくせに責任感のないこと甚だしい女の子だ、と美夏はあきれた。ふと気がつくと、まわりには誰もいなくて、美夏はひとりで香典の入った袋の前に立っていた。

ここには一体いくら入っているのだろう、と最初は思っただけだった。人数と彼の立場からして、五百万円は下らないだろう。これだけまとまった現金を持っていけば、父も母の見舞いを許してくれるのではないか。そう思ったとたん、心臓が早鐘を打ちはじめ、頭の中が真っ白になった。これまで自分が肩代わりしてきた、本来ならあの男が支払うべき負債の総額からすればほんのはした金にすぎないが、せめて慰謝料がわりにこの金をもらう権利があるのではないか、と美夏は自分に問いかけた。そうだ、これはおまえのものだ、と力強く肯定する声が体の奥深いところから聞こえてきた。それは八尾の声のようでもあり、神の声のようでもあった。

次の瞬間、美夏は何の感情もなしに紙袋をつかんで小走りに出口へ向かっていた。ちょうど客待ちのタクシーが二、三台車寄せに停まっているのが見えた。美夏さん、と自分を呼び止める菊池の声が背中から聞こえたが、構わずにタクシーに乗り込んで、西舞鶴駅へ、と告げた。その自分の声が少しもふるえていないことが意外な気がした。美夏は自分でも驚くほど落ち着き払っていた。これで本当に犯罪者になってしまった、という実感は不思議なほど湧いてこなかった。ひとかけらの罪悪感もないことで、かえってこの五年半の自分の怒りの深さ・強さを思い知らされたようだった。

タクシーを降りてJRの駅へ駆け込もうとしたとき、「KTR　北近畿タンゴ鉄道」という表示板が美夏の目にとまった。タンゴとはおそらくこのあたりの丹後地方のことをいうのだろうが、京都に来たことじたい修学旅行以来で、関西にはまったく土地勘のない美夏にとっては初めて聞く名前だった。丹後と漢字で書かれていたら何の気にも留めなかったはずだが、わざわざカタカナでタンゴと書いてあるところがどうにもひっかかって、その文字を見れば見るほど懐かしさに胸をかきむしられて、そのまま素通りすることができなくなってしまった。

あの事件以来、タンゴとは縁もゆかりもない世界で生きてきた。あれほど大量に買い集めたCDも、アルゼンチンを離れるとき一枚残らず捨ててきた。美夏にとってタンゴとはおぞましい悪夢、すなわち八尾謙二そのものに他ならないからだった。音楽を聴けばいやでも彼と踊った記憶がよみがえり、うまく正気を保てなくなってしまうからだった。それに、タンゴはひとりでは踊れない。だから封印した。はじめたときと同じように唐突に。

日本にいれば街角からふとタンゴが聞こえてきて過去にひきずり戻されることもなかったのだ。

美夏はふらふらと北近畿タンゴ鉄道の乗り場に吸い寄せられていった。路線図を眺めていると、天橋立《あまのはしだて》という駅名が目に飛び込んできた。それなら美夏にも聞いたことがあった。たしか松島、宮島と並ぶ日本三大景勝地で、温泉もあるはずだ。別に急ぐ旅ではない。たまには働きづめで疲れきった体をのんびりと温泉で休めて、おいしいものを食べても罰は当たらないだろう、と美夏は思った。お金なら充分すぎるくらい持っている。

それにタンゴ鉄道に乗ることがあの男への供養になると考えることにした。自分の人生をめちゃくちゃにした男でも、もう死んでしまったのだ。銀河鉄道に乗り込むジョバンニとカムパネルラのようにタンゴ鉄道に乗り込んで、永遠の別れをかみしめることにしよう。

「天橋立まで、一枚ください」

ホームに停車している列車は素朴な一両編成で、車体がスカイブルーに塗られているところもどことなく銀河鉄道のようだった。乗っているのは地元の女子高生が三人と、老婆が二人しかいなかった。美夏が乗り込むと、鈍行列車はのんびりと発車した。もちろんBGMにアルゼンチンタンゴが流れているわけでもなく、ガタゴトという線路の音が心地よく響いてくるだけだ。

走り出してみるとおよそ銀河鉄道とはほど遠いのどかな田園風景が車窓にひろがった。

行けども行けども見渡すかぎりの田んぼと畑がたちあらわれてくる。運転士が駅に停まるたびに運転席から出てきて車掌を兼ね、降りる客から料金を徴収するのものどかさを募らせる。ねむたくなるような午後の光が、濃度の高いエーテルのように美夏の昂《たか》ぶった神経を麻痺させる。自分はたった今、香典泥棒をして逃亡劇を繰りひろげているはずなのに、そんな緊迫感とは無縁の境地が美夏をつつんだ。こんなに無防備にねむけを覚えたのは何年ぶりのことだろう。何もかもがどうでもよくなっていた。次は丹後《たんご》神崎《かんざき》ぃ、次は丹後神崎です、というアナウンスがぼんやりと聞こえた。

ふと気がつくと、隣に八尾謙二が座っていた。白いソフト帽とスーツで粋に決めているのに、帽子の下には顔がなかった。

「おまえはバカだな。やってもいない横領を認めて、馬鹿正直に賠償金を払って、家族まで失って……なぜだ？　なぜそこまでする？」

「さあ、自分でもわかりませんよ。でもあなたは私がそういう女だって見抜いたから、私を選んだんでしょう？」

「俺の罪をかぶることで、俺をもっと苦しめたかったんだよ、おまえは。見事だったな。おかげで俺はこの五年間、片時もおまえのことを忘れられなかった。寝ても覚めてもおまえのことばかり考え続けた。あげくの果てがこの死に様さ。俺の心臓を破裂させたのは、おまえだよ」

「大胆なくせに気が小さい男でしたからね、あなたという人は。これであなたが殺せるなら、三千八百万円なんて安いものでした」

「おそろしい女だ。俺が見込んだとおりの女だ。何がそんなに憎かった？」

「あなた、一度も抱いてくれなかったでしょ。私のこと」

「セックスなんて、誰とでもできる。でも俺はおまえとしかタンゴを踊らなかった」

「私は一緒に踊る相手としかセックスしたくなかったの」

「それでいいんだ。おまえは俺に、そして俺はおまえに取り憑かれていた。俺たちは理想的なパートナーだったんだよ」

「少しは私を愛していたの？」

「知ってるくせに。俺は惚れた女としか踊らない」

「そうね。知っていたわ。だからこの五年半、耐え抜くことができたの」

「それなのに、バカなことしたな。香典泥棒はよくないよ。第一、おまえらしくない」

突然、視界がぱっと開けた。それまで続いていた単調な田園風景から、いきなり広い大海原に突き抜けたのだ。小さな列車は由良《ゆら》川の河口にかかる鉄橋をゆっくりと渡っているところだった。川の向こうには若狭《わかさ》湾がひろがっている。右も左も何も遮るもののない、はるか水平線の彼方まで見渡せる風景の中を列車が走っていることに美夏は茫然とした。緑一色だった視界が鮮やかに空と海の青色に切り替わり、さわやかな海風が吹き抜けてゆく。美夏は目と心をこじ開けてその景色を胸に刻みつけた。

気がついたとき、隣の八尾謙二の姿はもう消えていた。椅子の上には盗んだ紙袋が載っているだけだった。中身の重みで底の抜けそうな紙袋がしらじらと載っているだけだった。大変なことをしてしまった、と膝がふるえ出したのはそのときだった。

「次は丹後由良ぁ、次は丹後由良です」

列車が橋を渡り終えて再び田園風景に戻り、いくつか短いトンネルを抜けると、次の停車駅を告げるアナウンスが聞こえてきた。丹後神崎駅から丹後由良駅まで、およそ三分間。その三分間のあいだに、美夏はタンゴを一曲踊ったくらいの濃密な夢とうつつを体験した。まだ頭の後ろが少し痺れているようだった。

頭を整理するために思わず列車を降りると、後方から降りてきて美夏に近づいてくる人影があった。菊池成美だった。美夏さん、と遠慮がちに声をかけ、菊池は困惑したように微笑んだ。もうこれまでだ、と美夏は観念した。なぜかとてもほっとしたのを覚えている。

「葬儀場からずっとつけてきたの？」

「それ、間違えて持って帰られたら困りますから」

菊池に促されて、美夏は香典の入った紙袋を素直に差し出していた。

「うっかり間違えちゃったんですよね？　そういうことにしておきます。今ならまだ、そういうことにできますから」

「ううん、警察に突き出して」

「もうたくさんです。あなたをこれ以上ひどい目にあわせたくないんです。美夏さんは気がついてくれなかったみたいですけど、私、ずっとあなたのことが好きだったんですよ」

「えっ？」

こんなときに突然何を言い出すのだろう。美夏は混乱して菊池を見つめた。

「なんであんな男のために美夏さんがいつまでも苦しまなきゃならないんですか？　お願いですから、もっと自分を大切にしてください。少しは幸せになろうとしてください」

「同情してくれてるの？　だからそんなこと言ってくれるの？」

「バカにしないでください。同情なんかで愛の告白はできませんよ」

「いきなり愛の告白されても、困る」

「不幸に向かってまっしぐらになられても、困るんですよ。その性格、直したほうがいいですよ」

思わず吹き出すと、菊池も笑った。うらさびしい無人の駅に二人の笑い声がこだました。こんなふうに笑うのはずいぶん久しぶりのような気がした。

ありがとう、と言おうとして、美夏は言葉を涙に詰まらせた。菊池は黙ってハンカチを差し出したが、自分のほうがもっと泣きそうになりながら、困ったように立ち尽くしていた。

やがて二人の女は手に手を取って泣きはじめた。次の電車を待つためにホームに入ってきた老婆が、この奇妙な二人連れを案じながら遠巻きに眺めていた。二人の女はいつまでも泣き止まなかった。何かを無心に噛みしめるように、真摯に情熱を傾けるように、精一杯心の底から泣き続けた。それを見ていると何だか無性に悲しくなってきて、いつしか老婆も泣き出していた。そこに電車が入ってきた。三人の泣く女を呑み込んで、スカイブルーのディーゼルカーはゆっくりと山あいの暗いトンネルに吸い込まれていった。

Inspired by Astor Piazzolla's "Tres minutos con la realidad"

フーガと神秘

1

ダラスで乗り換えた飛行機で典子の隣に座ったのは、見るからに海外出張に慣れた感じのビジネスマンだった。清潔感あふれるスーツや、パソコンではなく英語のクロスワードパズル雑誌を開いているところに好感が持てた。年齢も近そうだった。機内映画を見るための機械の操作がわからなくて典子が戸惑っていると、使い方を親切に教えてくれたうえ、この映画は先週アメリカで見ましたがなかなかよかったですよ、とにっこり笑ってつけくわえた。それがきっかけで、最初の機内食が出たとき、なんとなく話をするようになった。

「すると、娘さんの結婚式に出るためにブエノスアイレスへ？」

「ええ、そうなんです。あちらの方と結婚することになりまして」

「アルゼンチンは初めてですか？」

「ずっと仕事に追われていたもので、海外旅行なんてスイスへ一度しか行ったことないんですよ」

「それはお疲れでしょう。南米は遠いですからね。かわいそうに現地で見かける日本人観光客の団体はみんな疲れきっていますよ」

「まさか人生でこんなに長く飛行機に乗ることがあるなんて、思ってもいませんでした」

「何はともあれ、おめでとうございます」

「ありがとうございます」

ビジネスマンがカップの白ワインを軽く掲げてみせると、典子も赤ワインの入ったカップをそっと掲げた。機内で眠れるようにと選んだ酒だったが、ほんのわずか口が滑らかになってゆく。

「でも、本当は、そんなにおめでたくもないんです」

「簡単に里帰りできないところに嫁いだから？」

「ええ、そうね。それもあるわね」

「娘さんが文化の違いを乗り越えられるか、心配ですか？」

「それもそうなんですが、うちの娘ときたらあんまり勝手なんですよ。親にお婿さんを紹介もしないで、ひとりで何もかも決めて。ある日いきなりエアメールで結婚式の招待状が送られてくるんですから。親としては立場がないじゃないですか」

見ず知らずの男に愚痴めいたことを喋《しゃべ》っている自分に典子は驚いていた。ワインのせいで一人旅の緊張がほどけたのかもしれない。相手の落ち着いた誠実そうな物腰のせいもあるのだろう。

話しながら、もともとあの子はそういう娘だった、と典子は思う。肝心なことは全部ひとりで決める。大学に進学するときも、どこで調べたのかわざわざ地方のあまりぱっとしない大学を選び、自分で願書を取り寄せて、滑り止めも受けずにそこ一本に絞っていた。東京のもっとレベルの高い大学にだって入れるのに、その大学のその学部のその教授のもとでしかできない勉強がしたいのだと言って、頑として意志を曲げなかった。明確な目的があってすることならと、夫も典子もそれ以上反対はしなかった。少なくともただ何となく有名大学をめざすような生き方よりは、褒めてやらなければならないことのような気がした。

卒業したら東京に戻ってくるかと思っていたら、そのままその土地に居ついて、就職も地元のあまりぱっとしないところに決めてしまった。知名度や給料の多寡だけで働き口を選びたくない、小さくとも地域社会に密着したやりがいのある仕事をしたいと言われては、親としてはやはり何も言い返せないのだった。娘の言うことにはいちいち筋が通っているからだ。

だが働きはじめて三年もするとあっさりその会社を辞めて、今度はいきなりブエノスアイレスへタンゴの勉強に行くと言い出した。それはあまりにも突然のことで、一体何を言われたのかすぐには理解できないほどだった。だが本人にとっては突然でもなんでもなく、その計画は驚くほど綿密に練り上げられていた。三年も前からそのことを決心していたと言い、独学でスペイン語の勉強をはじめていたばかりか、渡航費・レッスン費・一年分の滞在費を夜のアルバイトで貯め込んでいたというのである。昼間はきちんと会社で働き、そのあとコンパニオンとガードマンの仕事をかけもちしていたらしい。会社の給料もボーナスもほとんど貯蓄に注いで、食べるものも食べず、流行の服も買わずに、タンゴへの夢を膨らませていたというのだ。

「出会っちゃったものは仕方ないじゃない。もし私がフラメンコに出会っていたらスペインへ行っていたと思う。でも私はタンゴと出会ってしまったの。だからどうしてもブエノスアイレスへ行かなくてはならないの」

と娘は言った。

典子はブエノスアイレスという街が世界地図のどこにあるかもよくわからなかった。ブエノスアイレスという言葉もタンゴという言葉も、一体あの子の人生のどこから湧いて出てきたのか、想像もつかなかった。なぜわざわざ地球の反対側へ行かなくてはならないのか、タンゴの勉強なら日本でもできるはずだと、このときばかりは治安の悪さが心配で夫も典子も猛反対したけれど、結局あの子は自分を貫いて旅立ってしまった。一年の滞在予定が二年に延び、ずるずると三年目に入り、あげくの果てにタンゴ教室の先生と結婚してブエノスアイレスに永住するという。開いた口が塞《ふさ》がらないとはこのことだ。

一人っ子だからと自主性を尊重する育て方をしてきたはずなのに、娘のしてきたことは自分と夫に対するひどい裏切り行為のように思えてならない。夫にとってはさらにショックが大きかったようで、大学のときも就職のときも気丈にクールにふるまっていた彼が、あれほど露骨に意気消沈した様子を見せたことはない。もともと愛情の豊かな人で、娘が幼かった頃は舐めるようにかわいがって育てた父親だ。夫の娘への熱愛ぶりを見ていると、典子は自分が愛情の足りない母親ではないかと不安になるほどだった。今回の一件で五、六年は確実に老け込んだと思う。そんな夫のそばにいると、典子自身の寂しさの上にさらに彼の寂しさが乗り移り、打撃がひろがっていくようで、息苦しくてたまらなくなる。思い出すと今さらのように娘の仕打ちに腹が立ってきて、典子は夢中でワインのお代わりを頼んでいた。

「ああ、なるほど、それで……」

と、ビジネスマンの男は納得したように頷いた。

「おひとりなんですね。ご主人がご一緒じゃないのは、へそを曲げられて式には出ないと言われたのでしょう。わかりますよ。男親ってそんなもんです。大切に育てた娘にそんなことをされたら、僕だってきっとそうするだろうな」

「いいえ、じつは……」

つい口から出てしまった言葉を、典子は自分でも説明することができなかった。あとからなぜそんなことを言ってしまったのだろうといくら考えても、どうしてもうまく答えが見つからない。

「主人はもう亡くなったんですよ」

これは失礼しました、とビジネスマンは礼儀正しく頭を下げた。それ以上突っ込んだ話はせず、ブエノスアイレスの治安や食べ物といった当たり障りのない会話をしているうちに機内が暗くなったので、典子はブランケットをひっかぶって目を閉じた。

もちろん夫の敏雄はぴんぴんしている。今頃日本は日曜日の午後だから、庭仕事をしているかスポーツジムで汗を流しているか、あるいはむしゃくしゃして銀座へ映画でも見に行ったかもしれない。映画のあとはいつもの洋食屋でビールとタンシチューを食べ、松屋か伊東屋で高級文房具を物色している姿が目に浮かぶ。数万円もするドイツ製のボールペンやイタリア革のペンケースなんかをふらふらとレジへ持って行き、カードで支払いをするだろう。昔から何かいやなことがあると、彼は必ず高い文房具をひとつ買うのだ。買ってしまえば気がすんで、あくる日には包装紙のままそれを誰かに――おそらくは事務所のアシスタントか行きつけのバーの女の子に――気前よくやってしまうのだろう。アルゼンチンへ向かう飛行機の中で、典子は何の感情も込めることなく夫の行動を思い描いた。これほど長時間のフライトでは他にすることが何もないから、久しぶりにゆっくりと夫のことを考えることができた。

彼が結婚式に出ないのは、拗《す》ねているからではなくて、飛行機がこわくて乗れないからなのだ。航空機の内装を手がけることもあるプロダクトデザインの仕事をしているくせに、飛行機恐怖症なのである。北海道や九州へ出張で行かなければならないときでも、何時間もかけて新幹線と在来線を乗り継いで行く。韓国へも船で行ったことがある。しかし、空路でなければ行けないような海外出張は会社から免除してもらっている。典子がスイスへ行ったのも福祉施設の視察のためで、ただの仕事だったのだ。

そういうわけでせめて結婚式だけは東京でもやってほしいと頼み込んだが、結婚相手の経済力の問題で、それは無理だと言ってきた。費用はこちらが全額負担するからと言っても、プライドと自立精神だけは人一倍高い娘がそんなことを受け入れてくれるはずもなく、親子関係はとうとう決定的に決裂してしまった。典子自身も寸前まで式に出るつもりなどなかったのだが、出なければ一生後悔することはわかっていたし、夫が最新型のハイビジョンムービーカメラを買ってきて、これで花嫁姿を録画してきてほしいと泣いて頼むから、重い腰を上げ、無理やりずくで一週間の休みを取って、成田から片道三十時間かかる地球の裏側行きの飛行機に乗り込んだのである。

一週間とは言っても、往復でゆうに四日はつぶれてしまうから、正味三日間しか滞在できない計算になる。しかも娘の話によれば、結婚式は夜の十時からはじまり、夜を徹して続けられるらしい。ブエノスアイレスに朝着いて、翌日の夜に結婚式があり、翌々日の朝まで続き、その日の夜の便でもう帰らなくてはならないのだ。かなり苛酷な強行軍だが、仕事が立て込んでいてそれ以上一日も余分に休めなかったし、一生に一度のことと思えばやむをえない。

夫のそういうところ、飛行機がこわいところや、文房具を偏愛しているところや、涙もろいところに、かつては彼の少年っぽい純粋性を感じ取って魅力を覚えていたものだったが、今ではもうただの子供じみた幼児性としか映らなくなってしまった。それは典子が長い結婚生活のあいだに、たびたび彼の女癖に悩まされてきたからでもあったろう。悪意のない嘘とはいえ、たった今つい反射的に夫を亡き者にしてしまったのは、心のどこか奥深いところで自分でも気がつかないほど小さな傷をたくさん受け続けていたことへのさりげない復讐だったのかもしれない。

いや、それとは少し違う気がする。そもそも典子は夫が死ねばいいと思ったり、別れたいなどと思ったことは一度もない。いくつかの欠点はあるにせよ、典子にとって夫は結婚前と変わらずまだ充分に魅力的だった。周囲の家庭を見回しても、夫ほどやさしくて、お洒落で、よくできた男はなかなかいないと思える。よく働き、他人の悪口を言わず、年に一度か二度くらい正体をなくすほど泥酔することはあるが基本的には酒癖もよく、金遣いも潔い。多少浮き世離れしているところも自分とは正反対でおもしろい。典子の仕事にも理解を示して、家事も率先的に手伝ってくれる。両親を早くに亡くした境遇のせいか、典子の親を自分の親のように気にかけ心から大事にしてくれる。

なんといっても惚れ込んで一緒になった男だった。男嫌いを自認し、フェミニズム運動に片足を突っ込み、背伸びして肩肘張って頑なに生きてきた自分の心をめろめろに溶かしてしまった男だった。あのような男が女性にもてるのは致し方のないことだと諦めてもいた。彼は並外れて情が深く、誰にでもやさしすぎるから、寄ってくる女を断りきれないだけなのだ。それに典子には、仕事にかまけて夫を寂しくさせてきたという負い目もあった。だからこそ夫が家族を一番大切にしてくれている以上、多少のことには目を瞑《つむ》らなければならないと思ってやってきた。百パーセント完璧な家族などありえない。世間で目にするさまざまな問題を抱えた家族に比べたら、自分たちはかなり幸福なほうだと典子は思っていた。

2

日本を出てきたときは初夏だったのに、ブエノスアイレスでは秋が深まっていた。飛行機が長い飛行の果てにようやく着陸態勢に入り、地面に接触すると、典子はほっとして隣のビジネスマンと微笑みあった。滑走路の窓越しからでも秋の朝のひんやりとした空気感が伝わってくる。典子は用意してきた秋物のジャケットを着込んでビジネスマンに別れを告げ、機を降りた。

娘の奈緒美に会うのは二年半ぶりだった。大喧嘩の末に日本を飛び出して以来、典子あてにメールは時々よこしていたけれど、顔を見るのは初めてだったから、どんな顔をしてどんな言葉をかければよいかわからず、典子はかなり身構えて緊張していた。だが到着ゲートに迎えにあらわれた娘の表情は昔のままで、その屈託のない笑顔を目にした途端、わだかまりが不思議なほどあっけなく消えるのがわかった。どんなに遠く離れた国で苦労していてもいい、元気でいてくれさえすればそれだけで親孝行なのだと、典子はあらためて我が子への無条件のいとおしさを嚙みしめていた。

「地球の裏側へようこそ」

「奈緒ちゃん、あんた、痩せたわね。苦労してるんだ」

「別に苦労なんかしてないよ。好きなことやらせてもらってるんだもん」

「でも、幸せそう」

「結婚式を明日に控えた花嫁が幸せそうじゃなかったら、この世界のどこに幸せ者がいるっていうの」

「そりゃそうだ」

「お母さんはどう？　会社のほうはうまくいってる？　社長さんが一週間も休んで大丈夫だったの？」

「大丈夫じゃないわよ。帰ったら会社潰《つぶ》れてるかもね。それよりあとでお父さんに電話してあげてね。コレクトコールでいいから」

はいはい、と適当に返事して、奈緒美は典子のスーツケースをつかみ、バス乗り場へ先導した。贅沢というほどではないにせよ、どちらかといえばぬくぬくと甘やかして育てたはずの娘が、こんなに遠い外国で逞《たくま》しくバスの切符を買い、路線図を眺めている後ろ姿を見ていると、典子のなかにふいにこみあげてくるものがあった。小銭を出そうと取り出した娘の財布がすっかり使い込まれて擦り切れている。

「そのお財布、大学のときお父さんに買ってもらったものでしょう。もうボロボロじゃないの。あとで新しいの、買ったげる」

「いいよ、まだ使えるから。私、物持ちがいいんだよ」

「その靴だってかかとが磨り減ってるじゃないの。お財布と靴だけはあまりみっともないもの持たないでちょうだい。結構人目につきやすいのよ」

「それ、昔も言われた。よく覚えてる」

「あら、そう？」

「だからわざとこういうくたびれたの持ってるの。これでも泥棒に狙われないように自衛してるんだから」

まんざら強がりだけでもなさそうに、奈緒美は言った。昔からチャラチャラした格好はしない子だったが、こちらに来てから服装の趣味がいっそう地味になったようだ。とても華やかなステージをめざすダンサーの卵のようには見えない。

バスを乗り継いで連れて行かれたアパートは昼間でも薄暗く、狭い玄関を入るとすぐに排水口が臭った。天井には南米大陸の形のしみが宿命的にひろがり、壁紙もところどころで発作的な雪崩のように剝《は》がれ落ちていた。予測していたことではあったが、奈緒美はすでに夫となるカルロスと暮らしているようだった。いや、もともとカルロスが一人で暮らしていた部屋に奈緒美が転がり込んだというのが正しいのか。いずれにせよ、新婚夫婦が暮らすにはあまり心和む部屋とは言いがたかった。

「二人で暮らすにはちょっと狭いんじゃないの?」

「いいの。どうせ二人とも寝に帰るだけだから。ここにはほとんど午前中しかいないんだもの」

「カルロスさんは今どこにいらっしゃるの?」

「あ、ごめんね。巡業でちょっと地方に行ってるの。明日の夕方には帰ってくるから、式には大丈夫、間に合うわ。お母さんによろしくって」

「あら、そうなの。ダンスの先生も大変なのね」

「えっ? カルロスはバンドネオン奏者だけど?」

ここにきて典子はようやく勘違いに気づいた。どこでどう聞き間違えてダンス教室の先生だと思い込んでいたのかわからないが、よく聞けば娘の結婚相手はバンドネオンという楽器を演奏する音楽家だということが判明した。と言われても、ダンサーとミュージシャンのどこが違うのか、典子にはよくわからなかった。才能だけがすべての非情な世界であることには変わりなく、売れなければ永遠に貧乏暮らしが続くことにおいては同じではないか。

「バンドネオンは運指がすごく複雑で、弾くのが超絶的に難しいと言われてる楽器なの。あの楽器を弾きこなせるってだけでも尊敬しちゃうよ。カルロスの頭の中には朝から晩までタンゴのことしかないの。あんなにストイックな人って見たことない。体じゅうにタンゴの音符がぎっしり詰まってるような人なのね。カルロスのお父さんもお祖父さんもバンドネオン弾きで、お母さんはタンゴ歌手で、お祖母さんはタンゴダンサーだったんだって。まさに彼の遺伝子の中にはタンゴの歴史が組み込まれているってわけ！」

「カルロスさんとはどのくらいおつきあいしたの？」

「三ヶ月くらいかな。でも彼のステージは一年間くらい追っかけしてたの。小さなお店だから彼はそのことに最初から気づいてたんだけど、シャイだからなかなか声をかけられなかったんだって。そういうところも素敵でしょ？　だから私は演奏を聞けば彼のその日の体調がわかるんだ」

お茶を出すのも忘れて夢中でのろけ話をする奈緒美に、典子は大げさにため息をついた。

「ねえ、生活設計のことはちゃんと考えてるの？　あんたはまだダンスの修業中の身なのよ。それなのにミュージシャンと結婚して食べてゆける見込みはあるの？　彼がどんなに立派な遺伝子を持ってるか知らないけど、遺伝子でごはんは食べられないでしょ？」

「そりゃあ、暮らしは楽じゃないよ。ベテランのご老人たちがまだまだ第一線でがんばってる世界だからね。でもカルロスはブエノの若手の中では五本の指に入ると言われてて、少しずつあちこちのタンゴ・バーから声がかかりはじめてるの。もちろん私も働いて、カルロスにはなるべく負担をかけないようにするつもりだよ。日系の旅行会社で時々通訳の仕事をまわしてもらってるし、チャイニーズ・レストランでチャイナドレス着てウエイトレスをする仕事が結構いいお金になるの。貧乏は一人でするとつらいけど、二人なら何とでもなるもんじゃない？」

「日本とは治安も経済状態も全然違う国なのよ。ただタンゴや彼のことが好きだというだけで暮らしてゆけるほど簡単ではないはずよ。少なくともダンス教師ならまだいくらかは安定していると思ってたけど、よりにもよってミュージシャン！　しかも場末のバンドネオン弾き！　お父さんが聞いたら心配のあまり卒倒しちゃうわよ！」

典子はとうとう声を荒げた。スーツケースの底に押し込むようにして隠し持ってきた怒りが、娘の浮ついたのろけ話を聞かされているうちにむくむくと頭をもたげて、ついに弾け出てしまった感じだった。

「ちょっと待ってよ。彼の職業を勝手に誤解してたのはそっちでしょ？　私はちゃんと伝えたはずだよ。ううん、お母さんは誤解してたんじゃなくて、都合のいいように解釈してただけなんだよ。理解したくないから、認めたくないから、いつのまにか頭の中でバンドネオン奏者がダンス教師になっちゃったんだと思うよ。だいいち場末って言い方はどうよ？　無意識に出た言葉かもしれないけど、タンゴを見下してるんじゃないの？」

「屁理屈言わないで。親なんだもの、そんな明日をも知れない生き方をすんなり理解できるわけないでしょう。二十八歳といえば私はようやくあんたを三年保育の保育園に入れて、がむしゃらに職場復帰してたわよ。なぜいくつになっても親をハラハラさせるような生き方しかできないの？」

「でも、理解してもらわないと。親なんだから」

「これまでみたいに？」

「そう、これまでみたいに。できることなら」

典子は思わず、手にしていたショルダーバッグを壁に向かってたたきつけた。埃《ほこり》が舞い、壁にかかっていたピアソラの写真がＣＤラックの上に落ち、その拍子にラックのてっぺんに積み上げられていた大量のＣＤが派手な音を立てて床に飛び散った。脆《もろ》くて薄っぺらいプラスチックの城があっけなく崩れ落ちたようだった。奈緒美はぎょっとして、突然ぶち切れた母親を声もなく見つめた。

「いいかげんにしてよ。これまで私たちが、あんたのわがままをただ黙って受け入れてきたと思ってるの？　あんたが大学に入るために家を出たときからずっと、私とお父さんがどんなに心配して心を痛めてきたか、わからないの？　あんたはどんどん私たちから離れて遠くへ遠くへ行ってしまう。そしてとうとうこんな地球の反対側まで！　一体何が気に入らなくて、何がそんなに悲しくて、こんな地の果てみたいに遠いところへ来なくちゃいけなかったの？」

奈緒美はしばらく押し黙り、やがてポツンと、ごめんなさい、と言った。

「ごめんなさい。お母さんには申し訳ないことをしてきたと思ってる」

「お母さんには、ですって？　私のことじゃないわよ。私なんかいいわよ。なんだかんだ言ったって、こうしてひとり娘の花嫁姿を見に来られるんだから。でもお父さんはどうなるの？　今頃家でヤケ酒飲んで泣いてるわよ。飛行機に乗れないことがわかってて、どうしてこんなひどい仕打ちができるのよ！　これまで一生懸命働いてかわいいひとり娘を育ててくれたお父さんに対して、あんたって子はかわいそうだとか申し訳ないとかいう気持ちはないの？　今までありがとうございましたって感謝する気持ちはないわけ？」

そのとき娘の口から出た言葉を聞いて、典子は耳を疑った。

「悪いけど、それはない」

典子は聞き間違えたのかと思った。だからもう一度きいてみた。今何て言ったのかとき返さずにはいられなかった。だが返ってきたのはまったく同じ言葉だった。

「一生懸命働いて私を育ててくれたのは、むしろお母さんのほうだと思ってる。それはお父さんよりお母さんのほうが年収や立場が上だからとかそういうことじゃなくて、私は働くお母さんの背中から多くのことを学んだの。もちろんお父さんにも感謝はしてるよ。でも、お父さんには結婚式に出てほしくなかった。お父さんと一緒にバージンロードを歩きたくなかった。お父さんには私の結婚を祝福してもらいたくなかったの」

典子の手が娘の頬を打つ乾いた音が、ことさら空虚に狭い室内に響き渡った。叩いてしまってから、典子は呆然として我と我が手を見つめた。子供に手をあげたのはこれが初めてだったかもしれない。夫でさえ手をあげるどころか、大きな声で怒鳴ることもできなかったのだ。そんなふうに真綿でくるむようにして大事に大事に育ててきた娘だった。ただひたすらに幸せを願い、この子がこわい夢を見ないように、痛い思いをしないように、涙を流すことのないように、いつも二人で心から願ってきたはずだ。それなのにこの手がいま娘の顔を打ち、娘は涙を流している。ごめんなさい、ごめんなさい、と言いながらしゃくりあげている。典子は胸のつぶれそうな後悔と悲しみにつつまれ、手のひらで娘の涙を拭《ぬぐ》ってやった。

「ぶったりして、お母さんこそごめんね。でも今の言葉は聞き捨てならないわ。取り消して、お父さんにあやまってくれる？」

「申し訳ないけど、それはできない。お母さんにどんなにぶたれても、自分の気持ちはごまかせないよ」

典子はもう一発殴ろうと手を上げた。だが手は頭上で凍りつき、そのまま動かなくなった。娘の頬を打つかわりに、今度は典子が泣き出す番だった。

「あんたって子は……あんたって子は……どうしてそんなひどいことが言えるの？　お父さんのこと、大好きだったでしょ？　私よりお父さんに懐いてたこと、忘れたの？　一体お父さんにどんな恨みがあるっていうの？」

奈緒美は何か言おうとしたが、口をへの字にかたく結んで、言葉を呑み込んだ。母親が泣いている以上、自分が泣くわけにはいかないとでも思ったのか、必死で涙をこらえている様子がいじらしかった。やがて奈緒美はいたたまれないとでもいうように、床に散らばった無残な城のかけらを――自分たちが愛してやまない古今東西のタンゴのCDを――愛おしそうに片付けはじめた。典子は黙ってその様子を眺めていた。

「ホテルまで送ってく。長いフライトで疲れたでしょ。遠くからはるばる来てくれたのに、着いた早々いやな思いさせてごめんね。ホテルでシャワー浴びて、少し眠って。夕食の頃に迎えに行くから」

「いやよ。三日間しかいられないのよ。あんたと話したいことが山ほどあるのに、寝る時間がもったいないわ」

「でも飛行機で眠れなかったんでしょ？　すごく疲れてるみたいだし、少しは寝ないと明日の式がもたないよ。朝まで食べて飲んで踊り明かすのがこっち流なんだから」

その言葉で典子は今回の旅の目的をあらためて思い出した。そうだ自分は、娘に説教をするためにはるばるこんなところまで来たんじゃない。娘の晴れ姿をひと目見るために、娘の人生のスタートを祝福するために、無理を押して駆けつけたのではなかったか。もういやなことは何も言うまい、何もきくまい、と典子は決心した。人生で一番幸福な日につまらないケチをつけてはならない。典子はわざと明るく言った。

「それはこまったわね。お母さん、踊れないわ」

奈緒美はほっとしたように少し微笑んだ。

「大丈夫、なんとでもなるって。こっちの人だってみんながみんな華麗にタンゴを踊れるわけじゃないんだよ。ただ誘われたら、その場の雰囲気を壊さないようにお受けして、相手のリードにまかせていればいいの。ようは気持ちの問題だから。いい？　絶対に断らないでよ。花嫁側の親族はお母さんひとりなんだから、無粋な日本人と思われないようにね」

「それならせめて基本的なステップだけでも教えておいてよ」

「オーケー、限りある時間を有効に使うために、スケジュールを組み立てましょう。いるあいだに絶対にやっておきたいことをリストアップしてみて」

それならあらかじめ機内で考えてあった。何しろ今回の旅は時間がないのだ。典子は即座に、

「あんたの部屋を見ること。あんたの先生にご挨拶すること。カルロスさんとごはんを食べること。それから一度タンゴのショーを見てみたいの」

と答えた。

「あとは明日恥をかかないように、とりあえずステップの練習かしらねえ」

「部屋はもう見たし、私の先生も明日いらっしゃるからご挨拶の時間はたっぷりあるし、カルロスとも同じテーブルに着けるから問題ない。今夜、タンゴのショーを見てもらって、そのあとでミロンガへ行けば何とかなるかな」

「ミロンガって？」

「普通の人が踊れるところ。十二時くらいならまだ空《す》いてるから、そこでステップを教えてあげる。それでいい？」

「十二時って、夜の十二時？　そんな時間にやってるの？」

「ミロンガが混むのは夜中の三時頃よ。だからお母さんはやっぱり少し眠っておいたほうがいい」

「じゃあ昼食の頃に迎えに来て」

「オーケー、わかった」

典子はハンカチで顔を拭《ふ》いてコンパクトで化粧を整えると、バッグから分厚い祝儀袋を取り出してテーブルの上に置いた。

「お父さんとお母さんから、結婚のお祝い。暮らしに必要なものを買って、余ったらおいしいものでも食べて栄養をつけなさい」

奈緒美は照れ隠しをするようにおおげさにそれを押し戴《いただ》いた。

「二センチもある祝儀袋を日本からずっと抱えてきたの？」

「アメリカでトランジットのとき、没収されるんじゃないかって生きた心地がしなかったわよ。靴は脱がされるし、前の人なんかパソコンの電源まで入れさせられてたし。アメリカ人はご祝儀袋なんか見たことないわけでしょう。摩訶不思議な袋の中にこんな大金持ってることがバレたら、どんないちゃもんつけられるかわからないじゃない？　ああ、無事に渡せて、これで肩の荷が下りたわー」

「トラベラーズ・チェックで持ってくればいいのに」

「だって縁起物だからね。やっぱり現金でしょう」

母と娘はようやく顔を見合わせて吹き出した。だが後味の悪いしこりがずっしりと典子の胸の底に残った。それはいつまでも取れない吐き気のように、むかむかと典子に付き纏《まと》うことになった。

3

ホテルに奈緒美からの電話がかかってきたのは、夕方の六時過ぎだった。

奈緒美によれば二時頃にも鳴らしたというが、それはたぶん母親の体を気遣っての嘘だろう。短い眠りがきれぎれに訪れてきただけで、典子はほとんど眠れなかったのだ。腹は空いていなかったが、名物のステーキを食べに行くことにした。注文のとき、奈緒美がそれなりのスペイン語を喋っているのを見て、典子は頼もしさで胸が熱くなるのを感じた。

この子はこの子なりにしっかり自分の人生を生きているのだ、右も左もわからない外国へたったひとりでやって来て、必死で言葉を覚えて、貧乏をものともせずに夢を追いかけて、それは誰にでもできることではない。親が心配するのは親の勝手なのだ。自分が二十八歳だったときより、この子ははるかにしっかりしている。おまえは私たちの自慢の娘だと、典子は奈緒美に言ってやりたかった。

しかし、朝方の諍《いさか》いが胸にひっかかっていて、私たちという言葉を使うのはためらわれた。やはりこの場に夫がいないのは、決定的な間違いだという気がした。父親と母親、二人で力をあわせて、この子をここまで大きくしてきたのだから。

「あと二十四時間もしたら、あんたはお嫁に行っちゃうのね」

「あんまり実感ないなー。結構カジュアルなパーティみたいだよ。キャンドルサービスとか両親に花束贈呈とかしないしね。司会もいないんだって」

「カルロスさんのご両親は健在？」

「ご両親どころか、両方の祖父母も健在。そのうえカルロスは七人きょうだいで、いとこたちが三十人くらいいるんだって。明日は彼の一族郎党がどっさり来るよ」

「奈緒ちゃんのほうはお母さんひとりで、寂しいわね」

「ダンス教室の仲間も来てくれるから」

「長野の和子おばさんも誘おうかと思ったんだけど、あの人腰が悪いから、長いフライトは気の毒でね」

「お母さんが来てくれただけで、充分だよ」

「あんたの高校のときの親友の恵子ちゃんもすごく来たがったのよ。でも一週間も会社休めないって」

「わかってる」

　こういうときに夫の話題をあえて避けるのはいかにも不自然だった。会話はぎこちなく途切れがちになり、肉の量は多すぎて、ワインのボトルだけが速いスピードで減っていった。せめて式が終わるまでは夫の話題には触れまい、触れてはならない、と思えば思うほど気になって、いてもたってもいられなくなるのだった。なぜ奈緒美がこれほどまでに頑なに夫のことを嫌っているのか、典子にはわけがわからなかった。どちらかといえば父親とのあいだよりも、母親である自分とのあいだに確執があるのかと思っていた。それまでずっと仕事、仕事で世間並みの母親らしいことをしてやれなくて寂しい思いをさせたから、親に対して距離を置く子供になってしまったのかもしれない、と。

ただひとつだけ思い当たることがあるとすれば、奈緒美は潔癖な子だから、父親の女性関係をどこかで知って、それが許せなかったのだろうか。この子が最も多感な中学時代、夫には確かに頻繁にそういうことがあった。夫のほうでは家庭を壊す気など毛頭ない、ただの遊びの関係だったに違いないが、それでも思春期の娘には我慢できないほど汚らわしく映っただろうことは容易に想像できる。

しかもあの頃、典子は独立して数人の仲間と介護サービスの会社を立ち上げたばかりで多忙を極めており、ほとんど家にいられなかったのだ。夫のほうが食事の支度をしてくれることもよくあったくらいで、当時の奈緒美は父親と過ごす時間のほうが長かったのだから、よけいにそういうことが目についてしまったのかもしれない。

「私ね、もしかしたら一生誰とも結婚できないんじゃないかって思ってた」

二本目のボトルをグラスに注ぎながら、まるで典子の胸中を見透かすかのように、奈緒美がつぶやいた。

「どうして？」

「男の人が信用できないというか……少しこわくて。だから、ずっとひとりで生きていくのかなあって思ってた」

「そうなの」

ああやっぱり、と典子は胸に重い蓋《ふた》を被せられたような気持ちになった。

「それは……お父さんのせいなの？」

「そうだね。お父さんのせいだね」

「あんたはお父さんのこと、大好きなんだって思ってたわ」

「大好きだったよ。小さい頃はね。今だって別に嫌いじゃないけど。人間的には憎めないところがあるしね」

「今さらお父さんのこと弁護するつもりはないんだけれど……あの人はね、とっても寂しい人なのよ。両親を早くに亡くして、親戚の家に預けられて育って、いつまでたっても愛情に飢えたところがあるの。あの人が女の人にだらしないのは、そういう意味では仕方のないことかもしれないって、お母さんはずっと思ってきた。もちろん褒められたことじゃないわよ。でもお母さんにはわかるの。あの人が基本的に正直で誠実な人なんだってことが。ただ寂しい男の子のまま年を取ってしまったものだから、自分にやさしくしてくれる女の人にすごく弱いだけなんだと思うの。子供と同じよ。ううん、子供というより、ミツバチと同じかな。ふらふらと甘い蜜に寄っていって、蜜を吸っておなかいっぱいになったら、すぐにその花のことは忘れるの。そして必ずおうちに帰ってくる。きっと悪気なんかこれっぽっちもないのよ。いつだって本気で私たちを裏切ったことなんかなかったし、こう言っちゃなんだけど、お父さんはね、家族がいないと生きていけない人なのよ。それだけはね、お母さん、信じられるの」

奈緒美は首を振ってため息をついた。

「お母さんって、さんざん外で厳しい仕事してきたくせに、お父さんのことになるとファンタジーの世界になっちゃうんだよね。いきなり少女に戻っちゃうんだよね」

「それ、皮肉ってるの？　お母さんが現実逃避してるって、そう言いたいの？」

「昔からいつもそうだった。何をされてもあの人が一番大事で、あの人は王子様みたいに特別な存在で、あの人の機嫌がいいことが我が家にとっての最優先事項だった」

「そりゃそうよ。娘に向かってぬけぬけと言うことじゃないけど、お母さん好きだもの、お父さんのこと」

「あの人は正直で誠実な人かもしれないけど、でも王子様なんかじゃない。純真な子供の心なんか持ってない。あの人は……あの人は……」

そのとき、ワイングラスを持つ娘の手がふるえていることに典子は気づいた。瞳には凶暴な怒りの塊が息づいて、それが見る見るうちに指先から髪の毛の一本一本にまでひろがっていくのが手に取るようによくわかった。

「お母さんの夢を壊して悪いけど、私、お父さんに対して、どうしても許せないことがある」

典子は身構えて唾《つば》を飲み込んだ。一体何を言われるのか、聞くのがおそろしかった。それはきっと家族が壊れるようなことに違いない、と典子は直感した。奈緒美は涙をためて、繰り返し息を吸い込んだ。おそらくはこれまで何度も自分に伝えようとして、果たせなかったことかもしれない。奈緒美は喉の奥に絡みついている吐瀉物《としゃぶつ》を懸命に掻《か》き出そうとするかのように、遠い記憶の紐をほどいた。

「小学生のときね、お父さんに……されそうになったことがあるの」

消え入りそうな声で絞り出すようにそう言うと、奈緒美は伏目がちに典子を見つめ、それから深い息をついた。肝心の言葉はほとんど聞こえなかったが、言いたいことはすぐにわかった。わかりすぎるほどよくわかった。

典子のまわりで、すべての音が止んだ。

店内で流れていた音楽も、隣の席から漏れてくる談笑も、ウエイターが皿を下げていく音も、一切何も聞こえなくなった。ただ自分の心臓の音だけが、時限爆弾のようにおおげさに聞こえる。そして金縛りにあったかのように、指ひとつ動かすことができない。汗のせいなのか、それとも涙のせいなのか、目の前にいる奈緒美がぼんやりとかすんで見えた。

「まさか、そんな……」

「嘘じゃないよ。五年生の、夏休みの最後の日だった。お母さんはいつものように仕事でいなかった。宿題の追い込みをやってたら、お父さんが私の部屋に入ってきて、とても悲しそうに私を見つめて、抱きしめた。少し酔っ払ってるみたいだった。あまりにも唐突だったからびっくりしたけど、お父さんは泣いてるみたいだったから、小さい頃よくそうしてあげたように、おでこにキスしてあげたの。そしたらお父さんは私のくちびるにキスしてきて、それから私の……」

やめなさい、と典子は両手で耳を塞いで低く刺すように言った。

「お願い、やめて……やめてちょうだい……やめなさい……」

だが奈緒美はやめなかった。残酷な光を瞳に湛えたまま、冷静に母親を見つめながら話し続けた。

「何がこわいって、お父さんの目が一番こわかった。いつも私を見る目とは全然違ってた。お父さんに一体何が起こったのか、私はわからなくて混乱してた。でもひとつだけわかったのは、これはお母さんに対していけないことなんだってこと。子供心にも、反射的にわかったのね。こんなことしたら、お母さんに悪い、って。お母さんが悲しむ、って。だから思いきり泣き叫んだの。自分がかわいそうで、お母さんがかわいそうで、そしてお父さんもかわいそうだと思った。あんなに泣いたのは、あとにも先にも、あのとき一度きりだった」

「それで……お父さんはどうしたの？」

典子はやっとのことでその言葉を口から出したが、まるで自分の声ではないようだった。どこか遠くで、知らない他人が、自分のかわりにおそろしいことをきいてくれているようだった。

「私があんまり泣くから、すぐに体を離して、何もしないで部屋を出て行った。そのあとのことは、よく覚えてない。夏休みの宿題が全部終わってなくて、次の日先生に叱られたことだけはよく覚えてる」

「じゃあ、つまり……未遂だったってこと？　結果的には何もなかったのね？」

祈るようにその言葉を投げかける自分自身を、典子はやはり遠い他人のように感じていた。

「何もなかったなんて言い方、されたくないな。結果的に未遂だったとはいえ、何もなかったことにはならないよ。いやしくも実の父親だよ？　いくら子供がかわいいからって、親なら何をしても許されるわけない。私、あのときの恐怖は一生忘れない」

「もちろん、それはそうよ。でも……それは本当にそういうことだったの？　ただのいつもの愛情表現のスキンシップではなかったの？　もしかしたら奈緒美の勘違いだったとは考えられない？」

わずかばかりの願望をこめて、そうきいてみた。奈緒美は不快そうに薄笑いを浮かべながら、首を振った。

「私もね、そうだったらよかったのにって、何度も思ったよ。あれは現実の出来事じゃなくて、悪い夢だったのかもしれない、って思い込もうとさえした。だって、そのあとのお父さんは、それまでと変わらない、いつものやさしい普通のお父さんだったから」

「お父さんは、そのあとも？」

「ううん、あのとき一回だけ。もし二度目があったら、私はたぶん今頃生きてないよ」

典子の心臓を芯から打ちのめしたのは、この言葉だった。典子の左腕が呪縛のように凍りついたのは、まさにこの瞬間だった。奈緒美はそのあと少しやさしい表情に戻り、瞳の奥に宿らせていた怒りの炎を憐憫の色に変えて、長い話を締めくくった。

「まるであの一瞬だけ、お父さんに悪魔が取り憑いたみたいだった。今にして思えばだけど、あの頃のお父さんはちょっと壊れてたのかもしれないね。仕事もうまくいってなくて、お母さんともケンカばかりしてて、追い詰められておかしくなってたのかも。でも当時の私にはそんなふうに思いやる気持ちの余裕なんてないからさ、お父さんがお酒を飲むといつまた同じことされるんじゃないかって、いつもいつもこわかった」

「だから高校を出ると家を出たの？」

「そう。とにかく中学・高校の頃は、家を出ることだけ考えてた。でもお父さんは飛行機には乗れないけど列車には乗れるから、いつアパートを訪ねてくるんじゃないかって、心のどこかで怯《おび》えてた。お盆とお正月に帰省するのも気が重くてね、いつも逃げるように帰ってたでしょ。たった一度の、しかも未遂に終わったことだったけど、強烈なトラウマになっちゃったのね。性的なことって、女にとっては、それだけ根深いんだと思うよ」

「だからブエノスアイレスまで来たの？」

「それも少しはあったかもね。でもここに来たのは、本気でタンゴを踊りたかったから」

自分はなんと愚かな母親だったのだろう、と典子は奥歯を割れるほど嚙みしめて強い感情を必死でこらえた。気がつくとくちびるが切れて血が滲んでいたらしく、娘がテーブル越しに腕をのばして、手を握ってくれた。今そうしてやらなければならないのは自分のほうなのに、あのときも十歳のこの子を黙って抱きしめてやらなければならなかったのは母親である自分だったのに、何も知らないで十八年が過ぎてしまった。自分だけが何も知らぬまま、子供は大人になってしまった。取り返しのつかない傷を負ったまま、悲しい大人になってしまった。典子はあらためて夫に対して、そして同時に自分に対して、激しい嫌悪感と憎しみを覚えずにはいられなかった。

「ごめんね、何も気づいてあげられなくて……お母さんのことも恨んでるわね？」

「恨んでないよ。それに気づかれてたらもっとやりきれなかったよ。お母さんには一生言うつもりはなかったけど、私、自分がやっと幸せになれたから、これでもう乗り越えられる自信がついたから、言えたんだと思うよ」

「乗り越えられるの？」

「生まれて初めて心の底から男の人を愛せたからね。私、男の人はカルロスしか知らないの。この年までバージンだったなんて、恥ずかしくて誰にも言えないけど」

「ちっとも恥ずかしくなんかないわよ。お母さんだって、お父さんしか知らないもの」

「でも実はこの話で一番許せないのはね、お父さんがどうやらこのことを全然覚えてないらしい、ってことなの」

「ええっ？」

「信じられないことだけど、絶対あの人は覚えてないと思う」

「酔っ払ってたから？」

「そうじゃなくて、人間ってたぶん長い年月のあいだに、都合の悪いことや恥ずかしすぎることは忘れていくようにできてるのかもしれない。あの人見てるとそうとしか考えられない」

「なんて恥知らずな男なの！」

典子は思わず吐き捨てるように叫んでいた。隣の席の夫婦が振り返るほど大きな声だった。皮膚から薄膜が剝がれるように、何かがゆっくりと典子のなかで剝離《はくり》していく感覚があった。そしてどういうわけか左腕が、じんじんと痺《しび》れるように痛みはじめた。だが典子はそのことについては特に気にしないようにした。時差ボケとワインを飲みすぎたせいだろう、と思っただけだった。

4

サン・テルモという古い石畳の街の、穴倉のように薄暗く狭いタンゴ・バーの片隅で、典子は次第に痛みを増していく左腕をそれとなくさすりながら、目の前で繰り広げられる男女の官能的な踊りを息を詰めて眺めていた。

何しろ店内が狭いために、ダンサーの一挙手一投足が手に取るようによく見える。タンゴというものがどういうダンスか、典子は大体のことは知っている気がしていたけれど、ここまであからさまに女性が大きく脚をひろげて男性の股《また》のあいだに挿し込んだり、惜しげもなく太腿を晒《さら》して男性のからだに絡みつかせたりするものだとは知らなかった。広いステージで遠くから見る分にはさほど気にならなかったのかもしれないが、目と鼻の先で踊ってくれるので、男女の一体感・密着感が文字通り肌身を通して感じられるような気がする。自分の娘がこのような踊りを踊っているのかと思うと、どきどきして気恥ずかしくなってしまう。それはやはりセックスというものを否応なく連想させずにはいられないからだ。

だが、そのように見せるためには長年の修練が必要だろうということくらいは素人の典子にも容易に想像できた。足の動きは複雑で高度なテクニックを要求されるが、それをいかにもさりげなく見せなければならない。下手な踊り手が踊ったら、格闘技になってしまうだろう。そしてたぶん、ただ上手に踊れるだけでは駄目なのだ。セクシーでありながらどこまでもエレガントに、そのうえ憂いを滲ませて踊らなければならない。タンゴは扇情的な踊りではなく、実はぎりぎりまで抑制されたストイックな踊りなのではないか、と典子は思った。そしてなぜ娘がこのような踊りに惹かれるのか、そのわけをじっと探ろうとしていた。

「お母さん、ちょっと踊ってきてもいい？」

この店では曲の合間にダンサーが客に声をかけ、一緒に踊ってくれるサービスがあるらしい。他の客が次々と誘いに応じて踊るのを、奈緒美はさっきからうずうずして見ていたのだろう。年配の渋いダンサーが声をかけてくれたとき、奈緒美はもう我慢できないといった感じで立ち上がった。行ってらっしゃい、と送り出すと、お母様もあとで、というようにそのダンサーは流し目を送ってきた。ただそこに立っているだけでタンゴの粋を身に纏《まと》っているといった風情の、人生の酸いも甘いも知り尽くしたような老人だが、若手の精力ムンムンのダンサーより格段に色気があった。こんな男が娘と踊っているのを見たら夫は嫉妬で気もそぞろになるだろう、と思いながら、典子は二人のダンスを待ち構えた。

イントロが流れると、笑みを浮かべて、穏やかに見つめあって、二人はとても楽しそうに踊りはじめた。奈緒美は毎日練習しているだけあって、さすがに他の客よりは形になっている。客席から静かな拍手とどよめきが漏れる。こんなにも生き生きと自信に溢れた娘の姿を、典子はそれまで見たことがなかった。これは最高の土産になると思い、典子は慌ててムービーカメラを構えてスタートボタンを押した。だが左腕が痺れてうまくカメラを固定することができない。そのうちに右手もふるえて目がかすんできた。土産？　と、典子は思った。一体誰への？　と思ったとたん、すべてがばかばかしくなって、カメラを止めた。

　こんなにも美しいダンスを、美しい娘を、美しい時間を、あの男に見せてなどやるものか。左腕は怒りを含んで引き攣《つ》れるようだった。典子がどんなに記憶をたどっても、奈緒美の言うように、夫が自分のした破廉恥な行為を覚えているとはやはり思えないのだった。自覚もなく、反省もなく、あの男がその後の十八年間を生きてきたとすれば、自分自身の結婚生活とは一体何だったのだろうか。典子はタンゴを見ながらずっと、頭の裏側でそのことを考え続けていたのである。

「ああ、楽しかった！　彼は往年の名ダンサーで、結構有名な人なんだよ。とっくに引退して悠々自適のはずだけど、たまに気が向くとこの店にふらりと遊びに来て、小遣い稼ぎに踊ってるみたい。あの殺気立った色気を拝んでみたくて、一度一緒に踊ってもらいたかったんだ」

奈緒美が踊り終えて席に戻ってくると、典子は我に返って拍手を送った。

「やるじゃない。お母さん、びっくりしちゃった。踊るとあんたは別人みたいね」

「彼のリードが絶妙だから、下手な踊り手でも上手く見えちゃうの。やっぱりあの人は、すごいわ」

「それもそうだけど、別人みたいに輝いて見えたわ」

「解放されてるのかな？　きっと踊ってるときの自分が本当の自分なんだと思うよ」

「でもタンゴって何だか物悲しいのね、音楽もダンスも」

「そうだね。仄暗い情念の世界だよね。そういうところがたまんないんだよね」

この子が生まれたとき、まさか将来アルゼンチンに住んでタンゴダンサーになるなどと、誰が予測できただろうか。この子のなかに眠っている、暗く、悲しく、激しいものにどうしようもなく惹かれていく資質は、典子のなかにはないものだった。それは明らかに夫の資質を受け継いだに違いない。

根っから福祉の仕事が好きで、人のためや社会のためになる仕事をしたいと願って生きてきた自分は、どちらかといえば一本気で強い人間だと典子は思う。現実をリアルに見つめ、多少のことでは揺るがない信念と覚悟がなければ務まらない仕事だから、顔の皮膚も手の皮も、そしていつのまにか心の鎧《よろい》までもが分厚く頑丈になってしまった。会社を経営するようになってからは尚更のことだ。一方、絵描きになりたくてなりきれず、産業デザインという道で折り合いをつけながらも自己表現への欲を捨て切れなかった夫は、やはり繊細で弱いところがある。典子のような女にとってはそこが魅力だったりしたのだが、いつも何かを何となく夢見るような父親の背中を、奈緒美はどんな思いで眺めていたのだろう。

「マダム、お相手をお願いできますか」

優雅な物腰で、スペイン語訛《なま》りの癖のある英語で、老ダンサーが典子に声をかけに来た。

とんでもない、と典子が首を振ると、彼はそっと典子の左肩に触れ、深い瞳でじっと見つめてきた。

「ぜひお願いします」

彼の皺《しわ》だらけの手に触れられた瞬間、典子の左腕はたちまち熱を帯びて疼《うず》くように火照りはじめた。まるで左腕が典子のからだから切り離され、独立した意志を持った別の生き物になったかのようだった。

「せっかくだから、踊っていただいたら？　彼と踊れるなんて、一生の記念になるよ」

と、奈緒美が耳打ちした。

「だって、踊れないもの」

「大丈夫。タンゴなんて、ようするに平行移動よ。彼がうまくリードしてくれるから、流れに逆らわないように体を揺らしていればいいんだよ」

典子自身は躊躇しているのに、左手は踊りたがっていた。目の前にいる枯山水のような老人の腕に抱かれたがっていた。

「マダム、お手をどうぞ」

典子がはっきりとした返事をする前に、彼は典子の気持ちを見通して左手を握りしめた。典子は吸い込まれるように立ち上がり、中央のフロアーに連れ出された。まるで彼の指先に強力な磁石がついていて、引っ張り上げられるようだった。典子自身は恥ずかしくて逃げ出したいのに、左手は嬉しくて彼の手にぎゅっとしがみついていた。彼がバンドに合図をすると、センチメンタルなイントロが流れてきた。

「力を抜いて。このひとときは、私を恋人だと思ってください。離れ離れでいる恋人たちの、束の間の逢瀬です。もうじき最終の列車が出ます。あなたはそれに乗って帰らなくてはなりません。私たちが踊るのは、最後の一曲です。相手のぬくもりを、気配を、嚙みしめて刻みつけるのです。私の目を見ていてください。決して目をそらしてはいけませんよ」

強い訛りのある聞き取りにくい英語なのに、なぜか細かいニュアンスまではっきりと理解できた。彼は典子の右手を取り、左肩を抱きかかえるようにして、ゆったりと包み込むように踊りはじめた。典子が息を吸い込んで彼に体を預けた瞬間、ふわりと宙に浮かんだような気がした。自分で動いていなくても、彼の手で操られ、魔法をかけられて、右へ左へ動かされているようだった。そうそう、その調子、と彼が目で言っていた。人目はまったくと言っていいほど気にならなかった。

相手を信じて身を委《ゆだ》ねると、肉体とはこれほどまでに自由に解放されるものか。この感じは何かに似ている、と思ったら、セックスに似ているのだった。初めて夫に抱かれたときも、ふわりと宙に浮かんだのを覚えている。なぜこんなに素敵なことを、あの男としかしてこなかったのだろう。他の男とダンスを踊る機会はいくらでもあったはずなのに。典子は自分が、人生の甘い果実を充分に味わうことなく年を取ってしまったようで、ひどくもったいないことをしてきたような気がした。

「マダム、左腕をどうかされましたか？」

踊りながら彼がたずねた。たしかにそんなふうに聞き取れた。典子はびっくりして、

「なぜ？」

ときき返していた。

「右腕と比べて、とても重い。重すぎます。右腕を飲み干したワインの空き瓶とするなら、左腕はまだ封を切っていない、中身のたっぷり詰まったワインのようです」

彼がさりげなく典子の左腕をさすると、不思議なことが起こった。しくしくと続いていた痛みが嘘のように消え、そのかわりに自分の意志とは関係なく大量の涙が流れ出したのだ。水道の蛇口をひねったときのように、ただ機械的に涙が流れ落ちてくるのである。体

を揺らすたびに涙は汗のようにフロアーに飛び散った。それでも音楽は鳴り続け、二人はダンスをやめなかった。

「どうしたのかしら、私……なぜ泣いているのかしら……」

「ここにはワインではなく、とても大きな感情が詰まっているのでしょう。ダンスの振動でふと栓が開いてしまったのかもしれませんね。ダンスには時々そういう効用もあります」

「でも、なぜ左腕なんでしょうか」

「心臓のある側だからかもしれません。人間は左側から死んでゆくのです。こうなるまでにはよほどのことがあったのでしょう。何か思い当たる感情はありますか?」

「それならきっと、怒りだと思います。私はとても怒っているのです。気が変になるくらい、本当に心から怒っているのです」

老ダンサーは眉間にぐっと皺を寄せて、典子の左肩を強く引き寄せた。すると左肩の付け根から腕にかけて火傷しそうなほど発熱し、それはたちまち典子の体の左半分に伝導して、典子の意識は飛びそうになった。この男は一体いくつなのだろう、と典子は必死に意識を自分の内に留めようとしながら思った。七十歳、いや八十歳は超えているだろうか。その手は搗《つ》きたての餅《もち》のように熱くて柔らかく、適度の水分を含んでじわじわと典子の左肩に食い込んでくる。こんなふうに体に触れられたのは初めてだった。もっと強く、そしていつまでも触れていてほしいと典子は思った。涙は止まることなく滔々《とうとう》と流れ続けていたが、典子が感じていたのはほとんどエクスタシーに近いものだった。ダンスのスピードは少しずつ速くなっていった。典子はくるくるとまわりながら空を飛んでいるような錯覚を覚え、やがて小さく叫んで、そのまま気を失った。

気がついたとき、同じ音楽が鳴っていて、典子は自分がまだダンスを踊っていることに驚いた。典子が意識をなくしていたのはせいぜい十秒か二十秒のあいだだったらしい。典子は踊りながら気を失い、そのまま彼の腕の中で踊り続け、再び踊りながら意識を取り戻したのである。

「気がつかれましたか」

彼は何事もなかったかのように微笑んだ。店内はさっきと同じようにタンゴを愛する人々の親密な空気につつまれていた。客席の誰ひとり、そしてバンドのメンバーも含めて、典子の異変に気づいた者はいなかったようだ。相方が意識をなくしたのにまったくそれを周囲に感づかせることなくダンスを続行するなんて、やはりこの老人はただものではない。典子は畏怖さえ覚えて、やっとのことで微笑みを返した。

「ごめんなさい、私……」

「少し遠くへ行っていたようですね。しかし、音楽が鳴っているかぎりダンスは続きます」

「さぞかし重たかったでしょうね」

「いいえ。アルゼンチンの女性に比べたら、日本の女性は羽根のように軽いですよ。ブエノスアイレスにいるあいだに、マダムはもっと肉を召し上がらなくてはいけません」

「力持ちなのね」

「ご気分はいかがですか？」

とても奇妙な気分だった。わずか十秒か二十秒のあいだに、ずいぶん遠くまで旅をしてきたような気がする。タンゴのリズムと彼の手が、スイッチを入れてしまったのだ。典子のなかで記憶のフィルムが早送りで巻き戻され、光と影が交互にフラッシュバックして強烈なめまいに見舞われているあいだに、典子はくっきりとした白昼夢を見たのである。それは過去のおぞましいワンシーンだった。そのとき、左腕にわだかまっていた重苦しく鬱《うっ》陶《とう》しいものの正体が、ようやく明らかになったのだった。

「怒りだけではなかったようです」

「この腕に取り憑いているもの？」

「ええ。やっとわかりました。私、何もかもすっかり思い出したんです」

「それは何だったんですか？」

「悲しみです。たとえようもなく深い悲しみが、私の体の奥に眠っていたんです。私はそれにずっと蓋をしたまま、見て見ぬふりをして、なかったことにして生きてきたんです。なぜならそうしないことにはとても生きてはこられなかったからです」

老人が典子の拙い英語と、伝えたかったことを正しく理解できたかどうかはわからない。彼は黙って頷き、曲のフィナーレに典子の腰を抱いて、首筋にくちづけた。それは典子の悲しみを慰めるためにそっと添えられた、やさしいハンカチのような仕草だった。音楽が止んで場内が拍手喝采につつまれると、彼はあらためて典子の左手を取り、手の甲にキスをしてくれた。

「踊ってくださってありがとう。一生の思い出になりました」

「人生でダンスが必要になったら、またいつでもおいでください」

老ダンサーは典子に向かって心憎いウインクを送り、楽屋裏に消えた。魂を抜かれたような覚束ない足取りで席に戻ると、奈緒美がニヤニヤと笑みを浮かべている。

「お母さんこそ、やるじゃないの。結構サマになってたよ。完全に自分たちの世界に入り込んでたね。それでいいんだよ。ああ、明日が楽しみになってきた！」

奈緒美が嬉しそうにはしゃぐ声を、典子は夏の蟬の残響を聞くような思いでやり過ごした。自分がたった今思い出してしまったおそろしい事柄を、この子には決して言うまいと思った。自分のなかでその事実を受け止め、整理し、このことに何か意味があるならばその意味を考え、ないのなら神がなぜこのような試練を自分に与えなくてはならなかったのか、問いかけるだけで精一杯だった。

5

そのミロンガは、家庭の居間から抜け出してきた中高年の男女で溢れかえっていた。
ブエノスアイレスでは年代や嗜好にあわせてさまざまなミロンガが用意されているらしい。夜も遅いというのにどこからこれほどの市民が湧いて出てくるのか、夜が更けるほどに混み合ってくるホールの片隅で、典子は汗だくになって奈緒美からステップの手ほどきを受けていた。

若者向けの店では現代風にアレンジした最先端のタンゴがかかっているが、ここは中高年専門のまったりとした店なので、オーソドックスなタンゴがかかっている。生演奏ではなくレコードだが、カウンターで飲み物を注文すれば何時間踊っていてもよく、入場料も数百円と、タンゴ・バーとは比較にならないほど安い。まさに庶民の娯楽の王道としてタンゴはこの街に根付いている。
さきほどのタンゴ・バーを出たのが十一時半、そこからタクシーで十分ほど走って、このミロンガになだれこんだ。思いのほか疲れてしまったので本当はホテルに帰ってベッドにもぐりこみたい気分だったが、娘からタンゴを習うのもかけがえのない思い出になると思い、典子は一時間だけ教えを乞うことにした。それでも踊り足りなくて、もう一時間延長してもらった。こういうときは体を動かしているほうが気がまぎれるというものだ。典子はひとりになることがこわかった。ひとりになってあの忌まわしい記憶と向き合うことがこわくてたまらなかった。

「お母さん、なかなか筋がいいわ。二時間でこれだけ踊れればもう大丈夫だね。そろそろホテルに帰ろうか？」

「タンゴってすごく楽しいわ。あと一時間お願い」

「でも、さっきから顔色がよくないよ。どんどん真っ青になってるよ。気分悪いんじゃない？」

「ちょっと飲みすぎただけ」

「ごめんなさい。私が変な話をしちゃったせいだね。やっぱり話さなきゃよかった」

「いいえ。話してくれてよかったわ。何も知らずに一生を終えるよりはずっといい」

「話してしまってから、私ずっと後悔してるの。万一これでお母さんとお父さんが離婚することにでもなったら、私の責任だよね。そんなことになったら、どうしよう」

笑って否定してくれるのをこの子は期待しているのだろうと典子にはわかったが、そんなことをするのも嘘くさい気がして、典子は何も言わなかった。すると奈緒美は急に顔色を曇らせた。

「まさか……別れるつもりじゃないよね、お父さんと……やめてよね、私が結婚するのにお母さんたちが離婚するなんて。シャレになんないよ」

「どうなるにせよ、あんたとは関係のないことだわ」

「さっきお母さん、私の勘違いだったかもしれないって言ったでしょ？　百パーセントそうじゃないとは言い切れないかもしれないって、そんな気もしてきたの。まだ子供だったわけだし、記憶も曖昧になってるし、何より当事者であるお父さんがそんなことを忘れるなんてやっぱり変だものね。もし本当に私の勘違いだったとしたら……」

「いいのよ、今さらそんなこと言わなくても。加害者より被害者のほうがされたことをいつまでも覚えているものよ。記憶の捏造《ねつぞう》をしてしまうのは、いつだって加害者のほうと決まってるのよ」

　そんな一般論を言いながら、果たして本当にそうだろうか、と典子は考えていた。人間の記憶ほどあてにならないものはない。いくらでも自分に都合のいいように書き換えることができる。奈緒美の身に起こったことも、本当はもっとひどいことだったかもしれない。あまりにもつらい出来事は脳が受け止めることを拒絶して、そのときの記憶を遮断してしまうことだってあるのだ。それは人間が生きていくために必要な自衛本能なのだ。典子自身がそのことを一番よく知っていた。

「娘の立場から言わせてもらうと、私はお父さんとお母さんに離婚してほしくない。お母さんが見放したら、あの人はたぶん生きていけないよ」

「このさいお父さんは関係ないわ。私自身の人生の問題なの」

奈緒美は意味がわからないというように首を振った。

「あんたは明日からカルロスさんと幸せになるんだから、もう親なんかいらないでしょ？親の心配なんかしないで、生きたいように生きなさい。私ももうあんたの心配なんかしないことにする。今夜はホテルに帰って寝るわ。明日はオールナイトでガンガン踊ってみせるわよ。ノリの悪い日本人だなんて、一言も言わせないからね！」

心配顔の奈緒美と別れてタクシーでホテルに戻ると、典子はバスルームに駆け込んで着ているものをすべて脱ぎ捨てた。ぴかぴかに磨き上げられた大きな鏡に全裸の自分を映してみる。乳房は垂れ下がり、腰まわりに致命的な贅肉がついてしまっている。どんなに高いクリームを使っても、肌のくすみは隠しようがない。

典子は十代の頃よくそうしていたように、腕を胸元で交差させて後ろにまわし、自分のからだを抱きしめた。あの頃はガリガリちゃんというあだ名をつけられるほど痩せていたから、腕をまわすと背中の薄さが手のひらで感じられたものだった。あの頼りなさは人生そのものに対する頼りなさだった。この先、五十年も六十年もこんな薄い背中で生きていくのかと思うと、当時の典子は恐怖におののいたものだった。

今の自分はといえば、脂肪がつきすぎて、まわした腕が背中に届きすらしないではないか。いつしか背中は分厚くなり、手のひらもふっくらとして、あの恐怖感さえ忘れてしまった。そうだ、人間というものは実にいろんなものを忘れてしまう。絶対に忘れられないような体験さえ、記憶の底から消し去ってゆく。

典子はルームサービスでワインを頼んでから、ゆっくりとクレンジングクリームを泡立てて化粧を落とした。化粧水をつけ終えた頃、適切な音を立ててドアがノックされ、ワインが運ばれてきた。そのままドアを開けようとして裸だったことに気づき、ガウンを羽織ってからワインを受け取った。サインをすませ、チップを少し多めに渡すと、ワインを運んできた若者が適切な分量の笑顔を浮かべ、適切な音を立てて栓を抜いてくれた。典子はガウンを脱いで再び裸になってから、テレビをつけて音声を消し、ワインを飲みはじめた。ボトルの半分ほど飲んだところで、電話機を見つめ、五分ばかり見つめたあとで、おもむろに受話器を取った。

日本は今頃、午後三時をまわった頃だろう。典子は年老いた両親が暮らす田舎の古い家を思い浮かべながらプッシュボタンを押した。七回目のコールで、しゃがれた父親の声がした。父は少し耳が遠いので、典子は声を張り上げて怒鳴るように話しかけた。

「もしもし？　お父さん？　私、典子です」

「おう、典子かあ」

「お母さんは？　病院行ってるの？」

「うん、お母さんは病院行っとる。もうじき帰ってくるやろ」

「デイサービスの人はもう帰ったの？」

「はあ？　誰や、それは」

父はかなりボケが進んでいる。ひどいときは典子のことをまったく認識しないときもあるが、今日は比較的調子がいいようだ。母が病院へ行っている時間であることも、デイサービスの人が午前中だけ来る曜日であることも、典子にはよくわかっていた。わかっていて電話をかけたのだ。父がひとりでいる時間帯だとわかっていて、わざわざ国際電話をかけたのだ。

「おまえ、お母さんに何ぞ用か？」

「ううん、ちょっとお父さんにききたいことあんのよ。昔のことで」

「なんかね？」

「四十年前のことなの。覚えてるかなあ」

「うーん、昨日のことも忘れとるからなあ」

「私が中学一年だったときのことよ。あの年にお父さん、教頭先生になったでしょ？」

「ああ、そうやったな。それがどうかしたんか？」

ボケてはいても、教職に就いていた時分のことはよく覚えているらしい。何年にどこの学校に赴任し、何年に学年主任になり、教頭になり、校長になったか、そして担任した生徒の名前まで驚くほど鮮明に覚えている。それなのに家族の誕生日や行事は忘れてしまうのだ。家族の誰かが急病で入院しても、昔の教え子に同窓会によばれるとそっちを優先させるような父親だった。我が子より教え子のほうがかわいいのかと、子供の頃は恨みにも思ったものだった。もちろん大人になるにつれて父親がいかにいい教師だったかを典子は知ることになるのだが、当時は複雑な心境だった。

「連休に珍しくお父さんが家族で温泉に行こうって言い出してさ、新しい車で。覚えてる？」

「うーん……そうだったか？」

「でも直前に雅紀が熱出して、お母さんが病院に連れて行くことになって、結局二人で出かけたことがあったじゃない？」

あのときは弟が熱を出して家族旅行は当然中止になるはずだったのだが、もう宿も取ってしまったし、とにかく父は買ったばかりの新車が自慢で、それに家族を乗せて遠出したくてたまらなかったのだろう。父が家族旅行を計画すること自体非常に珍しいことだったから、典子は何としても行きたかった。がっかりする典子の顔を見て、母は二人で行ってくればと言った。

「そうか？　おまえと二人で、温泉になあ……？」

やはり覚えていないようだ。こういうときは何か学校の記憶と絡めると思い出す確率が高いということを典子は知っていた。

「ほら、先生方の慰安旅行で行って、すごくよかった温泉だって言ってたじゃない？　それで私たちを連れて行ってやりたい、って」

「おうおう、あそこか、そうやそうや。あそこはよかった。料理もうまかった。いい露天風呂もあった」

「あの夜のこと、お父さん、覚えてる？」

典子は汗が滴る手で受話器を握りしめ、ゆっくりと深呼吸をした。ベッドサイドのミラー越しに、裸であぐらをかきながら髪の毛を怒りのために逆立たせて電話をかけている醜い中年女の姿が映っていた。

「あの夜？　さあて、何かあったかね？」

父親は暢気《のんき》な声で応じ、かるく咳き込んで、痰を吐いた。

「お父さん、私のお布団に入ってきて、いやらしいことしたでしょ？」

「いやらしいことだと？」

その前後の状況と、具体的に何をされたかはどうしても思い出せなかったが、何度も温泉に入って体を洗い清めずにはいられなかったこと、その瞬間から父親を激しく憎むようになったこと、母親に申し訳ない気持ちでいっぱいになったことを、典子はタンゴを踊りながら戦慄とともに思い出したのだ。あのとき以来他人の痛みに敏感になり、それが福祉の仕事を志す原動力になったのかもしれないと、あらためて典子は当時の自分が受けた傷の深さに愕然とする。

「したんだよ、あんたは。この私に」

「ばかたれが！　何を言うか、父親に向かって」

父は本気で腹を立てて怒鳴った。

「覚えてないの？」

「いいかげんにせんか！」

「無理もないか。私だって忘れてたんだもの。本当についさっき思い出したの。人間の記憶って不思議よね、そんなすごいこと忘れちゃうなんて。それを四十年もたってから地球の裏側で突然思い出すなんて！」

典子は言いながら低い声で笑い出した。いつまでも笑いが止まらなかった。笑いながら母子二代にわたってフーガのように繰り返されるこの残酷な因縁を呪わずにはいられなかった。そして耐え難い記憶に無意識のうちに蓋《ふた》をしてでも生きようとする人間の生命力の神秘を思い、笑いながら泣けてきた。手にしている受話器が汗と涙と鼻水でぬるぬると滑るほどだった。

「おまえ、どうしたんか？　頭おかしくなったんと違うか？」

「頭おかしいのはあんたのほうだよ。教頭先生ともあろう人が、実の娘にあんなことして、この破廉恥野郎！　おまえなんか教育者失格だ！　父親失格だ！　いいや、人間失格だ！

いいか、よく覚えとけ。自分がこんな仕事していたって、私はおまえの老後の面倒だけは見ないからね。よその家のボケ老人のオムツは何百枚替えても、おまえのオムツだけは金輪際、取り替えてやるもんか。せいぜいお母さんより先に死ぬんだね。とっととくたばれ、この変態ジジイ！」

父が何事か呻く声が聞こえたが、典子はそのまま電話を叩き切った。それからバスルームに駆け込んでシャワーの栓をひねり、タオルを噛んで号泣した。今の会話を、父は数分後にはきれいに忘れてしまうだろう。ほとんど蚊に刺された程度のショックしか与えないだろう。それでいい。ボケた老親だからこそ言える呪詛の言葉だった。言ってしまったことに意味などない。壁に向かって言ったのと同じことだった。神に向かって言ったのと同じことだった。

ひとしきり泣いて落ち着くと、典子はバスタブに熱い湯を張って、哀れな左腕をそこに沈めた。ワインの残りを飲みながら時間をかけてゆっくりと浸《つ》かり、今日は本当に長い一日だった、としみじみ思い返した。明日もまた長い一日になるだろう。典子は目を閉じて、人生で最悪の一日と、最高の一日とを結ぶ中継地点のひとときを噛みしめていた。

愛する娘が明日、嫁に行く。自分もこの日のために新調した取っておきの晴れ着を着て、十歳は若く見せて、親戚になる人々と朝までタンゴを踊るだろう。飲み疲れ、はしゃぎ疲れ、踊り疲れて眠ってしまうまで、幸福な花嫁の母を演じるだろう。ラストダンスはあの子と踊ろう。あの子が照れていやがってもかまいはしない。私たちはいわば同じ戦場をくぐりぬけてきた同志なのだ。さらに困難なこれからのあの子の人生の旅立ちに、母からのせめてものはなむけのしるしだ。

娘よ、これからはおまえの大地の下に私がいる。地球の裏側からおまえの踏みしめるステップの音を聞いている。人生がいかに不条理であろうと、その音が遠くでかすかに聞こえるかぎり、母はもうしばらくは生きてゆく。アルゼンチンの大地に足を突き刺し、蹴り立て、舞い踊るおまえの姿を、どんなときも夢見て、負けないように生き延びてゆく。

典子の手からワイングラスが滑り落ちて、湯船の中に沈んでいった。長く厳しかった一日の終わりに、ようやく深い眠りが典子の瞼に訪れようとしていた。

Inspired by Astor Piazzolla's "Fuga y Misterio"

ドブレAの悲しみ

1

わたしはボカの港のいかがわしい娼館の裏口をねぐらとする野良集団の大ボスの子として生を享《う》け、兄弟たちとの苛烈なサバイバル競争に明け暮れたり、近隣の悪ガキどもの壮絶ないじめと戦ったりしているとき、生後四ヶ月めにして幸運にも娼館の客であるバンドネオン弾きのおじいさんに拾われて、あたたかいベッドと三度のめしがついてくる飼い猫の身分を与えられることになった。

　何しろボカといえば昔からブエノスアイレスで最も品の悪い連中が集まる港町である。娼婦や船乗りやマフィアや悪徳警官がたむろし、どぶ川のほとりに住み着いて、タンゴを踊りながら子供をつくるものだから、どんどん品の悪いガキが増えていく。悪ガキどもは大人から小銭をたかったり商店からガムをくすねたりするだけでは飽き足らずに、野良猫をいじめることで憂さ晴らしをする。わたしがおじいさんに助け出されたときは、まさにそんなガキどもから自慢のエメラルドグリーンの右目をつぶされようとしていたところだった。左目のほうはとうの昔にサッカーボールを蹴りつけられてつぶれてしまっていた。

「こら、やめんか、クソガキどもっ！」

わたしのすさまじい悲鳴を聞きつけて娼館の窓から顔を出し、一喝したおじいさんに向かってガキどもは石をぶつけて囃《はや》し立てた。

「やーい、エロじじい！」

「スケベじじい！」

「真昼間からいい年こいて、恥ずかしくないのかよー！」

おじいさんはパンツ一丁で娼館から飛び出してきてガキどもを蹴散らし、あばら骨の浮き出た胸にふるえるわたしを抱きかかえて、部屋に戻った。にんげんの体温にわたしが触れたのは、これが最初だった。おじいさんがなじみの娼婦に人間用の消毒薬を借りて傷の手当てをしてくれているあいだに、わたしの名前が決まった。

「おお、おお、かわいらしいボンボンがついておる……男の子じゃな……それではと、今日からおまえのことをアストルと呼ぶことにしよう」

「あんたの神様の名前だね。ギャングみたいな顔つきがどことなく彼に似ているわ」

なじみの娼婦もその名前に同意した。彼女もひどく年取っていた。ふたりは娼婦とその客というよりは、何十年も連れ添った仲のいい夫婦みたいに見えた。薄い壁一枚を隔てた隣室からは絶え間なく大きな声や振動が聞こえてきたが、ふたりはベッドに並んで腰かけてしみじみとマテ茶を飲んでいるだけだった。時折、おじいさんが苦しそうな咳《せき》をすると、彼女が背中を撫でてやった。

「んじゃ、また来週寄るよ、ベイビー」

「あんた、お医者に行って胸を診てもらってね。忘れないでね」

「ああ、うん、そのうちにな」

おじいさんは商売道具のバンドネオンをかついで、わたしをコートのポケットに入れて小さなアパートの部屋に帰った。

「アストルや、少々狭くて申し訳ないが、ここを自分の家だと思ってくつろいでおくれ。わしはこれから一仕事してくるからな、腹が減ったらこれを食べて、ねむたくなったらベッドで眠りなさい」

おじいさんは冷蔵庫からミルクを出して皿にあけ、パンをちぎってそこに浸したものを置いていってくれた。わたしはものの十秒もかからずにがつがつとそれをたいらげ、満足して前脚で顔を洗うと、ふかふかの羽毛布団で丸くなった。こんなに柔らかい上等な寝床は初めてだ。こんなに腹いっぱい食べたのも生まれて初めてだったので、わたしは自分の幸運に感謝しながら、またたくまに眠りに落ちた。

おじいさんが帰ってきたのは明け方の四時頃だった。足音が聞こえてくるとわたしは寝床から跳ね起きて玄関で迎えた。おじいさんは相好を崩してわたしを抱き上げ、頬ずりをした。

「いい子で留守番していたかい？　腹が減っただろう。今夜は思いのほかチップがたくさん入ってな、おまえにもお土産を買ってきたよ」

おじいさんがコートのポケットから紙包みを出すと、香ばしく焼いた肉の匂いがプーンと室内に漂った。わたしは反射的に涎《よだれ》を垂らしながら、嬉しさのあまり興奮して部屋じゅうを駆け回った。かなり大きなステーキの塊を食べやすいようにナイフでこまかくちぎって、おじいさんが皿にあけてくれる。なんてうまそうな匂いなんだ。この匂いはよく知っている。いつも狙っていたレストランのゴミ箱で嗅《か》いだことがある。母や兄たちに取られて一度しか口に入れたことはないが、これがおいしいのもよく知っている。

「ほうら、お食べ」

一口めは無我夢中で味なんかわからない。二口めも舌が滑ってそのまま喉に呑み込んでしまう。三口めにしてようやく脳天を突き上げるようなおいしさがしみわたる。やっぱり肉は牛にかぎる。生の鼠の肉ではこれほどのコクは味わえない。嚙みしめるたびに肉汁がジュワッと滴るのが何といってもこたえられない。おじいさんは赤ワインをちびりちびりとやりながらわたしが食べるのを満足そうに見ていた。

「そんなに慌てて食べなくても、誰もおまえの皿を取ったりはせんよ。ゆっくりお食べ、アストル。そうか、そんなにうまいか。そんなに嬉しいか。わしの分もやろう。わしはもう年だから、少しの肉とたっぷりのワインがあればいいのだよ。これでも若い頃は馬鹿みたいに肉を食ったもんさ。何しろバンドネオンは重いからな、体力をつけねばならん。果たしてわしは生涯に何頭分の牛を食ったことになるのかな……」

おじいさんはぶつぶつとわたしに話しかけながら椅子にもたれてウトウトしてしまう。本格的に舟を漕ぎ出す前にわたしが顔を舐めてやると、おじいさんはおもむろに立ち上がってよろよろとベッドに直行し、倒れ込むように眠ってしまった。

わたしは寒かったので、なるべくおじいさんにひっついて寝る態勢に入った。はじめのうちは足のあいだに収まっていたのだが、室温の低下とともに少しずつ上のほうへ移動していき、胸のあたりに落ち着こうとすると、おじいさんが無意識のうちに布団をまくり上げて中に入れてくれた。にんげんのからだは足元よりも胸から首筋にかけてが一番あたたかいのだということを、わたしはその日のうちに発見した。そしてにんげんの心臓の鼓動を、わたしは初めて聞いたのである。

それは太古の果てから聞こえてくる遠い太鼓のような響きだった。ドーン、ドーン、ドーン、ドーンという規則正しいリズムに身を委ねていると、なぜだかひどく安心して、心地よく深い眠りにいざなわれていった。それは素敵な音だった。この世界のおそろしい魑《ち》魅魍魎《みもうりよう》からわたしを守ってくれる、たったひとつの信じられる音だと思った。

おじいさんはいつも昼頃わたしに顔を舐められて目を覚まし、わたしに食事を与えてから、近所のカフェにコーヒーを飲みに出かける。常連とゆっくりおしゃべりをして、日が暮れる前に戻り、ひとしきりバンドネオンの練習をする。夜になるとわたしに食事を与えてから、おじいさんは仕事に出かける。稼げる仕事もあれば、稼げない仕事もある。明け方になると帰ってきて、またわたしに食事を与えてから、ワインを飲んで寝てしまう。ざっとこれがおじいさんの一日だ。

わたしの見るかぎり、おじいさんは時々自分の食べることは忘れてしまうようだが、わたしにごはんをくれることは絶対に忘れない。猫は一日二食が基本だというが、必ず三食くれたし、時には四食くれることだってある。たぶん何回与えたかうっかり忘れてしまうんじゃないかと思う。それでわたしがもの欲しそうな顔をして見上げると、つい余分に与えてしまうのだろう。

おかげでわたしの体重は急速に増えていった。しかもおじいさんのくれるのはキャットフードなんかじゃなく、にんげんと同じ食べ物だった。仕事から帰ってきたときにコートのポケットから出てくるごちそうは、実にバラエティに富んでいた。ビーフステーキ、チキンの丸焼き、分厚いハンバーガー、こってりと甘いキャラメルケーキ、ナッツ入りのチョコレートパイ、油でベトベトの揚げパン……カロリーがてんこもりのそれらのごちそうを、わたしは日ごと夜ごと食べつづけた。

「アストル、おまえはすっかり大きくなってしまったから、もうわしのポケットには入らないな」

自身はどんどん痩せつづけていくのに、丸々と太りつづけるわたしを見ておじいさんは嬉しそうに言った。

アパートにはおじいさんの他にもさまざまな音楽家たちが住んでいた。ピアノ弾き、ヴァイオリン弾き、コントラバス弾き、タンゴ歌手、バンドネオン弾きも何人かいた。そして各階に必ず一人はダンサーがいた。アパートの全住人の半分くらいは、タンゴで生計を立てていた。ブエノスアイレスの古い地区にはこういうアパートがたくさんあった。

おじいさんの人柄と、この名前のおかげで、わたしは他の住人たちにもかわいがられた。おじいさんは外出するとき、いつもドアを少し開けたままにしておいてくれたので、わたしはいつでも好きなときに好きなところへ散歩に出かけることができた。

「見てごらん。この猫の後ろ脚は右と左で長さが違うよ。ピアソラとおんなじだ。アストルという名前は、伊達《だて》じゃないな」

「ピアソラも足の長さが違ったの？」

「そうだよ。立ったまま片方の膝の上にバンドネオンを載せて演奏する彼独特のスタイルは、そのために生まれたんじゃないかって言われてるんだ」

ピアソラ崇拝者の若いバンドネオン弾きの部屋に遊びに行ったとき、わたしはそんな話を小耳にはさんだ。彼は同じ階に住む若いダンサーの女の子に夢中で、やっと自分の部屋に彼女を招き入れることに成功したところだ。彼女を口説くために何かしらの蘊蓄《うんちく》を傾けたかったのだろう。

「へえ、あんたって物知りなのね」

　女の子は一応感心してみせたが、でもわたしは知っている。彼女はひとつ上の階に住む中年男に心を奪われていることを。まだ一度も言葉を交わしたことはないが、もうずっと前から、その男の姿をひそかに追い求めていることを。彼女が男に話しかけられないのはその男が特別変わっているからだ。アパート一の変人と言ってもいい。

いつどんな時でも全身黒ずくめの喪服のような格好をしているから、男はみんなからノーチェ（夜）と呼ばれている。本名は誰も知らない。その男の笑顔を誰ひとり見たことがない。声を聞いた者もほとんどいない。家族や友人はひとりもいない。どんな仕事で暮らしを立てているのかも謎につつまれている。いずれにしても裏の世界で生きているらしいことは確かで、誰もが関わりあいにならないように注意深く彼を避けている。そしてノーチェのほうでもまた、他人となるべく関わりをもたないように、影のように夜のように猫のようにひそやかに生きていた。

　ダンサーの女の子がノーチェに惹かれはじめた夜のことをわたしは知っている。その日、彼女が仕事を終えて深夜に帰宅したとき、筋向いの道から、アパートの窓辺で踊る彼の影を偶然見かけた。窓が開いているわけではなく、カーテンも引かれていたが、どう見てもタンゴを踊る彼の姿がくっきりと灯りのなかに浮かび上がっていたのである。

「あの不吉な男が、タンゴを？」

思いもよらない組み合わせに興味をそそられて、彼女は舗道に立ったまま窓辺の影を見上げつづけた。見れば見るほど、それは奇妙な光景だった。あの動きは絶対にタンゴを踊っているに違いないのだけれど、相手がいないのだ。彼はひとりで、憑《つ》かれたように真剣にタンゴを踊っているのだった。

「バカみたい。きっと酔っ払っているんだわ」

と彼女は思った。そして深夜の散歩のため路上に出ていたわたしをつかまえて抱き上げたが、それでもその見物をやめようとはしなかった。男のひたむきな動きには、なぜか強く惹きつけられるものがあった。彼は彼女の真上の部屋に住んでいる。そういえば夜中に時々、天井からステップを踏むような音が聞こえることがあったが、あれは鼠の運動会ではなく、こういうことだったのかもしれない。

猫にはにんげんの考えていることが手に取るようにわかってしまう。たとえその場にいなくても、全部わかる。一日の終わりに顔を見るだけで、その日の出来事や考えたことまでが超能力のようにわかってしまうのだ。猫はつねに世界を、にんげんを、どこからかじっと見ているものなのである。

「アストル、おまえはどう思う？」

彼女はわたしの額にほっぺたをこすりつけながら、うわの空できいた。

「そうだよ。彼はいつもひとりでタンゴを踊ってる。でも酔っ払っているんじゃない。彼は酒が一滴も飲めないからね」

とわたしは答えたが、彼女には猫語がわからない。

「ねえアストル、ニャンとか言ってよ。あいつはイカれた男よね？」

「そう、確かに彼はイカれた男だ。きみみたいな若くてかわいい女の子が好きになるにはいささか危険で複雑すぎる男だ。あんな男より、若いバンドネオン弾きの兄ちゃんのほうがずっときみにお似合いだし、きみを幸せにしてくれると思うよ」

わたしは心から忠告したが、彼女はわたしが空腹を訴えていると思って、バッグから食べかけのサンドイッチを出してハムの切れ端をくれただけだった。でも、たとえ猫語がつうじたとしても、もう無駄だった。うっとりと窓辺を見上げる彼女の瞳は、すでに恋する乙女のものだった。にんげんの女の子というものは、往々にしてイカれた男に惹かれてしまうものらしい。まあ猫だってそんなに偉そうなことは言えないんだけれどね。

その夜から、彼女は彼の虜《とりこ》になった。仕事のない夜には舗道から彼の窓辺を見上げるようになった。天井から聞こえてくる彼の足音に耳を澄ませ、いま彼が何をしているか、神経を集中させて考える癖がついた。それなのに、エレベーターですれ違っても声をかけることもできなかった。

彼はいつも黒いボルサリーノを目深にかぶって黒いレイバンをかけているから表情が読

めず、機嫌がいいのか悪いのかさっぱりわからなかった。黒いトレンチコートに包まれた背中にはつねに殺気のような気配が漂っていて、その胸ポケットの中には漆黒の拳銃が隠されているように見える。整髪料でぴっちりと整えられた後頭部からうなじにかけては、他人を寄せ付けない孤高の匂いが沁《し》み出していた。彼女は手の届かない憧れの黒いジャガーに見とれるようにため息をつきながら彼の姿に見とれるばかりだった。彼の禁欲的な佇まいは、あの高級車の美しいフォルムにどこかしら似ていた。

「あのう、ダンスがお好きなら、今度一緒にミロンガへ踊りに行きませんか？」

ある夜、エレベーターで彼と乗り合わせたときに、彼女は意を決して彼に話しかけてみた。初めてステージに上がったときよりも緊張して、声が裏返っていた。彼は何も言わなかった。微動だにせず、振り返りもしなかった。

「わたしはダンサーなんです。カフェ・トルトーニでも踊ったことがあります。タンゴはやはり二人で踊ったほうが楽しいと思うんですよね」

彼はやはり何も言わなかった。樹木のようにどっしりと立ち尽くしていた。彼女が深呼吸をして次の言葉を発しようとしたとき、風にそよいで樹木の枝が揺れるようにかすかに、彼のからだが揺れたように見えた。

彼女が彼の耳に刺さっている黒いイヤホンに気がついたのはそのときだった。これなら話しかけても返事をしないわけだ。彼はイヤホンで音楽を聴きながら、曲にあわせてからだを揺らしていたのである。それもまたノーチェと呼ばれる謎の男には似つかわしくない仕草のように思えて、彼女は少し微笑んだ。緊張が解けると彼の耳元からジャン、ジャカ、ジャン、ジャカ、ジャン、ジャン、ジャン、と音楽が漏れているのがようやく聞こえた。それは彼女もよく知っている、そして彼女の大好きな、オスバルド・プグリエーセ楽団の「マラ・フンタ」だった。

悪い仲間、というタイトルの曲を彼が聴いていることはいかにも象徴的だが、踊り手の側からしてみたらこの曲を上手く踊りこなすのはなかなかに難しい。後半にはめくるめくスピードでバンドネオンが怒濤のように畳みかけていくフレーズが繰り返され、それについていく振付もアクロバティックで、よほどの巧者でなければ足がもつれて転倒しかねない曲だった。この曲を踊りたがるダンサー仲間はあまりいないが、彼女はこの曲を聴くたびどうしようもなく血が騒いで、いつか完璧に踊ってみたいと思うのだった。

タンゴの曲は無数にあるのに、偶然にも彼が自分の好きな曲を聴いていたことで、彼女は勝手に運命のようなものを感じてしまい、テンションはますます上がるばかりだった。七階に着くと、彼女は一足先にエレベーターを降りた。錆《さ》びついた鉄の扉がギシギシと音を立てて閉まり、彼を乗せた箱が緩慢な速度で上昇していくのを見届けると、彼女は心の中でおやすみを言って、自分の部屋に帰っていった。

一方、ノーチェのほうはといえば、階下の女が自分にそんな想いを募らせてピンク色のため息をついていることなど、知る由もなかった。

彼には彼の世界があり、彼の秩序に従って、彼の苦悩のために青白いため息をつきながら、彼の孤独とともに充足して日々を送っていた。わたしが知っているにんげんの中で、猫に一番似ているのはこの男だった。彼は足音を立てずに歩く。気配を消して移動する。いつのまにか降り出した雨のように、気づいたときにはもうそこにいる。そしてふいにいなくなる。猫のわたしでさえ、彼の足跡をたどることはできない。彼の瞳の奥をいくら見つめても、その日一日にしたことや考えたことのすべてはわからない。猫にさえ心を閉ざす男、それがノーチェという男だった。

それでもわたしが訪ねて行くと、彼はいつでもドアを開けてミルクの皿を出してくれた。時候の挨拶もなければ歓迎の笑顔もなかったが、少なくとも彼がわたしの訪問を嫌がっていないことは伝わってきた。彼は一言も口をきかず、わたしに触ろうともせず、目だけでわたしの存在を認めて、皿を出すとあとはどこまでも放っておいてくれた。

ノーチェは本物の——正真正銘の——殺し屋だった。だが彼のコートの胸ポケットに入っているのは拳銃ではなくナイフだった。黒地のハンドル部分に精緻な螺鈿《らでん》細工が施され、薔薇と蔓草《つるくさ》の美しい紋様があしらわれた自慢のナイフである。彼はこのナイフしか使わなかった。拳銃で仕事をするのは彼の美意識に反することなのだ。殺す対象にできるかぎり肉薄して、一撃で仕留めるのが彼の流儀だった。遠くから拳銃で撃つのは対象がことされる瞬間を実感できず、返り血を浴びることもない。何の恨みもない人間を金のために殺す以上、死ぬ瞬間を確かに見届け、せめて返り血で汚されなければフェアではないと彼は考えていた。

眠っているときをのぞけば、ノーチェが部屋でしていることといったら三つのことしかなかった。商売道具のナイフを心をこめて研ぐことと、飼っている金魚の世話をすることと、ひとりでタンゴを踊ることだ。いや、ひとりで踊っているのではない。彼は目に見えない幻の女とともに踊っているのだ。彼の手が確かに女の手に触れ、彼の腕がしっかりと女の腰を抱いているのがわたしにはわかる。他の者には見えないだけで、彼にとっては女はそこに実在しているのだろう。

彼はダンスがとても上手かった。他の部屋のプロのダンサーたちに比べてもひけを取らないほどの腕前だった。あるいは殺し屋になる前はダンサーだったのかもしれない。わたしがこの部屋に遊びに来るのは、別にミルクがほしいからではなかった。ミルクならおじいさんにたっぷりもらっているし、わたしがちょっと廊下を歩けばみんなが何かをくれたがる。そのおかげでわたしの肥満化にはますます拍車がかかって、毛づくろいをするにも一苦労なのだ。だから本当は心ゆくまで体を舐めるためにダイエットをしたいくらいなのだが、彼のことが何となく気になってつい顔を出し、礼儀知らずと思われたくないからつい飲みたくもないミルクを飲んでしまう。猫だってなかなか大変なのである。

「金魚飼ってるんだ？　見かけによらないね」

あるとき、水槽にエサをまいている彼に向かってぼそっと言ったことがある。返事なんて期待していないからそれは独り言のようなものだった。あまりにも意外だったので思わず口から出てしまったのだ。もちろん普通のにんげんにはニャーオとかフニャーとかしか聞こえなかったはずだが、ノーチェはエサをまく手を止めてわたしを見ると、

「悪いか？」

と言ったのである。猫語がわかるのかと、わたしは胸がときめいた。でもまぐれかもしれない。ためしにもう一度、

「金魚の名前、何ていうの？」

と話しかけてみると、

「二号。前のやつが一号で、こいつは二号」

と、簡潔な答えが返ってきたから驚いた。それでもわたしはクールを装い、

「変な名前」

と言った。すかさず、

「ふん、おまえだって」

という言葉が返ってきた。

わたしたちは無言のまま見つめあった。会話が成立している。もう疑いの余地はない。この男は猫語がわかるのだ！

わたしは思わず抱きつきたい衝動を抑えて、そのまま会話を続けた。

「タンゴ好きのくせに、この名前をけなすとはね！」

「あいにく俺はピアソラが嫌いでね」

「どうして？」

「ちっともダンサブルじゃねえからよ。ピアソラでタンゴが踊れるか？　あんなのタンゴじゃねえ」

初めて聞くノーチェの声は、想像していたとおりの声だった。高すぎず、低すぎず、猫が心地よいと感じる周波数にぴったりと重なっていた。こういう声は聞いているだけで喉がゴロゴロと鳴ってしまう。しかし相手が心を許してくれない以上、わたしとしてもそう簡単に喉を鳴らすわけにはいかない。

「じゃあ、あんたはどんなタンゴが好きなんだい？」

「何といってもフリオ・デ・カロだな。あれこそタンゴの王様ってもんだ。トロイロもダリエンソもディサルリも悪くねえ。フランシスコ・カナロはエレガントの極みだし、プグリエーセは超クールだぜ。だがな、作曲家として最高なのはやっぱりデ・カロだ」

見かけによらず話好きの男のようだ。それならもっと早く話しかけていればよかった。

わたしは長いあいだ、どんなに話し相手がほしかったことだろう！　街に出ればさまざまな猫に会えて立ち話をすることはできたが、野良連中とはもう話題があわなくなっていたし、わたしのような飼い猫仲間はいけすかないやつが多かった。飼い主自慢やエサ自慢、ひっかけたメス自慢をするやつらばかりなのだ。しかもわたしは元・野良ということで、差別的な目で見られることが多かった。おじいさんのことをボケ老人だの、三流バンドネオン弾きだのとバカにされるのも我慢できなかった。にんげんの中で暮らしてにんげんと同じものを食べるうち、わたしは次第に猫よりもにんげんに近くなりつつあったのかもしれない。

　ノーチェは金魚にエサをやり終えるとぱんぱんと手を払い、自分のためにコーヒーを淹《い》れ、わたしのためにミルクのおかわりを注いでくれた。そしていつものようにゆっくりとナイフを研ぎながら、わたしに話しかける隙を与えるような横顔を見せた。きっと彼も誰かと話をすることに飢えていたのだろう。わたしはヒーターの近くのソファに飛び乗って腰を落ち着け、くつろいでいることを示すために肉球を舐めながら話を続けた。

「きれいなナイフだね。うちのご主人のバンドネオンの模様によく似てる」

「アルフレッド・アーノルドだろ。あれと同じのを特別に作らせたんだ」

「いつから猫と話せるようになったの？」

「人間と話すのをやめてからだ」

「どうして人間と話すのをやめたの？」

「面倒くせえからだ。やつら、無駄話ばかりして肝心なことは何も言わねえ。人間ってやつはみんなそうさ」

「でも、生きていくためには多少は話をしないと何かと不便なんじゃないの？　たとえば仕事をするときとか」

「俺の稼業を知ってるだろ？　人を殺すときに、いちいち会話を楽しむと思うか？」

「無言でいきなり殺《や》っちゃうの？　前置きもなしに？」

「ああ。相手の声なんか聞いたら、うっかり情が移って手元が狂うかもしれねえからな」

「でも依頼人とは打ち合わせをするんだろう？」

「携帯のメールに指示が入る。俺はそれを見たら証拠が残らねえようにすぐ削除して、四十八時間以内に仕事にかかる。首尾よく行けば二十四時間以内に報酬が振り込まれる。最初から最後まで、誰ともしゃべらなくていいシステムになってる」

「ふうん、なるほどね」

「合理的な世の中だ」

「それであんたは……一度もしくじったことはないの？」

ノーチェはナイフを研ぐ手を止めて、一瞬ひんやりとわたしを見つめた。

「一度でもしくじりゃ、こっちの命がねえんだよ。楽に殺せるやつだったら、わざわざプロには頼まねえ」

「あんまり楽しい仕事じゃなさそうだね」

「つらくねえ仕事なんて、この世にはねえ。猫にも猫なりに苦労があるだろ？」

「わかる？」

「おまえが太りすぎてるのも、後頭部にハゲがあるのも、ストレスのせいだ。アパートじゅうの人間にいい顔しまくってるからだ。男と見りゃ相手構わず媚《こ》びを売る安っぽい女みてえだぜ。猫なら猫らしく、もっと超然としてりゃいいのに」

今度はわたしが肉球を舐める手を止めて、ノーチェを見つめる番だった。いきなり痛いところを突かれてしまった。わたしは急にばつが悪くなり、そそくさと伸びをして、ソファから飛び降りた。

「また来るよ」

「じいさんのところに帰るのか？」

「最近、あまり具合がよくないんだ。なるべくそばにいてあげないとね」

「じいさん、病気なのか？」

「心臓が弱ってるみたい。頭もかなり朦朧《もうろう》としてる」

「それならふらふら出歩いてねえで、一緒にいてやれ。顔を舐めてやれ。くっついて寝てやれ」

「うちのご主人と知り合いなの？」

「話したことはねえ。だがいつもニコニコと帽子を取って俺に挨拶してくれるのは、あのじいさんだけだ」

それはきっと病気が進んで、誰が誰だかわからなくなっているせいだろう。おじいさんは今では日に八回もごはんをくれたり、そうかと思えば三日間わたしのごはんを忘れたりするようになってしまった。時々、わたしのトイレで用を足そうとすることもある。あんなに好きだったカフェにも娼館にも行かなくなり、仕事ももう長いあいだ休んでいる。それでも毎日必ずバンドネオンの練習をしようとするのだが、途中で弾き方がわからなくなることもあるようだった。

そのときのおじいさんを見るのがわたしは一番つらかった。おじいさんは癇癪《かんしゃく》を起こして子供のように泣き出してしまうからだ。そんなとき、わたしはそっと膝に乗り、滴る涙を舐めてやることしかできない。猫はにんげんが泣いているとき、その涙を自分のからだに吸い取って、悲しみを分かち合うことしかできないのだ。

夏になると、わたしは激しく体調を壊して動物病院に担ぎ込まれた。緑色のパンを食べて、黄色いミルクを飲んだせいだった。おじいさんが冷蔵庫から出し、びっしりとカビが生えていることに気づかずにパンをちぎって、腐っていることに気づかずにミルクをパンに浸したのである。

「忘れていてすまなかったね。さあ、お食べ」

それは数日振りに出された食事だった。おじいさんはもう買い物にも行けないほど弱っていた。わたしはノーチェの言いつけを守って外出は控えていたから、ひどくおなかが空いていて我慢ができなくなり、とうとう哀れな鳴き声を出して食べ物を催促してしまった。おじいさんはよろめきながらベッドを出て冷蔵庫を漁《あさ》り、パンとミルクを発見すると、嬉々としてわたしに与えてくれた。それが傷んでいることはもちろん臭いですぐにわかったが、食べないとおじいさんが悲しそうな顔をするので、思いきって食べたのだった。

「どうした、アストル？　腹が減っていたんじゃないのか？　遠慮しないで全部食べなさい」

ひとくち食べて吐きそうになり、後ずさったわたしにおじいさんが皿を押し付けてくる。

「わしはもう何も食べられなくなってしまったんだよ。せめておまえがもりもり食べるところを見せておくれ」

ああ、おじいさん、そんなにせつなそうな顔をしないでほしい。もりもり食べてあげたいけど、いくら野良上がりのタフな胃腸を持つわたしでもこれだけは食べられないよ……。

わたしがなおも皿から顔をそむけていると、おじいさんはとうとう涙を浮かべて肩をふるわせはじめた。やめて。やめて。おじいさんに泣かれるくらいなら、我慢してこれを食べたほうがまだましだ。わたしは死ぬ思いで皿の中のものを勢いよく飲み込んでいった。

「そうか、そんなにうまいか。おまえの食べっぷりはいつもながら天下一品じゃなあ」

最後のひとしずくを舐め終えたと同時に、ギュルギュルと音を立てて腹が壊れ、シャワーのような土石流が肛門から噴出しはじめた。そのあとのことはよく覚えていない。どうやらわたしは尻から汚物を、口から吐瀉物を噴き出しながらアパートじゅうの廊下を狂ったように駆け回り、断末魔の叫びを上げて三階の窓から飛び降りたらしい。

わたしにとっては運のよかったことに、そして持ち主にとってはウンのツキだと言うべきだが、わたしが飛び降りた真下には若いバンドネオン弾きのお兄ちゃんが買ったばかりのオープンツーシーターの新車が置かれていた。ダンサーの女の子をドライブに誘うために、借金を重ねて頭金を払い、長期ローンを組んで手に入れたばかりの、しみひとつない純白のアメリカ車である。彼は一心不乱に車を磨いているところだった。そこへこの世ならぬ悲鳴とともに薄汚い毛皮と大量の土石流が花火のように降ってきたのだった。

続いてアパートの窓という窓から住人がわらわらと顔を出し、真っ先に彼女が外へ飛び出してきた。柔らかい革のシートの上に落ちたおかげでわたしは骨折を免れたが、生まれてから一度も切られたことのない鋭い爪がシートを無意識のうちに切り裂き、どんなに拭《ふ》いても洗っても消えることのない汚物の臭いが車全体にまんべんなく体臭のようにしみつくことになった。でも彼女はわたしを動物病院へ運ぶため、一度だけ彼の車の助手席に乗ったことになる。それ以後は二度と乗ろうとしなかった。

獣くさい病院でわたしは太い注射を打たれ、点滴の管につながれ、犬どものうるさい吠え声のなかで一週間を過ごした。ありがたいことにダンサーの女の子とバンドネオン弾きの男の子がアパートで献金を募って、わたしの治療費と入院費をかき集めてくれた。

「かわいそうなアストルのために愛の献金をお願いします」

と言って各部屋をまわるのだが、おじいさんの病状はみんなが知っていたから、募金はすぐに集まった。女の子の目的はもうひとつあった。かわいそうなアストルを救う募金にかこつけて、ノーチェの部屋を訪れることだった。四度無駄足を踏み、五度目の訪問でようやく彼がドアを開けてくれた。

「こんばんは。かわいそうなアストルのために……」

半開きのドアの向こうで、彼の顔にべったりと血しぶきがついているのを彼女は見た。透きとおりそうなほど顔が青い。たった今仕事から帰ったばかりらしく、まだ帽子とサングラスをつけたままだった。

「ど、どうしたんですかっ！」

「何でもねえ」

「でも、血が……」

「俺にかまうな。用は何だ」

「あ、はい。実は下のおじいさんに飼われている猫が……」

「くたばったか？」

「あ、いえ、一命は取りとめたんですけど……」

「じじいのほうだ」

「それは微妙なんですけど……」

「くたばったら猫連れてこい。俺が引き取る」

それだけ言うと、いきなりドアが閉められた。なんてハードボイルドな男なんだろう、と彼女はポーッと上気しながら、彼の声と言葉を反芻《はんすう》した。そしてまた彼に会いに行ける口実ができたことを喜んだ。そのときにはもう、おじいさんは長くないだろうと言われていたからだ。

一週間後、わたしが退院してアパートに戻されると、おじいさんはすでに意識が混濁していて、わたしのことがわからないようだった。なじみの娼婦のおばさんが泊まりがけでおじいさんとわたしの世話をしてくれた。おじいさんの体からははっきりと死の匂いがしたが、わたしはひとつベッドに入って片時もそばを離れなかった。死にかけていても、にんげんのからだはあたたかい。心臓の鼓動は弱々しく、時折消え入りそうになるが、最後の一打まで懸命にリズムを刻みつづける。

おじいさんの体にくっついて眠っていると、ひたひたと死の波動がわたしのなかにしみこんできた。それはこの手で触れられそうなほどリアルで鮮やかな感触だった。死は凶暴で、有無を言わせぬ強いものだ。死は圧倒的な勢いで生命の残滓《ざんし》を奪ってゆく。死はウェーブとなっておじいさんの肉体を駆け巡る。血管をつたい、骨を冒し、細胞を殺し、神経を破壊する。何度でも、執拗に、再生など望みもしないと肉体に言わしめるほど徹底的に。ひとつの命が役目を終えて永遠の眠りにつくためには、これほどまでに強い力で薙《な》ぎ倒されねばならないのかと、戦慄しないではいられないほどだった。にんげんが死ぬとは、それまで建っていた頑強なビルが壊されてさら地になるということだ。

おじいさんの肉体が草も生えないからっぽのさら地になっていくさまを、わたしは眠りのなかで吸い取りつづけた。最後に死んだのは指だった。バンドネオンの運指を再現するかのようにひらひらと指を動かして、おじいさんの太鼓は静かに鳴り止んだ。

2

おじいさんの遺体にしがみついて離れようとしないわたしをダンサーの女の子が力ずくで引き剥《は》がして、ノーチェの部屋へ連れて行った。

「今日からおまえは俺の猫だ」

ノーチェはいささか迷惑そうに宣言した。

「よかったわね、アストル。飼い主に死なれた猫は保健所に送られても文句言えないのよ。いい人が貰ってくれて、ほんとにおまえは運のいい猫よ」

彼女は憧れの男の部屋に初めて入れてもらった嬉しさで、そわそわと部屋じゅうを眺めまわしている。

「俺の猫になるからには、名前は変えさせてもらうぜ。おまえは今日から、アニバルだ」

「まあ、素敵な名前！　それって、アニバル・トロイロから取ったの？」

彼はわたしに話しかけているのに、いちいち彼女のほうが反応してしまう。

「でっぷりと太ったマフィアのボスみたいなふてぶてしい面構えがそっくりだろ」

「ほんとに！　アストルよか全然似合ってると思うわ」

せっかく馴染んだ名前なのに、とわたしは文句を言いかけたが、今やそんな立場ではないことをわたしはよくわきまえていた。彼女が早々に追い返されて二人きりになると、わたしはそれでも彼に一言だけ意見を述べた。

「あんたの神様はフリオだろ？　アニバルより、そっちのほうがまだいいな」

「フリオ・デ・カロはやさ男のジェントルマンだったんだぜ。おまえのようなデブ猫はアニバル以外ありえねえだろ」

「ちぇっ、デブって言うなよ」

「もうひとつ言っとく。俺の猫になるからには、他の人間にへらへら愛想をふりまくんじゃねえ。尻軽猫は許さねえからな」

「ふーん、意外と嫉妬深いんだね」

だがアパートのなかでわたしのことをアニバルと呼ぶのはノーチェとダンサーの彼女だけだった。みんなはすっかりアストルという名前に慣れていたので、今さら新しい呼び名で呼んではくれなかった。

かくしてわたしは二つの名前で呼ばれることになった。これでは猫にとってややこしいということで、彼女が彼にさらにややこしい提案をしてしまった。

「猫が混乱しないように、いっそのことアストル＝アニバルというダブルネームにしましょうよ。この猫がおじいさんのことを忘れないためにもね」

「面倒くせえな。どっちでもいいや。好きにしなよ」

と彼は投げやりに同意したが、どのみち彼はアニバルとしか呼ぶつもりはなかった。彼女はご丁寧にもアパートのみんなにわたしの新しい名前を触れてまわり、それと同時にわたしの共同保護者であるかのようにふるまって、さりげなく（そして大胆にも）ノーチェの女であることをほのめかしたりした。難攻不落の城を落とすには先に噂を流して外堀から攻めることにしたのか、使えるものは猫でも使えと思ったのか、いずれにしてもなりふりかまわぬやり方ではある。恋する女とは実におそろしい。このことが後に深刻なトラブルの火種になろうとは、彼女はまだ知るはずもなかった。

そのうちに、

「アストル＝アニバルだと長すぎるから、頭文字を取ってAAでいいんじゃないの。あのじいさんはAA印のバンドネオンを愛用していたわけだしね」

と言う者が出てきて、ようやくわたしの改名騒動は落着した。おじいさんが亡くなって一年もする頃には、わたしは最初からそんな名前であったかのようにごく当たり前に、AAもしくはドブレA（ダブルA）と呼ばれていたのである。

ノーチェとの暮らしは、おじいさんとの暮らしにも増して静かで穏やかなものだった。一歩外に出れば修羅の世界を生きているであろう男は、家の中では努めてそれを出さないようにしていた。仕事のないときは猫のようによく眠った。そして相変わらず三つのことしかしなかった。彼は料理も洗濯も掃除もしなかった。食事は外で食べ、汚れ物は洗濯屋に出し、掃除は定期的にハウスクリーニングを頼んでいた。家事でも修理でも性欲の処理でも人殺しでも、何によらずその道のプロに任せるのが一番だと彼は考えていた。

仕事の依頼を告げる着信メールが携帯電話に入ると、三日も四日も家を空けることがあった。身を隠す必要のあるときには、二週間も三週間も帰ってこなかった。そのたびにわたしがひもじい思いをしなくてもすむように、わたしの皿にはつねに食べ物が途切れることなく用意されていた。不意の留守に備えて、大型犬が一週間程度は食いつなげそうな洗面器ほどの大皿になみなみとカリカリが満たしてあった。水はにんげん用のミネラルウォーターのタンクからいつでも好きなだけ飲むことができるように、蛇口を工夫してわたしがひねりやすいようにしてあった。

おじいさんとは違って彼がくれる食事はキャットフード専門である。それもわたしの肥満を慮《おもんぱか》って、アメリカ製のサイエンス・ダイエットという銘柄が与えられた。はじめのうちは閉口したが、慣れればそれはそれでおいしいものだ。でもこのような食事環境はわたしの肥満をなおいっそう助長したに過ぎなかった。

彼はスキンシップをあまり好まなかったので、わたしも適度な距離を置いて接するようにこころがけていた。寝るときも、

「ベッドに入ってくるなよ。おまえがいたら窮屈で仕方がねえ。俺は狭いところで寝るのが嫌いなんだ。おまえはソファで寝ろ」

と申し渡されていた。でも本当は、悪夢にうなされている姿を見られたくないのかもしれない。ドアや階段や天井が軋むたび、手のひらに脂汗が滲むことを気取られたくないのかもしれない。

「ソファは寒いんだよ。足元にいるから、いいだろう?」

「駄目だ。寝るのが唯一の楽しみだってのに、寝返りを打つたび猫に気を遣いたくねえ。俺は大の字で寝たいんだ」

「だからあんたは女をつくらないの？」

「女だと？　ふん、女の長い髪の毛が俺の枕に落ちていると思うとぞっとするぜ」

「女が嫌いなの？」

「ああ、嫌いだね。女のほうでも俺を好かねえ。おあいこだ」

「あんたに夢中な女の子をひとり知ってるよ。すごく若くてかわいい女の子だよ。誰だか知りたい？」

「興味ねえな。そんなのはハシカと同じだ。ある朝目覚めたら俺のことは忘れて、まったく別のやつに恋してる。女ってのはそういうもんさ」

「あの子は結構一途《いちず》だと思うよ。髪の毛もみじかいし、気晴らしにちょっと遊んでみたら？　取りもってあげようか？」

「余計なお世話だ。俺の人生に女は必要ねえ」

「じゃあきくけど、いつもタンゴを踊ってる幻の女は誰なんだい？」

「俺は誰ともタンゴは踊らねえ」

「ごまかそうったって駄目だよ。猫には見えないものが見えるんだからね」

ノーチェはわたしをじっと見つめた。

「本当か？　おまえには俺の女が見えるのか？」

「そのひと、もうこの世にはいないんでしょ。死んじゃった昔の恋人でしょ？」

「教えてくれ。彼女、どんな顔して踊ってる?」

「あんたと同じ顔してるよ」

「それはどんな顔だ?」

「うまく言えない。自分で鏡を見てみれば?」

そんなことはとても言えなかった。わたしはあのようなにんげんの顔をそれまで一度も見たことがなかった。長く見ていると胸が痛くなってくる。それはこの上なく幸せそうな顔であると同時に、とてつもなくさみしそうな顔だった。悔いのかたまりでありながら、まっすぐな解放に満ちあふれていた。ここまではノーチェと同じだが、ひとつだけ決定的に違うことがあった。女の首にはナイフが——彼がいつも使っているのと同じ装飾を施した美しいナイフが——突き刺さったままになっていたのである。


ノーチェはわたしに仕事の話はしなかった。依頼のメールが入ると出かけ、終わると血しぶきをつけたまま帰ってくる。それがなるべく目立たないように彼はいつも黒ずくめの服を着ているのかもしれない。洗濯屋には口止め料としていくらか余計に払っているようだった。帰ってくると彼はまず丹念に時間をかけて熱いシャワーを浴びる。返り血は思いもよらない箇所にまで飛び散っており、わずかのしみも見落とすまいとマクベス夫人のように何度も何度も病的に洗い清める。皮膚が破れてしまうのではないかと思うほど強くこ

すり上げて、真っ赤なからだでバスルームを出てくる。そんな彼を見ていると、

「そろそろ今の仕事は引退して、カフェでも開いたらどう？」

と言わずにはいられない。

「たんまりお金もたまっただろう？　タンゴバーでもいいじゃない。あんたももう若くはないんだし、無愛想だけどいつもタンゴがかかってる店の頑固親父になって、のんびり暮らせばいいじゃないか」

と。

「俺は人間嫌いだから、客商売には向いてねえ」

「じゃあペットショップを開いたら？　猫と話せるんだから、きっと繁盛するよ」

「ペットを飼ってるのは人間だぞ」

「それもそうだね」

「俺だってこんな稼業からは足を洗いたいが、他にできる仕事がねえよ」

「でもいつまでも続けられないだろう？」

「わかってるさ。もう少し稼いだら、パリへ行く。フランスの、本物のパリだぞ」

「どうしてパリへ？」

「俺の女と行くはずだったところだ。彼女がいまだに夢に出てきて、連れてってくれとせがむんだ」

少しずつこの男の過去が見えてきた。それは彼がわたしに少しずつ心を開きつつあるということだった。二人はかつて野心と才能にあふれたダンサーだった。パリにはタンゴのショーを見せるステージがいくつかあって、ブエノスアイレスから花の都をめざす者も多かった。パリで認められることは、世界的な名声を得ることだった。二人のあいだに何があったのかはわからない。でも彼が彼女を手にかけたことは間違いない。彼がその手で夢も愛も葬ってしまったのだ。ノーチェはきっと、そのことを悔やむために自分を罰するような仕事をして、残りの人生を生きているのだろう。

「行けるといいね、パリに」

「そのときはおまえも連れてってやる」

「猫も飛行機に乗れるの？」

「金さえ出せば何にでも乗れるさ」

「ノーチェはパリで何をするの？」

「そうだな。フランス人にタンゴを教えながら気ままに暮らすのも悪くねえな」

「じゃあ、早く行こうよ。すぐに行こうよ」

「もう少し稼いでからだ。俺も疲れた。あと何回か仕事をしたら、もうこんな暮らしはきっぱりやめるよ」

でもノーチェはいつまでたっても仕事から足を洗うことができなかった。彼が本当はパスポートさえ持っていないこともわたしは知っていた。仕事の依頼は途切れることなくひっきりなしにやって来た。よほどこの世界には誰かを殺したいほど憎んでいるにんげんが大勢いるのだろう。ノーチェは一度も依頼を断らなかった。三日連続で顔に血をつけて帰ってきたときには、しんから憔悴《しょうすい》して、わたしが話しかけても返事もできないほどだった。

だからある日、いつものようにメールを見て、

「まずいことになったぜ」

とつぶやいたのは、彼にしては非常に珍しいことだった。

「どうしたの？」

「顔を知ってる女を殺らなきゃならねえ」

「そんなことは初めてなの？」

「ああ。顔だけじゃねえ。声も知ってる。気が重いぜ」

「よく知ってる人？」

「真下に住んでる女だ」

わたしは全身の毛が凍りついた。ノーチェが依頼のメールを見たら、それは必ず実行される。ノーチェがわずか十秒間メールを見つめるだけで、標的の名前と住所と顔写真が完璧にインプットされる。彼がそのメールを消去した瞬間、彼の意志は任務の遂行に向けて揺るぎなく動き出し、感情のない殺人マシーンと化してしまうのだ。一体誰があの子を殺

したがっているというのだ？

「ちょっと待ってよ。あんたの顧客は裏の世界専門じゃなかったの？　なんで一般人の女の子を殺さなきゃならないんだよ？」

「依頼人はマフィアのさる大物だよ。色恋沙汰のもつれで愛人を始末させられることはよくある話だ。大方そんなところだろう」

「まさか、受けるつもりじゃないよね？」

「わかってねえな。この仕事はな、選り好みできねえんだ。断れねえんだよ。断ったら、こっちが別の殺し屋に命を狙われかねないのさ」

ノーチェはいつものように誇り高い職人の手つきで、黙々とナイフを研ぎはじめた。

「人でなし！　あんたに恋焦がれてる女の子って、その子のことだよ。それでもあんたは手元を狂わせずに仕事ができるの？」

「俺には関係ねえ。人でなしだと？　上等じゃねえか。ご主人様に向かってそんな口をきく以上、出て行く覚悟はあるんだろうな」

「ああ、出てってやるよ。あんたがあの子の血を浴びて帰ってくるとこなんか、見たくないからね」

「二度と顔を見せるなよ」

わたしはノーチェの部屋を出て全速力で階段を駆け下り、彼女の部屋に向かった。彼女に身の危険を知らせて、どこかへ逃がさなければならない。でも彼女はいなかった。いたとしても猫語はつうじないから、言いたいことを伝えることはできなかっただろう。

「どうしよう……どうしよう……どうしよう……」

わたしは街に出て、彼女が出演していそうなタンゴバーを探し歩いた。道々に会った猫たちに彼女のことをそれとなくきいて、情報収集をすることも忘れなかった。街には一匹、情報通の長老猫がいて、貢ぎ物を奮発すればたいていのことを教えてくれる。

長老猫の話によれば、ダンサーの女の子にはマフィアの大物のパトロンがついていたが、彼女から関係の解消を言い出され、新しい男の存在をほのめかされた。探偵を使って調べさせたところ、確かに新しい恋人のことをアパートじゅうに言いふらしている様子で、このことがパトロン氏を激怒させた、ということらしい。しかも相手の男というのがけちな殺し屋であったことが、いっそうパトロン氏の逆鱗に触れた。まるで飼い犬に女を寝取られたようなものではないか。パトロン氏は彼女を熱烈に愛していたから、裏切られた憎しみも激しく深いものだった。彼女とその男にどうすれば最も残酷な形で復讐できるか考えた結果、このような方法が選択されたということだった。

しかし、パトロン氏は決定的な間違いを犯している。二人が相思相愛の仲ならそれはなかなか気の利いた復讐方法だと言えるが、実際は彼女の片思いなのだ。ノーチェのほうでは女を殺したところで痛くも痒くもないのである。

「どうやって依頼人にこの勘違いをわからせればいいと思いますか？」

わたしは恭《うやうや》しく長老猫に尋ねた。

「無駄じゃよ。にんげんたちの争いごとに対して、我々は傍観者でいることしかできん」

「このままだと、ノーチェは本当にあの子を殺してしまいます！　それも四十八時間以内に！」

「自業自得じゃ。愛する男に殺されて、あの子はかえって幸せかもしれん」

「依頼人が憎いノーチェを生かしておくとも思えません」

「あのパトロンは相当執念深い男だから、間違いなく別の殺し屋に始末させるだろうな。女を殺させたそのあとで」

それでは二人はまったくの無駄死にではないか。

「わたしはどうすればいいのでしょうか？」

「AAよ、にんげんのために心を使いすぎてはならん。にんげんに期待するな。にんげんに近づきすぎるな。そんなことをしていたら、いつかおまえは猫としての野性も品性も失って、にんげんに成り下がってしまうぞ」

長老猫は諭すように言った。

「わたしはもはや、猫の気高さを忘れ、にんげんの愚かさに染まりつつあります」

「にんげんと会話をしすぎたからじゃ。やがておまえは猫としての言語を失い、本能を失うだろう。今のうちに猫語の話せぬ新しい主人を見つけることじゃ」

「あのひとを、とても放っておけません」

長老猫は憐れむようにわたしを見つめ、ぽりぽりと体を掻いた。

「ノーチェは業《ごう》の深すぎる男なのだ。恋人を殺してからおかしくなり、それからずっと狂い続けておる。おまえが今助けなくても、いずれラプラタ川に浮かんで野垂れ死にする運命だろう」

「たとえそうだとしても、今、どうしても助けたいのです」

「そんなに言うなら、ひとつだけ方法がないこともない。ただし、それをしてしまったら、おまえは猫でもない、にんげんでもない、どっちつかずの摩訶不思議な生き物に成り果てるのじゃ。それでもいいのかね？」

はい、とわたしは躊躇《ちゅうちょ》なく答えた。

「おまえが考えているよりもはるかにつらいことだぞ。猫としての魂を売り渡すことだからな。それなのに、にんげんとしての魂はもらえないのだ。つまりおまえは、魂なき存在として長い時を生きねばならんことになる。本当にいいのか？」

はい、とわたしはもう一度長老猫の目を見て言った。長老猫はやれやれとあきれてため息をついた。

「けちな殺し屋のためにそこまでするとは、犬なみの忠誠心じゃな。それは恩義なのかね、それとも友情なのかね？」

「わかりません。でもたぶん……いえ、きっと……愛だと思います」

「にんげんを愛してしまうとは！　未来永劫、絶対にかなわぬのに！」

「その方法を教えてください」

「ノーチェが女に向かってナイフを振り下ろす瞬間に、その手に力の限り噛み付くのじゃ。よいか、決死の覚悟でやるのだぞ。タイミングが狂えば彼のナイフはおまえの柔らかい肉を刺し貫くだろう。そのナイフではもう人は殺せない。タイミングが合えばおまえの歯が彼の手を突き破る。その手はもう使い物になるまい。どちらに転んでも、おまえはご主人に刃向かった極道猫としての烙印を押されて、魂を失う」

「わかりました。やってみます」

わたしは長老猫に礼を述べて、その場を離れた。すぐに後ろから声が追ってきた。

「彼女は今夜、バー・スールで踊っている。ノーチェが狙うとしたらあそこの薄暗い楽屋か、アパートに帰ったあとだろう。片時も彼女のそばを離れるな」

「ありがとう。さようなら」

わたしはもう一度礼を言って、長老猫に別れを告げた。

バー・スールへ行くのは初めてだった。

それなのにわたしは一度も道に迷うことなくその店にたどり着き、裏口から楽屋につうじる抜け穴を見つけ出すことができた。古くて狭くて汚くて、タンゴの精霊たちが棲《す》みついているかのような穴倉のような楽屋には、壁にも天井裏にも丸々と太った鼠とゴキブリと蜘蛛たちが至るところに蠢《うごめ》いていた。

なぜだろう、遠い昔に、ここへ来たことがあるような気がする。このかび臭い匂いを嗅いだことがあるような気がする。わけもなく激しいデジャヴを覚えながら、わたしは天井裏の太い梁《はり》の陰に身を潜めた。ここからならほぼすべての場所が見渡せる。

彼女は出番が終わるたびにこの小部屋にやって来て、煙草を吸いながら相方の男性ダンサーとおしゃべりをし、また出番になると出て行った。一晩のうちに、そんなことが三〜四回繰り返された。

「僕たちの出番は次でおしまいだ。ちょっと煙草買ってくるよ」

相方のダンサーがそう言って裏口から出て行ったのは午前二時四十分だった。おそらくノーチェは彼女がひとりきりになるこの瞬間をずっと待っていたのだろう。午前二時四十二分にノーチェがあらわれた。猫のように影のように煙のように音を立てず、いつのまにか彼女の背後に立っていた。

鏡越しに彼に気づいた彼女は、驚いて息をのみ、持っていた煙草を落としそうになった。彼女が振り向いたのと、ノーチェがナイフを振りかざしたのと、わたしが彼の手元に向かってジャンプしたのと、ほぼ同時だった。誰も一言も声を発しなかった。空気だけがヒュッ、という短い音を鳴らして一瞬撓《たわ》んだ。

次の瞬間、わたしの歯が彼の右手の肉を咬みちぎり、骨の髄を噛み砕いていた。彼は低く呻《うめ》いてその場に崩れ折れた。そのとき、わたしの魂がわたしの肉体から離れたとき、わたしは彼のナイフがわたしの首を貫通するリアルなデジャヴをはっきりと見た。彼が愛しい女を見るようにわたしを見つめて、わたしの知らない名前を呼んだ。突然、わたしはすべてを理解した。

そうだ、わたしは以前ここに来たことがある。彼と一緒にここで踊ったことがある。嫉妬に狂った彼にここで刺されたのはこのわたしだ。死んだ後でも彼のことが忘れられずに、雄猫に生まれ変わって会いに来たのはまぎれもないこのわたしだ。未来永劫、かなわなくてもかまいはしない。魂を奪われても、わたしは何度でも生まれ変わって会いに来る。たとえあなたに気づかれなくても、たとえわたし自身にさえわからなくても、必ずあなたのそばにいて、いつもいつまでもあなたを見ている。

女の子の出番を告げる声が袖《そで》から聞こえてきたとき、ノーチェはもういなかった。入れ代わりに相方のダンサーが戻ってきて、青ざめて茫然としている彼女を促して、さあ行こうか、と言った。二人が舞台に出て行くと、わたしはノーチェが落としていったあの美しいナイフをくわえて、抜け穴から外へ出た。捨て場所を求めてラプラタ川のほとりまで、ようやく眠りはじめた宵っ張りの街を歩き続けた。

それ以後、ブエノスアイレスでノーチェの姿を見た者はいない。

とうとう警察につかまったのだと言う者もいたし、別の殺し屋にやられたのだろうという者もいた。あるいは貨物船に忍び込んで、隣国パラグアイへ密入国したというまことしやかな噂も流れた。流しの旅芸人の一座に右手に義手をつけた黒ずくめのダンサーがいて、誰よりも多くの投げ銭を集めていた、と。その噂が本当なら、彼は苛酷極まりない自らの人生の旅路の果てに、ようやく安らぎとともに眠れる夜を手に入れたのかもしれない。そうであってくれればいいと、わたしは願っている。

そしてわたしはといえば、しっかりと悪業の報いを受ける羽目になった。自由な猫としての心も姿かたちも失って、再び人間として生きる苦しみを与えられることになったのである。一体どういう因果か、今ではブエノスアイレスから遠く離れた地球の反対側の東洋の島国で小説を書いて暮らしている。ほとんど売れないが、一匹で、いや、ひとりで食べてゆくぶんにはとりあえず困らない程度の需要はある。何しろ本来は猫であるから、あくせく働くのは性にあわない。気が向いたときしか仕事をしないから、この厳しい競争社会ではそのうち食いつめることになるだろう。

人間の寿命は残酷なほど長い。わたしは魂を取り上げられ、猫でもない、人間でもない、どっちつかずの摩訶不思議な生き物として寿命の尽きるまで生きねばならない。ノーチェのことを思い出すことはもうないが、タンゴはよく聴いている。そしてタンゴを聴くたびに、ラテンの血が疼きだす。わたしがせつない恋愛小説ばかり書きたがるのは、血の中にしみこんだ遠い愛の記憶のせいかもしれない。

Inspired by Astor Piazzolla's "Tristeza de un doble A"

バンドネオンを弾く女

1

きっかけは、一枚のアロハシャツだった。

深みのあるインディゴブルーの生地に濃い黄緑色の大柄な花が大胆にあしらってある目の覚めるようなそのシャツをひと目見たとき、鈴子《すずこ》は吸い寄せられるように足を止めて、いやほとんど息さえ止めて、その場を動けなくなってしまった。通りすがりに洋服に目を奪われるなんて、もう何年もないことだった。しかもその店は鈴子がこれまでに一度も足を踏み入れたことがないタイプの洒落た店だった。横浜に長く住んでいてもショッピングは駅前のデパートか駅ビルですませるから、わざわざみなとみらいに買い物に来ることはない。今着ているものだって数年前にそこらのユニクロで適当に買ったもので、そもそも新しい服を買う機会も余裕もなかったのだ。そんな格好をしている鈴子だったから、店の中に入っていくのさえ恥ずかしく、通路からそっと眺めているだけで精一杯だった。

そのシャツはさも目玉商品だといわんばかりに店の一番目立つ上方の壁のスペースに誇らしげにディスプレイされてあり、背の低い鈴子からは仰ぎ見る格好になる。なんてきれいなシャツなんだろうと思ってうっとりと見とれていると、店のお姉さんが擦り寄ってきて声をかけてきた。

「今年の新作アロハです。どうぞ手に取ってご覧になってください」

見ているだけでいいのだと言おうとしたが、お姉さんはてきぱきとシャツを下ろして鈴子の前にひろげてみせた。

「わたしにはちょっと派手じゃないかしら」

「渋い色味ですので、年代を問わず人気があるんですよ。この色はうちの店舗ではもうこれ一点しか残っていないんです。よろしかったらご試着してみませんか？」

促されるままふらふらと試着室に入ってシャツに袖を通すと、不思議なほど自分にぴったりあっているように感じられた。考えてみればこれまでの人生においてアロハシャツなどというものを買ったこともなければ着たこともなかったのに、このシャツはとてもしっくりくる。青い闇のようなインディゴの生地がアロハの浮薄さをうまく消し去り、落ち着きと気品を与えている。これこそ自分の求めている服だと思った。こんなにも服が欲しいと強く思ったのは、二十代の頃以来かもしれない。あるいはこういう店の鏡は誰でも痩せてスタイルよく見えるマジックミラーなのだろうか、といぶかしむほど、このシャツにつつまれた自分の姿を鈴子は我ながら好ましく思った。

「すごくお似合いですよ。お客様はお肌が白くていらっしゃるので、こういうはっきりとした色がよく映えるんですよね。お色違いで白もございますが、着てご覧になりますか？」

「いいえ。これがいいわ。この色がいいわ」

「私もそう思います。本当によくお似合いです」

営業トークのお世辞だとわかっていても、肌のことを褒められたのは十数年ぶりだったので、鈴子は素直に嬉しかった。思いきって買ってしまおう、と思い、そっと値札を確かめて、びっくりした。なんと三万円近い値がつけられていたのだ。シャツ一枚にとてもそんなお金は払えない。やはり自分には贅沢すぎる。

泣く泣くあきらめてシャツを脱ごうとしたのだが、一度着てしまってすでに自分のからだに馴染んでしまったシャツを買わずにあきらめて帰るのは簡単なことではなかった。試着しようと決めた時点でこのシャツとは離れがたいのだとわかっていた。普段ならそんな考え方はしないであっさりあきらめたかもしれないが、そのとき鈴子のバッグの中には普段では考えられない額の現金が入っていたのである。

それは不愉快な現金だった。一刻も早くなかったことにしたい現金だった。鈴子の一存でどうにかできる類《たぐい》の現金ではなかったが、その金を受け取ったときの何ともいえないざらざらとした嫌悪感を思い出すと、三万円のシャツを衝動買いするくらいのことが一体どれほどの贅沢なのかと思えてきた。少なくとも自分にはそれだけのことをする権利はあるはずだ。人生で一度くらい、心から気に入った服を買っても、罰なんか当たらないだろう。

「これ、いただくわ」

少しだけ声がふるえたが、そう言った瞬間、目の前がぱっと開けたような、何かからほんの少し自由になったような気がした。

「ありがとうございます。このアロハにはこちらのデニムとタンクトップを組み合わせていただくのがおすすめですよ。ご一緒にいかがですか?」

アロハシャツと一緒にディスプレイされていたデニムパンツは三万円、タンクトップは一万二千円もしたが、試着してみるとこれ以外の組み合わせはありえないように思われて、鈴子は全部買うことにした。長いあいだつつましい暮らしをしてきた鈴子にとって、いっぺんに七万円もの現金を洋服代のためだけに支払ったのは生まれて初めてのことだった。それらの服を大切に胸に抱えて、店員に深々とお辞儀をされながら、鈴子は意気揚々と店を出た。


自宅の鏡に映してみても、やはりそのシャツが放つ特別な輝きは微塵も色褪せて見えなかった。むしろ時間がたつほどにシャツと自分とが分かち難く結びついてしまったように感じられる。このシャツはまさに自分のためにつくられた服なのだ、と鈴子は思った。いや、それだけではない。このシャツを身につけていると、自分が実物以上に魅力的に見えるのだ。生きているあいだにすり切れてしまったさまざまなもの——色香や、華やぎや、ときめきといった、女なら誰でも持っていた甘い菓子のような付随物が——このシャツを羽織っただけでふんわりと体の奥から甦ってくるようだった。たった一枚のシャツが自分をこれほどまでに高揚させ、幸せな気持ちにしてくれるなんて、驚くべきことだった。

朝、この家を出たときの自分は、たとえばアイロンのかかっていないごわごわのタオルのような女だった。家庭内のトラブルを抱えて苦悶のために顔を醜く歪め、不安のために背中を折り曲げてため息をつきながら歩く、どこにでもいる哀れな中年女に過ぎなかった。着ている服は安物で、美容院にも何ヶ月も行ってなく、化粧もろくすっぽしていない。わずかに口紅をひいたのは、パート勤めを終えたあとで会う約束になっている女へのせめてもの見栄だっただろうか。

その女はある日突然電話をかけてきて、夫との関係が終わったことを告げ、こう言って鈴子を呼び出したのだ。

「範平《のりへい》さんから手切れ金を頂きましたが、受け取るいわれはありませんので、お返ししたく思います」

夫はわかりやすい男だから鈴子はその女の存在にはうすうす気づいていたが、素性などは何も知らなかった。夫も何も言わなかったし、自分からたずねるようなことをすればそれだけで自分が貶《おとし》められるような気がして、あえて訊こうともしなかった。騒ぎ立てて離婚の話になるのも面倒だった。いわば我が家にとって靴の中にまぎれこんだ小石のような不純物だった女が、するりと靴から転がり出てきて、こうして自分に話しかけている。名字ではなくいきなり名前で夫を呼ぶところが、まず鈴子の逆鱗に触れた。暗くぐもった声音も、開き直ったような言い方も、何もかも不愉快でたまらず、聞いているだけでぞわぞわと小さい虫の群れが肌に浮き上がってくるようだった。

「それなら本人に直接お返しください」

「範平さんがどうしても受け取ってくれないので、こうして奥様にお電話しているんです」

「そのお金を返すということは、つまりあなたは主人と別れるつもりはないということかしら？」

「ご安心ください。わたしたちはきれいに別れました。ただ、わたしはこういうことに金銭でけじめをつけるという考え方が納得できないんです。そういうのは変だと思うんです。ですから、このお金はどうしても奥様に直接お返ししたくって」

どうやら女は、あの情けない男の妻とは果たしていかなる女なのか、自分に興味を持っていて、ひと目見てみたいと思っているようだった。それは鈴子にしても同じ気持ちだった。結局のところ鈴子が会うことを了承したのは、不愉快さより好奇心のほうが勝ったからに違いない。世の中に男ならいくらでもいるだろうに、よりにもよってあれほど金も甲斐性も髪の毛もない、ぱっとしない中年男にひっかかった女とはいかなるものか、ひと目見てみたい気持ちを抑え切れなかったのである。よほど男というものに免疫のない、田舎から出てきたばかりの垢抜けない娘なのだろう。それはほとんど、めったに見られない稀少動物を絶滅前に見ておきたいと思う気持ちと変わりなかった。

女が指定したみなとみらい地区のホテルのカフェに着くと、鈴子は言われたとおり店の人間に名前を告げ、女の席に案内された。そこに座っていたのは想像していたような世間知らずの若い女の子ではなく、自分と同じように首すじから生活感が匂い立ってくるような中年女だった。年はそれでもまだ三十代後半といったところなのに、むしろ自分よりも疲れた横顔をして、自分よりもほんの少し不幸そうに見えた。とりたてて美人でもなければスタイルがいいわけでもない、人目を惹くものを何ひとつ持っていない、平凡で地味な女だった。女は鈴子を見ると、スプーンからこぼれた砂糖のようにうすら寂しい微笑を浮かべた。

「まずはこれをお収めください」

女が差し出した封筒の中には三十万円が入っていた。ぎりぎりの稼ぎの中から工面するにはこれが精一杯だったのだろうが、それにしても三十万円とは、男女の色恋の手切れ金にしてはいささか中途半端ではないだろうか。どうせ払うならせめてきりのいいところで五十万円出せなかったのか。なんてケチで気の小さい男なんだろう。鈴子は自分まで恥ずかしくなった。

「わたしは範平さんの会社で経理をしている松村渚《なぎさ》と申します。このご時世ですから中小の印刷会社はどこも厳しくて、うちも例外ではありません。範平さんのようなベテラン営業マンへのしわ寄せは立場上よくわかっていますから、これを受け取るわけにはいきません」

「あの……その範平範平っていうの、やめてくれません？　気にさわるの。名字の鈴木でお願いします」

鈴子がたまりかねて注意すると、松村渚は思いがけず素直な声で言った。

「あ、すみません。会社に鈴木というのが三名いまして、ややこしいから鈴木さんのことはみんな名前のほうで呼んでるんですよ」

「まあ、よくある名前ですからね」

「それにしても」

と、松村渚は微妙に表情をやわらかくして鈴子を見つめた。

「鈴木さんと奥様はよっぽど愛し合ってご結婚されたんでしょうね」

「はあ？　なんでそんなこと言うの？」

「だって、奥様のお名前は鈴子さんとおっしゃるんですよね。鈴木さんと結婚したら、鈴木鈴子さんになっちゃうじゃないですか。その名前は結構悩むと思うんですけど。だからよっぽど愛していなければできない結婚じゃないかと」

まさか夫の不倫相手にいきなりそんなことを言われるとは思ってもいなかったので、鈴子はつい吹き出してしまった。相手の目にからかいの色はなく、挑発の気配もなかった。いくばくかの疲労が滲んではいたが、彼女の目は穏やかに澄んでいた。二人がきれいに別れたのだという言葉は信じられるような気がした。

「そうね。当時はたしかに悩んだわ。でももうとっくに慣れちゃった。もうじき二十年よ。どんな名前にだって慣れるわ」

「このたびはわたしのことで奥様にご心痛をおかけして、申し訳ございませんでした」

松村渚は突然姿勢を正し、鈴子に向かって深く頭を下げた。鈴子は思わずかっとして、やめて、と低く叫んでいた。だが彼女は顔を上げなかった。襟足にほくろがある。ほつれた後れ毛が空調の風にあおられてたよりない若草のように揺れている。形のよい耳たぶが恥のために真っ赤に染まっている。その眺めを見ていると、何のためかわからない涙が滲んできた。涙がこぼれてしまわないうちに、鈴子は封筒を手にして席を立った。松村渚は最後まで顔を上げなかった。

ホテルを出てもそのまままっすぐ帰宅する気になれなくて、怒りや虚無や自己嫌悪がごちゃまぜになった複雑な感情を抱えながらクイーンズスクエアをあてずっぽうに歩いていたとき、鈴子はあのシャツを見つけたのである。それまでさんざん商業施設の氾濫する色彩の渦のなかにいたというのに、まるでそれがモノクロ映画に浮かび上がる唯一の色であるかのように、濃紺と濃い黄緑のコントラストが鮮やかに目に飛び込んできた。ふと心を洗われるようだった。

その日、最初に家に帰ってきたのは娘の範美《のりみ》だった。箪笥《たんす》にしまいこんでしまうのはまだもったいないような気がして和室に掛けておいたアロハシャツとパンツをめざとく見つけ、タグでブランドを確認して黄色い声をあげ、それが鈴子のものだとわかると、ひとしきり大騒ぎをした。

「やだーお母さん、急にこんな服買って一体どうしちゃったの？　ここのすごい高いんだよ？　生意気にボタンフライのヴィンテージジーンズなんか買っちゃって、お母さんに似合うわけないじゃん！　大体なんでアロハなの？　リゾートにも行けないくせになんでお母さんがアロハなの？　もう、お母さんてば冗談きつーい！」

「いいでしょ、たまにはお母さんだって洋服くらい買ったって。あんただってお給料のほとんどを洋服代に注ぎ込んでるでしょうが」

「ここのコピーブランドの服はあたしも買ったことあるけどさ、本物は高くて買えないもん。それなのにお母さんが本物買うなんて生意気だよー。ね、あたしにちょうだい。お母さんなんて弁当屋と家の往復しかしないんだからさ、べつにユニクロでいいじゃん。こんな高いのもったいないよー」

「うるさい！　余計なお世話！」

「アロハなんて一体どこで着るっていうのよ？　せいぜいヨーカドーへ着てくらいでしょ。無駄よ、お母さん、浮くだけだって」

そこへ一範《かずのり》が帰ってきた。高校を出ても大学にも進学せずふらふらとフリーターをしている息子は、食費節約のため毎晩必ず家で夕食を食べる。そういうところが父親に似てつくづく情けないと鈴子は思う。二十歳で社会人の娘は一応少ないながらも食費を家に入れているが、息子はかろうじて成人前ということでそれは免除してやっている。

「お、いいシャツじゃん。のりピーの？」

「お母さんのだってよ。ねえカズ、生意気だと思わない？」

「べつに。鈴ちゃんだってたまにはオシャレしたほうがいいんじゃん？　ああ、腹へった。鈴ちゃん、メシ！」

「わたしはあんたの家政婦じゃない！　いい若いもんが、たまには友達と外で酒でも飲んできたらどうなの！」

「社会の底辺でうごめくワーキングプアに向かって、そいつはきつい言い草だぜ」

「だったら本腰入れて就職活動しなさいよ！　お父さんだって毎年どんどん賃金カットされていつリストラされるかわかんないし、お母さんだっていつでも簡単にクビ切られるパートだし、範美だって不安定な契約社員なんだよ。このうちには確かな雇用労働者なんて一人もいないんだからね！」

「老後の不安を俺にぶつけるな！　国が悪いんだ。この国のシステムが全部間違ってるんだ。ちくしょうめ、こんな国に誰がした！」

たかがアロハシャツ一枚からこんなにも会話が弾む我が家は幸せなほうかもしれない、と鈴子は思った。夫の年収が七、八年前に比べて四十パーセントもダウンしたとはいえ、狭いながらも住む家があり、つつましくても家族で囲む食卓がある。少なくともあの女よりは——松村渚よりは自分のほうが幸せだ。彼女にも家族があるのかどうかは知らないが、あのケチな夫が手切れ金を渡すくらいだからおそらく独りなのだろう。会社の金を数えているあいだにいつしか婚期を逃し、範平のような男につけ入られて弄《もてあそ》ばれても、相手の懐具合に同情して手切れ金をつき返すやさしさを身につけてしまった女。ふいに彼女の襟足のほくろを思い出して、鈴子はなぜかきりきりと胸が痛んだ。あのとき後れ毛が揺れていたのは空調の風のせいではなく、彼女の肩がふるえていたからではなかったか。あんなにも耳たぶが赤く染まっていたのは俯《うつむ》いたまま泣いていたからではなかったか。どうして彼女は自分の名前を知っていたのだろう。どうして自分は逃げるようにあの場を立ち去ってしまったのだろう。

「ただいまあ。おう、これはなかなかセンスのいいシャツだねえ」

呑気な顔をして玄関から茶の間に入ってきた範平を見ると、鈴子は茶碗を投げつけたい衝動に駆られた。

「ねえねえお父さん、このシャツがお母さんに似合うと思う？　どう見たって服と不釣合いだと思わない？」

　範美はまだしつこく鈴子の服を我が物にしようと、ねちねち言い募っている。体型がほとんど変わらないから、その気になれば母子で着まわしができるのだ。

「そんなこと言うもんじゃないぞ。これでも鈴ちゃんは若い頃、妖精みたいにかわいかったんだぞ。今じゃ妖怪みたいだけどな、わーっはっはっは！」

　鈴子は半分空いたビール瓶を力任せにテーブルに置いて、範平を刺すように睨みつけた。それだけで家の中の空気ががらりと変わった。範平はたちまち何かを悟ったようだった。両親の不穏な空気を瞬時に察して、子供たちはそそくさと食事をすませて自室に引き上げていった。夫婦ゲンカのとばっちりなんか受けたくないと、二人の背中が冷ややかに物語っている。幼い頃から子供たちはいつもそうだった。嵐の前触れを察知して安全な巣に身を潜める鳥たちのように本能的に、素早く目と耳を塞いで家の中の諍《いさか》いから逃げる。

「これ、今日、みなとみらいで買ったの」

　怒りを押し殺した声で鈴子は夫に話しかけた。

「そ、そうか。アロハなんてどうしたの。ハワイにでも行くの？」

「そうね。せっかくアロハを買ったんだから、どこかリゾートに行かせてもらうわ」

「景気がいいね。宝くじでも当たったの？」

「まあそんなとこ」

「なら、夏休みに俺と行こうよ。いくら当たったの？」

「三十万円」

新聞を読んでいた範平の目が止まった。そういうことか、というようにため息をつき、新聞を閉じて台所をうろうろしはじめた。

「あのさ、ごはん食べていいかな？　昼飯が蕎麦だけだったから、腹ペコなんだよね」

「一範が全部食べちゃって、ごはんはもうない」

「いいよいいよ、おかずとビールがあればいいよ」

「範美が全部飲んじゃって、ビールももうない」

「麦茶でいいさあ」

のりへいっ！　と、鈴子はドスのきいた太い声を響かせた。いつものように「お父さん」と呼ばずに名前を呼んだのは、一人の男として糾弾しなければならないと思ったからだ。

「はいっ。いきなり呼び捨てですか。いわゆる修羅場ってやつですか。なんか緊張するなあ」

「あんた、松村さんにわたしの名前を教えたの？」

「うん、きかれたから」

「どうせ名前のこと強調して、いかにも大恋愛の末結ばれたとか何とかしゃべったんでしょ。ああ、いやらしい。ただのできちゃった婚だったのに。大体愛人にべらべらと女房の話する男ってどうなのよ？」

「彼女が根掘り葉掘り知りたがるんだよ、鈴ちゃんのこと。女の対抗意識ってやつ？　男にはよくわからんけど」

「のろけるな！」

「のろけてません」

「なんで手切れ金渡したの？　しかもたったの三十万円」

「後々面倒なことにならないためにでしょう。たったの三十万円って言うけど、俺の小遣い月五万だよ？　それだけ作るのだってすげえ大変だったんだよ。あちこちに頭下げて借りまくってさあ」

「あの人にも家庭があるの？」

「バツイチで、小さい子供がいるんだけど、旦那のほうに取られたとか言ってたな。だから今は一人なんだ」

「そういうかわいそうな女につけこんだわけだ、あんたって男は」

「人聞きの悪いこと言うなよ。どちらかといえば、つけこまれたのはこっちのほうだと思うよ」

「どういうこと？」

「彼女さ、元旦那によりを戻そうってしつこくつきまとわれてたんだ。そいつがほとんどストーカーでさ、会社にまでやって来るし、暴力は振るうし、たちが悪いんだ。彼女は子供に会いたい一心で逆らいきれなくてな、俺が見るに見かねて話をつけてやったんだよ。警察やら裁判所やらに足を運んでさ」

「彼女は子供に会わせてもらえなかったの？」

「そうらしい。向こうの実家ともかなりこじれてて、一度も会わせてもらえないどころか、電話で声も聞かせてもらえないらしい。酒飲むと子供に会いたいってぼろぼろ泣くんだ」

「それにほだされて手を出したんだ？」

鈴子は地の底から轟《とどろ》くような深いため息をついた。

「あのねえ、言っとくけど、そういうことがあったのは最初の一回か二回だけで、厳密には鈴ちゃんが頭の中で妄想してるような関係とは言えないんだな」

「そんな言い訳は聞きたくないね」

「いや、聞けって。つまり俺は彼女に頼られたというか、利用されたようなものなの。俺が彼女と元旦那とのあいだに入ったことで、元旦那の憎しみは俺に向けられることになったわけ。俺が彼女のかわりにあのストーカー男にボコボコにされる見返りとして二、三回はそういうこともあったけど、つきあってたなんてレベルじゃないの。惚れたはれたの色っぽい話じゃないのよ」

「回数の問題じゃないだろ」

「はい、そうですね」

「それで、その三、四回の情事の手切れ金が三十万円？」

「まああれだ、手切れ金っていうより、餞別みたいなもんだよ。会社辞めて人生リセットするっていうからさあ。あの年で再就職も難しいだろうし、ほら、肌摺《す》りあうも他生《たしょう》の縁って言うじゃないか。恋人にはなれなかったけど、情が深くてなかなかいい子だったんだよ。だから俺にできることは何かないかと思ってさ」

「それを言うなら袖《そで》振りあうだ、バーカ」

「あ、ごめん」

この男の言葉の端々から滲み出る無邪気な喜びは一体何なのだ、と鈴子はだんだん胸がむかむかしてきた。少しも悪びれないどころか、この年になって奇跡のように降りかかってきた椿事《ちんじ》のような情事が嬉しくてたまらず、嬉々として妻に報告している趣すらある。まるで小学生の男の子が学校で先生に褒められたことを母親に自慢しているみたいではないか。

「とにかく、もう終わったことだから。というか、何もなかったようなものだから。いやな思いをさせて悪かったけど、俺はこうしていつものように鈴ちゃんのごはんを食べに家に帰ってきたんだからね」

「悪いけどわたし、帰ってきてくれなくてもいいって思ってた。もう子供たちも大きいし、一人で老後を送るのも悪くないかなって」

「そういうこと言うなよ。俺が今さら一人で生きていけるわけないじゃないかよ」

この男にもし女心を惹きつける何かがあるとしたら、弱さを惜しげもなくさらけ出して、母性本能をくすぐるところだろう。ある種の女にとっては、マッチョな男よりそういう男のほうがはるかに心地よく寄り添いやすいのだ。年を取ってもこの男のそういうところは何も変わらない。ほだされたのはむしろ彼女のほうだったのかもしれない。

「あんたと結婚して、貧乏だったけど結構楽しかった。範美も一範もいい子に育った。もういいから、あんたも渚さんと一緒に人生リセットすれば?」

「おいおい、いきなりそこまで言うかあ? それはちょっと潔すぎるんじゃないのか」

「今日、あの人にお金返されて、謝られて、まいっちゃった。すごく立派な態度だった。わたしならたぶんああいう頭の下げ方はできないと思う。自分のほうが恥ずかしくなるくらいだった」

「悪かったよ。そんな思いさせて」

「あの人と別れることなんかなかったのに。ずっと一緒にいてあげればよかったのに」

「俺は鈴ちゃんとずっと一緒にいたいんだ」

範平は泣きそうな顔で鈴子の手を握ろうとしたが、鈴子は虫を払うようにその手をさっと振り払った。もう十年もセックスレスのまま夫婦をしているうちに、妻というより戦友の気持ちに近くなっている。性交渉は娘が初潮を迎えたあたりから何となく気恥ずかしくなって自然に遠ざかってしまったのだが、もともと鈴子は淡白なほうだったし、全力で子育てをしていると夜にはくたくたになって、そんなことに体力と時間を使うのが惜しくなってしまったのである。何度か断っていると範平もだんだん求めなくなってきた。家族になっていくということは、どこでも多かれ少なかれそんなものだろうと思っていた。

「わたしと離婚して、あの人と一緒になりなさい」

「いやだよ。第一、彼女は俺のことなんか好きでも何でもない」

「なぜそう思うの？」

「基本的に男を憎んでる。男なんか信用してないんだ。最初の結婚で傷つきすぎたんだな。あんな元旦那と一緒に暮らしてかわいい子供まで取られりゃ無理はないさ」

「でも範平は好きだったんでしょ？」

「だからそんなんじゃないって。なあ鈴ちゃん、頼むから俺を捨てないでくれよ。一緒に楽しい老後を送ろうよ」

「わたしの一番の美点はおいしそうにごはんを食べるところと潔いところだって、あんたよく言ってたよね。だからわかるよね」

「やめてくれ。潔くなんかなるな。自分の年を考えろ。もう四十五だろ。俺は来年、五十だよ。俺たちは日々着実に年老いていくんだよ」

「あの人に会って頭下げられなかったら、見て見ぬふりができたかもしれない。このまま範平とこの家で年金もらって、安いお茶飲んで、お互いに介護しあって、ぼけるまで仲良く暮らしていけたかもしれない。でも、もう駄目だよう。わたし、この角度からあの人の首すじのほくろ、見ちゃったんだもん」

鈴子はとうとうしゃくりあげた。範平は黙りこくって、ぬるい麦茶をがぶ飲みした。泣きじゃくる妻を見ながら、それ以上かける言葉も思いつかずに、途方にくれてひたすら麦茶を飲み続けた。

2

三日三晩考えた末に、鈴子は封筒の中に残っていた二十三万円を松村渚に返すことにした。使ってしまった七万円分はもう仕方がない。それくらいは勘弁してもらおう。

着信履歴に残っていた松村渚の携帯の番号をリダイヤルすると、三回目のコールであの低くくぐもった声が出た。最初に聞いたときはただ不快なだけの声だったのに、今ではほとんど反感を覚えないのが自分でも不思議なくらいだった。鈴子は手短に、渡したいものがあるのでお会いできないか、と切り出した。それが何かをまったく詮索することもなく、松村渚はすぐにのんびりとした口調で、いいですよ、どうせ会社を辞めてこの頃は暇ですから、と言った。鈴子に対して微塵も警戒心を抱いていないことが手に取るように伝わってくる。

電話を切ったあとで鈴子は、本当に会社辞めたんだ、と釈然としない思いを覚えながらつぶやいた。社内不倫の清算をさせられるのはいつだって立場の弱い女のほうなんだな、と思うと、あらためて夫への怒りが湧いてきて、やはり七万円をどこかで工面して三十万円ぴったり揃えて返すべきかとも思ったが、いっぱいいっぱいの家計のなかで俄かにはその七万円を調達できない現実があった。

範平と別居して一人になりたくても先立つものがない。とりあえず当面は寝室を別にして範平を茶の間で寝かせることで凌いでいるが、パートタイム勤務を徐々にフルタイム勤務に変更していって、何年かかっても少しずつお金をためて小さなアパートを借り、別居の既成事実をつくってからやがては正式に離婚するつもりだった。範平は鈴子の意志の強さを知り抜いているので、あれから腫れ物に触るようにびくびくと接してくる。花屋で三百円均一の花束をまめに買ってきたり、鈴子の好きなプリンやエクレアを週末ごとに買ってきたりして、いじましいほどの機嫌の取り方をする。それでも鈴子の決意は変わらなかった。

待ち合わせのみなとみらいのホテルに、鈴子はこの前買ったアロハシャツとデニムパンツ、タンクトップをあわせて着て行くことにした。久しぶりに気を入れた化粧をし、おろしたての服を身につけて全身を鏡に映してみるとじわじわとテンションが上がってきた。これに合うお洒落な靴がないのが心底から悲しくて、娘が勝負靴と呼んで日ごろから大切に磨きたてているパンプスを無断で拝借していった。

駅までの道を歩きながら、なぜ自分はこんなにも舞い上がっているのだろうとおかしくなった。夫の元不倫相手にお金を返すというだけのつまらない用事のために？　そうだ、でも、こんなふうに緊張することは悪くない。いい服を着て背筋を伸ばして歩くことはすばらしく気持ちがいい。そういうことから自分はなんてかけ離れた暮らしをしていたことだろう。いつでも前かがみにしかめ面をして歩いていた、自分はなんて醜い女だったのだろう。いや、自分は長いあいだ、女ですらなかった。オバサンという、女とはまったく別物の生きものに成り果てて、倦怠と惰性のなかで緊張感のかけらもない夫婦生活を送っていたのだ。

「あら、素敵」

松村渚は鈴子の姿を見るなり、思わずそう言って破顔した。何の邪気もなければ他意もない、純粋に着ているものを褒めている、じつに素直な笑顔だった。そして歌うようにこう続けたのだ。ああ、もう夏ですねえ、と。

「お呼びたてしてごめんなさい」

「目が覚めるみたい。お似合いですね」

「どうもありがとう」

鈴子は照れながら封筒を差し出した。

「少し減ってるけど、お返しするわ。減ったぶんはね、この服に化けちゃった。あの日、ついイライラして、気がついたらこのシャツ買っちゃったの。ごめんなさいね」

「どうせなら全部パーッと使っちゃえばよかったのに」

「そうよね。さすがにそこまでの度胸はなくて。貧乏性なの。我ながらみみっちくて、やんなっちゃう」

「でも、いい買い物をしましたね。一瞬、見違えました。夏の精がこちらに向かって歩いてくるようでしたよ」

「受け取ってくださるわね？」

「でもどうして？」

「うちよりもあなたのほうがこのお金が必要でしょ？」

「せっかくですけど、一度お返ししたものは受け取れません」

「どうしても？」

「ええ、どうしても」

松村渚は穏やかな微笑を浮かべながらきっぱりと言った。この前よりもずいぶんふっきれた表情をしている。目に険がなく、くちびるがゆるやかに開かれている。いや、ふっきれていなかったのは自分のほうで、あのときは興奮していて彼女の顔をありのままに見ることができなかったのかもしれない、と鈴子は思った。あらためてよく見ると彼女はなかなかに美しい。男好きのするタイプではないが、顔のラインから清潔な色気のようなものが漂っている。そのことに気づいて、鈴子は軽い動揺を覚えた。

「それは困ったわね。このお金、どう始末をつければいいかしら」

宙ぶらりんになった金を前にして大きなため息をつくと、松村渚が顔を寄せてきて小声できいた。彼女の額のあたりからかすかにいい匂いがした。

「ちなみにいくら入ってるんですか？」

「三十三万円だけど」

彼女はしばらく腕組みをして何事か考えていたが、やがて悪戯《いたずら》っぽく微笑んでこう切り出した。

「それじゃ、こうしませんか。わたしにとっても、鈴子さんにとっても、そのお金は手元にあってほしくない、いわば忌まわしいお金ですよね？」

「まあ、そういうことね」

「だからといってご主人に返すのも癪にさわる、と。そうですよね？」

「そういうお金はなるべく無駄遣いしちゃったほうがいいと思うんです。有意義なことに使うんじゃなくて、くだらないことにパーッと使って、きれいになくしてしまうんです」

「それもそうよね」

鈴子はいたく共感して、力強く頷いていた。

「でも、どうやって？」

十円でも安い野菜を買うためにチラシを見比べ、夫のワイシャツはすべて自分でアイロンをかけてクリーニング代を節約し、風呂の残り湯も洗濯に使って水道代を切り詰めるような暮らしを送ってきた鈴子には、そういう金の遣い方がまるでイメージできなかったのである。

「たとえば高いフレンチレストランへ行って高いワインを頼むとか。そうすればあとには何も残らないわ」

「でもわたし、ワインは飲めないの。ビールと焼酎なら結構いけるくちなんだけど」

「ビールと焼酎でこのお金を一晩のうちに使い切ってしまうのは、なかなか大変ですね」

「えっ、一晩のうちに使い切るの？」

「そうですよ。そうでなくちゃ」

「そんなことできるかなあ。何しろ貧乏性なもので」

「そのとおり」

「じゃあ、こういうのはどうですか？　思いきって日本赤十字に全額寄付してしまうんです。それなら一瞬でこのお金とおさらばできますよ」

「でもそれだと、有意義な遣い方になっちゃわない？」

「あっ、それもそうですね。じゃあ、ブランドものの高いバッグを買うっていうのはどうですか？　わたし自身そんなものにまったく興味がないせいか、結構バカバカしい遣い方だと思いますけど」

「そんなバッグ持ってても娘に取られちゃうだけよ。それに、あとに形が残らないもののほうがいいんじゃない？」

「うーん、高級エステは形には残らないけど有意義な自己投資になっちゃうから駄目だし、ヘリコプターを借り切って横浜上空をフライトしてもお釣りがくるし、こうして考えてみると無駄遣いって意外と難しいですねえ」

　鈴子はだんだんわくわくしてきた。松村渚と顔を突き合わせて無駄遣いのプランを練るのは、思いがけず楽しいことだった。本当なら二人とも、喉から手が出るほどこのお金が明日のために必要なはずなのに、意地でもそんなことは言わず、自らの窮状をおくびにも出さず、昔の江戸っ子のように宵越しの銭など持たないふりをして、無意味な散財のゲームを楽しんでいる。沈黙が訪れてふとそれぞれの立場を思い出してしまうのを避けるかのように、二人はひっきりなしにアイデアを出し合った。

それでもどうしても途切れてしまう会話の隙間に、どす黒いコールタールが滴るかのように、わけのわからない虚無がしのびこんできた。この女は、範平と寝たのだ、と鈴子は何度も思おうとした。しかしその事実には決定的に現実感がなかった。自分が範平と寝たときのことをもううまく思い出せないほどだったから、嫉妬する気にもならないというのが正直なところだ。むしろ松村渚と向き合っていると、そんな生々しいことを想像する自分がたまらなく卑しいものに思えてくる。

自分の亭主と寝た女なのに、どうしてか鈴子は彼女を憎むことができなかった。男女のことなどちょっとした接触事故のようなもので、彼の言うように、大局的に見れば何もなかったようなものなのかもしれないと、鈴子は思いたがっている。それはつまり、自分がもう範平に対して一切の執着をなくしてしまったということに他ならない。だから鈴子は自分を裏切った夫にではなく、そんな自分の冷たさに、夫婦というものの脆弱《ぜいじゃく》さに、そして人生の無常さに虚無を覚えるのだ。

「いっそ、二人して温泉にでも行きますか」

アイデアに詰まった渚が、苦し紛れといった感じでそう漏らした。

「えっ、温泉に？　今から？」

「箱根なら今からでも充分間に合いますよ」

「でも……あなたと二人で？」

「本妻と愛人が打ち揃って温泉に行くというのも、かなりバカバカしくていいんじゃないですか。わたしは気にしませんけど。鈴子さんはいやですか？」

さすがにそれはどうかと思ったが、渚は名案だと思ったらしく、目を輝かせてこちらを見ている。その屈託のなさに鈴子の心はあっけなく解きほぐされてしまう。

「そうね。お湯に流してしまうのもいいアイデアかもね。でもそんなに高いお宿を知ってる？　ひとり十一万五千円よ」

「わたしが知ってるのは強羅にある一泊五万円の宿と、湯河原にある一泊七万円の宿くらいですね。うーん、なかなか使い切れないものですね」

「えーっ、一泊で？　なんてもったいない」

「でもスイートルームとかにして、現地までタクシーを奮発すれば、きれいになくなるんじゃないかな。うん、そうしません？」

「ちょっと待って。考えてみる」

鈴子はしばし目を閉じて沈思黙考に入った。頭の中をぐるぐると貧乏神が走り回って、清水の舞台から飛び降りようとしている鈴子に向かって赤旗を振っている。たまには家族水入らずで温泉にでも行きたいね、とゴールデンウィークや正月のたびに口癖のように言い合っていた月日が走馬灯のように駆け巡る。おまえひとりでそんなことをしたら罰が当たるぞと、ご先祖様がどこからかあらわれて耳元でささやく。

「やっぱり駄目だ。もったいない」

鈴子は目を開けてため息をつき、ひしゃげたような声で言った。

「一泊七万の旅館になんか泊まったら、かえって寝覚めが悪いわ。そわそわして一睡もできないかも。ああ、つくづく貧乏性な自分に腹が立つ！」

渚はそんな鈴子を見て、ひどくやさしく微笑んだ。

「ごめんなさいね、しみったれてて。わたしにはそんな豪遊をする度胸はないみたい」

「わたしも同じですよ。たまの給料日に鰻屋さんに入っても、いつも竹を頼んでしまいます」

「わたしも松なんて食べたことない。お寿司も回転してるのばっかり」

二人の女は顔を見合わせ、声を出して笑った。渚の目尻の皺がチャーミングだなと思ってしみじみ見ていると、彼女のほうでも鈴子のシャツをしみじみ眺めていることに気がついた。そしてこうしている時間がやけに心地いいことに、鈴子はゆっくりと気づきはじめていた。

「ああ、それ、蓮《はす》の花だったんですねえ」

急に言われて、はじめは何のことかわからなかった。でもすぐに、鈴子のシャツに描かれた花のことだとわかった。言っている渚の顔が、開いたばかりの花びらのように明るく輝いている。

「あっ、ほんと。言われてみれば確かにこれは蓮の花だわ。今の今まで全然気がつかなかった」

「わたし、蓮の花が大好きなんですよ。仏様の花だからって、辛気臭いと言う人もいるけど」

「蓮の花を好きな人って、意外と多いのよ。わたしも好きだわ。あの大きな葉っぱも好き。見ていると気持ちがしんとしてくるのよね」

「そういえば鈴子さんって、どことなく蓮の花みたいな方ですね」

びっくりして、コーヒーカップを取り落としそうになった。褒められているのだろうか。どう控えめに見ても、皮肉や嫌味ではないだろう。そう結論して、年甲斐もなく喜んで赤面している自分に、鈴子はもっとびっくりした。

「やめてよお。こんな筋金入りのオバサンに向かって」

「範平さん、いえ、鈴木さんが会社でいつも言ってたんですよ。うちの奥さんは妖精みたいにかわいかったんだよって」

「もう範平でいいわよ。どうせそのあとに、今じゃ妖怪みたいだけどって続くんでしょ」

うっかり範平の名前を出してしまったことを後悔するように、渚は慌てて話題を変えた。

「知ってます？　ベトナムでは蓮の花が特別に大事にされてるんですって。花びらはお茶にして、蓮の実は料理に使って、葉っぱには食べ物の腐敗を防ぐ効用があるんですよ。もちろん観賞用としても」

「そういえばベトナム旅行に行った友達から蓮のお茶をおみやげにもらったことがあったわ」

「ベトナム航空のマークにも蓮の花が使われてるくらい。国を代表する花なんですね」

「松村さんは、ベトナムに行ったことがあるの？」

「一度だけ。でも本当はもう一度、どうしても行かなきゃいけないんですけど」

「どうして？」

「自分のなかで決めたことがあって。まあ、他の人から見たらどうでもいいようなことなんですけどね」

渚は遠い目をして何かをじっと噛みしめ、小さく切ないため息をついた。赤の他人にはうかつに立ち入ることがためらわれるような、いかにも訳ありといった沈黙だった。鈴子はそんな彼女が急にもどかしくなってきた。

「バカねえ。どうしても行かなきゃいけないところなら、このお金でさっさと行ってくればよかったじゃないの。三十万円あったらベトナムくらい行けたでしょうに。わたしにこのお金返したばっかりに二十三万円になっちゃって。こういうお金はそういうときのために使うもんよ。ほんとにバカねえ」

渚はおかしそうに苦笑した。

「これだけあったら、充分ベトナムくらい行けますよ。しかも二人で」

「嘘でしょ？　だってベトナムよ？　箱根じゃないんだから」

「行けますよ。豪遊はできないけど、そこそこのホテルなら一週間くらい楽勝です」

「一週間⁉　マジなのそれって？」

「箱根の超高級旅館に泊まるよりか、アジアに行くほうが今どきは安いんですよ」

鈴子は封筒をつかんで渚の手に押し付けた。

「だったら行ってらっしゃいよ、ベトナム。ああ、これでお金の始末がついて、ほっとしたあ」

だが渚は封筒を鈴子の前に突き返した。

「このお金をわたし一人で使ったら、意味のある消費になってしまいます」

「そんなこともうどうだっていいじゃない」

「そういうわけにはいきません」

「頑固な人ねえ」

「よく言われます」

二人の女は再び宙に浮いてしまったお金を前にしてじりじりと睨みあった。先に吹き出したのは渚のほうだった。あの屈託のない、でもどこか頼りない笑顔で、渚はこう提案したのだった。

「こうなったら解決策はひとつしかないですね。鈴子さんと一緒にベトナムへ行きましょう。今から旅行会社に行ってチケットを申し込めば、このお金はたちまちきれいになくなります。それでどうですか?」

それを聞いて鈴子も吹き出した。ひとしきり豪快に笑ったあとで、

「乗った!」

さばさばした顔で、鈴子は言った。


だからあのアロハシャツを手にしたときから、鈴子は知らず知らずのうちにベトナムへ導かれていたのだと言える。自分がベトナムへ行くのは運命だったのだと鈴子は考えることにした。たった一晩で二十三万円使ってしまうことには抵抗を覚えても、ベトナムへ一週間行くとなると話が別だった。どういうわけかまったく罪悪感を感じないのだ。それはやりくり上手の主婦の身にしみついたコスト・パフォーマンスのせいだったかもしれない。箱根なら一晩で消えてしまうお金が、ベトナムになると一週間もつという魔法のような話が鈴子の貧乏性をくすぐった。

ベトナムが東南アジアのどのへんに位置しているのかもよくわからず、ベトナム料理といえば生春巻とフォーしか知らない鈴子だったが、この降って湧いたような旅の話に乗った瞬間から別人のように生き生きと前向きになってきた。妻として母として一家の主婦と

しての役割から完全に切り離されて、ただのひとりの女に戻るのはほぼ二十年ぶりなのである。海外へ行ったのはまだ範平の会社の景気がよかったころ、彼の韓国出張に便乗して二泊三日の短い旅をしたことがあるだけだった。あのときは全然楽しくなかった。置いてきた子供たちのことばかり思い出していた。

「お母さんは一週間ほどベトナムに行ってくるから」

と夕食の席で宣言すると、それぞれに違う反応が返ってきておもしろかった。子供たちがそれほど驚かなかったのは、あの夫婦喧嘩のあとで母が泣いていたのを知っていたからだ。範美は健気にも小遣いをくれて、

「お母さんもお父さんに負けないようにどんどん好きなことやっちゃえばいいんだよ。ベトナムで若い男と遊んできなよ。おいしいものいっぱい食べてさ、羽目はずすといいよ」

と励ましてくれた。

一範はおろおろして、行かないでくれと言い出した。このまま母が家を出て行ってしまうのではないかと心配していたのだ。

「最近妙に色気づいてるし、まさか鈴ちゃんまで家庭外恋愛してるんじゃないだろうな？そういうのは俺、いやだからね。ちゃんと帰ってきてくれるよね？」

父の浮気騒動のせいで母が傷ついていることを子供たちは了解していて、今後の行く末がどうなるかを不安げに見守っている様子だった。

そして範平はといえば、意外にも泰然と構えており、ほとんど無関心に見えるほどだった。あるいは彼は、いつか妻がこの家を出て行くときに備えて、孤独の予行演習をするつもりなのかもしれない。範平もまた少しずつ心の準備をはじめているのだろう。

「なんでベトナムに行くか、きかないの？」

「アロハ買ったからリゾート行くって言ってたじゃん。どうせハワイやバリ島より近くて安いからだろう」

「へえ、ベトナムってリゾートあるの？」

「大丈夫かなあ。ベトナムをカンボジアと間違えてない？」

「大丈夫大丈夫。一緒に行くお友達は旅慣れてるから」

もちろん家族には松村渚と一緒に行くことは秘密にしてある。高校時代の旅行好きな友達と行くことになっている。たとえ本当のことを話したとしても誰も信じはしないだろう。鈴子自身にさえ、この成り行きがうまく信じられないほどなのだ。

あの日、みなとみらいの旅行代理店に二人で出向いて、ホーチミンシティまでの格安往復航空券と市内の中級ホテル五泊分の料金が込みになっているフリープランを手配した。といってもやってくれたのはすべて渚で、鈴子は後ろで控えていただけだ。彼女は慣れた様子でパンフレットに目を通し、鈴子の意向をひとつひとつ丁寧に確認しながら、窓口の担当者にてきぱきと指示を出していた。

「お部屋を別々にすると追加料金がかかるんですけど、そのほうがいいですよね？」

とか、

「帰りの便が深夜便なので、追加料金がかかってもレイトチェックアウトにしたほうがいいですよね？」

とかいった具合に。鈴子はすべて渚に任せることにした。彼女の言う通りにしていれば間違いはないだろうとわかっていた。

空港税や燃油サーチャージを含めてもまだ若干の余裕があったので、渚の提案でメコン川クルーズのオプショナルツアーもつけたら、お金はきれいになくなった。さすが経理係だけあって、実に見事な按配だった。

「朝食はホテル代に含まれていますから、あとかかるのは現地での昼食と夕食代、タクシー代、それにお土産代くらいですが、物価はかなり安いので、まあ三万円もあれば充分だと思いますよ」

「たったそれだけでいいの？」

「高級レストランや高級スパへ行ったり、オーダーメイドのアオザイを作ったりするなら五万円くらいあったほうが安心ですけど。そんなことしなくても全然楽しめると思いますよ。ベトナムでは本当にお金使わないんですよねえ」

なんて頼もしい女なのだ、と鈴子は渚をあらためて見直した。金をかけずに豊かな旅行をする術を知っている人間を、鈴子はひそかに尊敬していた。そんな旅行を自分でもしてみたくて、いつか年老いて年金がもらえるようになったら、一人でどこへでも行けるおばあさんになりたいと思っていた。

当日は日曜だったので範平は成田まで送ろうかと言ってくれたが、空港の出発カウンターで待ち合わせている相手が渚だとわかったら面倒なので、往復一万円近い交通費がもったいないからと言って断った。ひとりで成田エクスプレスに乗るだけでも鈴子は遠足に行くように楽しかった。

しかし空港に着いて、ベトナム航空のチェックインカウンターで渚を待っているうちに、鈴子は急に緊張して不安の塊が頭をもたげてくるのがわかった。あのときは勢いでつい一緒に行くことになってしまったが、自分は松村渚という女のことをほとんど何も知らないではないか。彼女が自分のことを本当はどう思っているのかも、範平に対して本当に未練はないのかどうかも、じつのところ鈴子にはわからない。そんな相手と一週間も一緒にいて、話題がもつだろうか。英語もろくにしゃべれない自分はどこへ行くにも何をするにも足手まといになって、旅慣れた彼女をいらいらさせてしまうのではないだろうか。

待ち合わせの時間を五分過ぎたあたりから、ひょっとして彼女は来ないのではないかという気がしてきた。腹いせのためにわざとすっぽかして、右も左もわからない外国へ鈴子をひとりで行かせるつもりだったのではないか。鈴子に無駄な旅行代金を払わせることでささやかな復讐気分を味わいたかったのではないか。鈴子のほうでは彼女に対して被害者意識などなくても、彼女にとって自分は憎い存在かもしれないのだ。そんなことも忘れて能天気にも一緒に海外旅行へ行こうとしていた自分を鈴子は心の中で嘲笑した。

十五分を過ぎると、不安は確信に変わりつつあった。彼女は絶対に来ない、来るはずがない。すべては手の込んだ芝居だったのかもしれない。あの日、お金の使い道を話し合っているときから、彼女は腹の中で舌を出しながらおもしろおかしく鈴子をその気にさせ、どうすれば最も効果的に鈴子にダメージを与えることができるかを画策していたに違いない。一度返した手切れ金をのこのこと再び渡しに来たおせっかいな女に手痛いしっぺ返しをするにはどんな罠を仕掛けてやろうかと、悪魔のようにチャンスを窺っていたに違いないのだ。鈴子は拳を握りしめて我が身を呪った。さまざまな国籍の人たちでごった返す国際空港のざわめきを、まるで映画の中にいるようだと思いながら鈴子はぼんやりと眺めていた。

だが約束の時間を二十分過ぎてから松村渚が鈴子に向かってまっすぐに駆けてくる姿を見たとき、鈴子は心の底から自分を恥じ、それまでの疑心暗鬼を一片も残さずすべて忘れて、夢中で彼女に駆け寄っていた。悪魔は自分のほうだ、自分はなんていやらしい最低の女だ、とくちびるを噛みしめ、恥ずかしさと嬉しさのあまりうっすらと涙さえ浮かべながら。

「ごめんなさい。人身事故で電車が遅れて、乗るはずだった成田エクスプレスに乗り損ねてしまったから、リムジンバスで来たんです。お待たせしました」

渚は小さめのキャリーケースを引きずり、大きめのどっしりとしたカメラケースのようなバッグを肩からさげて、息を切らしていた。

「ああ、よかったよかった。来てくれて本当によかったあ」

「来ないわけないじゃないですか。携帯に何度もお電話したんですけど、つながらなくて」

「あっ……携帯、忘れてきちゃった。どうしよう」

「まあ、向こうでは役に立ちませんから、なくてもいいですよ。行きましょうか」

鈴子がとっさに思い浮かべたのは、日曜日の家の中で鳴り続ける携帯電話を見つめている範平の姿だった。彼は電話機の着信画面をのぞきこんで、誰がかけてきたのかを確認しただろうか。万事休すだ、と鈴子は思った。帰国してから一騒動持ち上がるのは避けられないだろう。

しかしカウンターで搭乗券を受け取り、行ってらっしゃいませ、という係員の声に送られて出発ゲートをくぐってしまうと、そんなことはすぐに忘れてしまった。ベトナムで日本のことを心配しても仕方がない。空の上で地上のことを気に病むのは馬鹿げている。隣には上気して輝く松村渚の顔があり、目の前にはとびきりの非日常がひろがっているのだ。

年齢とも立場とも役割とも無縁の、ただのひとりのよるべない旅人としてしか、自分は今ここに存在してはいないのだ。すべての枷《かせ》がはずされて、束の間の自由と不安を手に入れて、鈴子はめまいがしそうだった。

3

機内食を食べ終えた途端にコトンと眠くなり、気がついたときにはもうホーチミンシティに着いていた。往きの機内で鈴子は渚になぜもう一度ベトナムへ行かなければならないのか、その理由をきこうと思っていたのだが、ほとんど話をする暇もなかった。爆睡してましたね、と渚に言われて、少しばかりきまりが悪かった。

両替を済ませてから空港を一歩出ると、南国の空気がねっとりと肌に絡みついてくる。渚は寄ってくるタクシーの客引きには目もくれず、社名をしっかりと選んで一台のタクシーに乗り込み、ホテル名を告げた。

「このタクシー会社はわりと評判がいいので、ぼられないと思います」

という。

「どうしてそんなことわかるの？」

「インターネットの口コミ情報で調べるんですよ」

「さすが旅慣れてる人は違うわね」

「女の一人旅にはリスクがつきものですから、危機管理をするのが癖になっちゃって」

「いつも一人旅が多いの？」

「大体そうですね。わたしわがままだから、他人とペースを合わせるのが苦手なんですよ」

「それなのに、わたしなんかと旅行しちゃって、大丈夫？」

「実はちょっと緊張してます。でもわたしたちって不思議な関係じゃないですか。友達でもないし、会社の同僚でもないし、たぶん日本に帰ったらもう二度と会うこともありませんよね？」

「それはそうかもね」

「だから逆に気が楽というか。そんなに気を遣わなくてもいいかなって」

「そうね。どうぞ気を遣わないでちょうだいね。なんならずっと別行動でもいいわよ」

「鈴子さん、一人で大丈夫ですか？」

「まあ、なんとかなるでしょ。わたしもガイドブック読み込んできたし、行きたいところは安全なタクシーに乗って連れてってもらえばいいんだから」

「それじゃあ、夕食はご一緒することにして、日中はそれぞれ自由行動にしましょうか。メコン川ツアーだけは丸一日ご一緒するということで」

「了解！」

言ってからたちまち後悔したが、今さらあとに引くわけにはいかなかった。鈴子は早速、安全なタクシーと、絶対に乗ってはいけないタクシーをいくつか教えてもらってメモをした。旅慣れた人間には、自由のおそろしさがわからないのだ。一人で好きなように行動しろと言われても、鈴子は途方にくれるばかりだった。突き放すような渚の態度に多少の恨めしさを覚えたが、それでも窓の外にひろがるバイクの洪水は圧倒的なエネルギーに溢れていて、見ていていつまでも飽きなかった。

二人乗り、三人乗りは当たり前で、両親と子供の一家三人で乗っていたり、母親が子供二人を前に乗せ後ろにもう一人乗せていたりする。しかも全員がノーヘルで、車やバスの隙間を縫うようにしてどんどん割り込み、すさまじいスピードでぶっ飛ばしている。女の人は顔半分が隠れる強盗のようなマスクと、腕がすっぽり隠れる長手袋を必ずつけている。鈴子は街並みよりもバイクに乗っている人間ばかり見ていた。タフでエネルギッシュなベトナム人の顔を、息を止め目を輝かせて眺めているうちに、ホテルに着いた。

だが到着早々、トラブルがやって来た。渚がフロントでチェックイン手続きをしているとき、係の者と何やら揉《も》めはじめたのだ。渚はホテルバウチャーを示しながら次第に声を荒らげていく。ホテルの人間ははじめ申し訳なさそうにしていたが、だんだん開き直ってきて、渚の言うことに首を振るばかりだ。

「どうしたの？」

渚は大きくため息をついて、怒りの表情を崩さずに言った。

「予約のときに手違いがあったらしくて、ツインの部屋がひとつしか取れてなかったんです。あれほど別々の部屋でって念を押したのに、部屋二つをベッド二つと勘違いしたのか、あるいはもともとオーバーブッキングだったのかもしれないですね」

「変えてもらえないの？」

「文句を言ったんですけど、今日は満室で他に空きがないんですって。友達同士なら同じ部屋でも問題ないじゃないかって、ホテル側の責任を棚に上げていいかげんなこと言うんですよ。頭にきちゃう」

「日本の旅行代理店に連絡してみたら？」

「たぶん無駄ですね。差額分をあとで払い戻してもらうことはできると思いますけど、この人にはいやならよそへ行ってくれとまで言われましたから」

こんなにも感情をあらわにしている渚を見るのは初めてだった。聞いているとだんだん鈴子も腹が立ってきて、

「じゃあ、よそへ行こうじゃないの。ずいぶん客をバカにしてるじゃないのよ」

と言っていた。

「この時間からあらたにホテル探しをするのは難しいかもしれませんね。ハイシーズンだ

から向こうも強気なんですよ」

「まあ、ベトナムではよくあることです。すべてにおいていいかげんな人たちですから」

「一泊だけなんでしょ？　わたしはかまわないけど」

渚は再びホテルマンと交渉をはじめた。すごく流暢《りゅうちょう》というほどではないが、堂々としていて、言いたいことをきちんと主張する姿はなかなかかっこいい。

「明日以降は責任を持って二部屋用意できると言ってます。だから今夜だけ我慢することにしましょうか」

部屋に入ると、思っていたより広めで清潔だったので鈴子はすぐに機嫌を直した。気持ちの切り替えが早いところも、鈴子の取り柄のひとつだった。

荷物を置いてから外に出て、銀座通りと言われるドンコイ通りまで渚と一緒に歩いた。中心部のおよその目印となるコンチネンタルホテルやレロイ通りを教わり、ショルダーバッグは必ず斜め掛けにして抱えて歩くようにと教わり、道路の渡り方を教わった。

「鈴子さんは最初にどこへ行きたいですか？」

「そうねえ。ドンコイ通りの店は高級ブランドばかりで高そうだし、適当にぶらぶらしながら、ベンタイン市場にでも行ってみるわ」

「それならレロイ通りをまっすぐ行けば突き当たります。結構観光化されててそれほど安くはないですが、おみやげを買うなら悪くない品揃えですよ。いいですか、ベトナムでは絶対に言い値で買ってはいけませんよ。まず半値に値切り、そこから向こうが電卓を出してきて交渉に入りますから、じりじりと粘って少しでも安くさせるんです」

「あら、それなら得意だわ」

「適正価格を知るために何軒か同じものを売っている店を見ておくといいです。くれぐれもスリとひったくりには気をつけて」

「ありがとう。渚さんはこれからどこへ行くの？」

「ええ、ちょっと。じゃあ、七時にホテルで」

渚は曖昧に微笑んで、あのずっしりと重そうなカメラバッグを肩に担いで、手を振りながらレロイ通りとは反対方向に去っていった。ベトナムでやらなくてはいけない用事とは、もしかしたら写真を撮ることなのかもしれない、と鈴子は思った。あの黒いケースはどう見てもプロのカメラマンが使いそうな高価な一眼レフが機材とともに入っているのだろう。彼女は飛行機の中にもあのバッグを大事そうに持ち込んでいたし、タクシーのトランクに預けようともしなかったし、ホテルのボーイに運ばせようともしなかった。うっかりずさんな扱われ方をして損傷でもしたら大ごとだと言わんばかりに、肌身離さず、とても大切にしていたのである。

渚と別れてひとりになってしまうと、たちまち方向感覚がわからなくなった。鈴子は初めてのおつかいをする幼児のように途方にくれて立ち尽くした。そのあいだにも目の前の大通りをけたたましくクラクションを鳴らしながらバイクの群れが疾走していく。ほとんど信号がないか、あっても機能していないので車列が途切れることはなく、道の向こう側へ渡るときは地元民のあとについてすばやく思いきりよく渡るべし、そうすればバイクは向こうからよけてくれるから、という渚の教えを、鈴子は頭の中で反芻した。欧米人の夫婦がおっかなびっくり、今まさにそのとおりの渡り方をしていたが、足がふるえて鈴子にはどうしても後に続くことができない。

「ハーイ、オネーサン、ドコイクカ?」

泣きそうな顔で棒立ちしていると、バイクがスーッと目の前で止まって、男が怪しげな日本語で話しかけてきた。年は一範と同じくらいだろうか。ベトナム人は顔立ちや体つきが日本人にとてもよく似ている。目が合ったので反射的に照れ笑いをしたら、男はニコッと笑いかけてきて、

「タクシー、タクシー。五ドル、ヤスイ」

と言って自分のバイクを指差した。

「えっ? タクシーって……これ、バイクじゃない?」

「ハイ、バイクのタクシーネ。オネーサン、ドコイク? 五ドルデオーケー、トテモヤスイ」

オネーサンと言われて気をよくしたわけでもなかったが、どことなく一範に似た笑顔が悪い人ではなさそうだったし、本物のタクシーをつかまえようにも老眼鏡がなくて車体の社名が読み取りにくかったので、五ドルならそんなに高くはないだろうと思い、鈴子は男に促されるまままついバイクの後部に跨《また》がってしまった。マーケット、と告げた途端、バイクは滑らかに発進して、たちまち大通りの車列の渦のなかに巻き込まれていった。

「とにかくすごいの、あのバイクの群れと一体化する感じが！　ホーチミンの街とひとつになるというか、ベトナム人の人いきれのなかにまじりあうというか、すっごい快感！　あれに乗らない手はないわ。あの感じはこの国でしか味わえないものだわ」

夕食の席で、鈴子は渚に昼間おこなった冒険について興奮して話していた。鈴子はその日、バイクタクシーの快感にすっかり味をしめて、三回も乗ったのだった。渚はベトナムのうすいビールを喉に流し込みながら、にこにこと鈴子の話に耳を傾けていた。ベンタイン市場で値切り倒して娘への土産のサンダルを買った話から、バイクタクシーに乗った話になると、渚は目をまるくして鈴子を見つめた。

「バイクタクシーにいきなり乗るなんて、信じられない。危険だから乗っちゃいけないって、ガイドブックに書いてなかったですか？」

「でも、悪そうな人たちじゃなかったのよ。客を乗せてるから安全運転してくれたし、何しろ速いの。それに安いし。どこでもみんな五ドルで行ってくれたわ」

「あのね、鈴子さん。五ドルはぼられすぎですよ。相場はたしか一万ドンくらいだと思います。つまり七十円くらいですよ」

「えっ、そんなに安いの？　くやしいっ！」

「それにバイクタクシーはシクロほどではないにせよ、あとで金銭トラブルが絶えないっていうのに。鈴子さん、度胸ありすぎ」

「でもね、バイクはシクロと違って、ドライバーにしがみついて乗せてもらうでしょう。あの体がぴったりと密着する感じが一種の連帯感を生むような気がするの。おおげさに言えば、ある意味運命共同体みたいなものじゃない？　だからね、そんなふうにして運んだ客が降りるとき、だますようにふっかけるのはしにくいんじゃないかしら」

「まったくもう、鈴子さんは本当に人がいいですね。誰もいない暗がりに連れこまれて、身ぐるみ剝がされたらどうするんですか？」

「そんなことにならないように、乗るときは人をよく見て選ぶもの。目を見れば大体、いい人か悪い人かはわかるもの。でも、心配してくれてありがとう」

「意外とたくましそうなので、安心しました。わたしだって本当はバイクタクシーに乗ってみたいんですけどね、どうしても勇気が出なくて。鈴子さんは、すごいですねえ」

「渚さんは今日一日、何をしてたの？」

水を向けると渚はいたずらっぽく笑って、内緒です、と言った。

「でもそのうちにお話しします。たぶん明日、メコン川クルーズのあとで」

「ベトナムにもう一度来なければならない理由と関係があるのね？」

渚は大きく頷いた。その話を聞くのはなんとなくこわい気もしたが、その話を聞くことだけがこの奇妙な旅行の目的のようにも思えてきた。

その夜はひとつ部屋でベッドを並べて寝た。さぞかし居心地が悪いだろうと思っていたが、意外にも同窓会旅行で古い友人と枕を並べて寝たときのように違和感がなかった。通りからのバイクの騒音がうるさくてなかなか寝付けないでいると、壁際のほうへ寝返りを打って渚が話しかけてきた。鈴子に向かってではなく、壁に向かって話しているような言い方だった。

「わたしのこと、恨んでいるでしょうね？」

その声があまりにも消え入りそうだったので、鈴子は一瞬胸を突かれ、ほとんど泣きそうになるほどだった。鈴子はしばらくのあいだ、何も言えなかった。同じように暗い壁を見つめ、壁にしみこんだ暗喩《あんゆ》のような何かのしみをじっと見つめ、その暗喩の意味を探ろうとするかのようにおのれの心の中をじっと覗き込んだ。

今はもう、恨んでないわ。そう言おうと思うのに、喉元までその言葉が出かかっているのに、鈴子は一言も発することができなかった。この沈黙を卑怯で許しがたいものだと思いながらも、手のひらにいやな汗をかきつづけて、鈴子は貝のように押し黙っていた。

やがて渚が闇の中で嗚咽をこらえる気配が伝わってきた。その途端に鈴子の目から涙がこぼれ落ちた。このひとの悲しみを、今わたしは自分の悲しみとして吸い取っている、と鈴子は思った。鼻を啜る音で泣いていることを気取られたのか、渚は静かな声でささやくように言った。

「わたしはどうしようもない女なんです。これまでいろんな人を泣かせてしまったけれど、今、鈴子さんを泣かせているのが一番つらい。あなたのようないい人を泣かせるなんて、わたしは本当に最低の人間です」

「わたしはいい人なんかじゃない。夫があなたに夢中になっていたとき、自分の顔を鏡で見たらぎょっとしたわ。腐った魚のような目をして、皮膚は鱗《うろこ》のようにカサカサで、体じゅうから魚臭い匂いがしてた。毎朝鏡を見るたび、吐かずにはいられなかった。でもそれはあの人を愛していたからではなかったの。失うのがこわかったからでもない。この年でひとりぼっちになるのがこわかっただけなの。ひとりで年を取っていって、ひとりで死んでいくのがただこわかった。気が変になりそうなほどこわかった」

ゆるしてください、と渚は声にならぬ息の声で言った。これ以上謝られたらいたたまれなくて、彼女を抱きしめてしまいそうだった。いいのよ、もう自分を責めなくてもいいのよ、わたしはあなたで、あなたはわたしなんだから、そんなに苦しまなくてもいいのよ。

そう言って、自分を抱きしめるように彼女を抱きしめ、ふたつの悲しみをまざりあわせてひとつの諦念《ていねん》をつくるために、心臓の鼓動をぴったりと寄り添わせてしまいそうだった。

渚に向かって手をさしのべかけたとき、思いがけないことが起こった。彼女のほうが、鈴子に向かって腕を伸ばしてきたのだった。ほの暗い闇のなかで、二人の女の手は静かに触れ合い、ぬくもりを求めて、赦《ゆる》しを求めて、ふるえながら絡まりあった。それはまるで優雅な飛翔に失敗した二羽の蝶が、失墜の間際に互いをかばいあうため銀粉を散らしながら羽根をこすりつけあうような、うつくしい友情の仕草にも見えた。

「わたし、鈴子さんのおにぎりを食べたことがあります」

手を握りしめながら渚が突然、まったく意外なことを言った。

「今、なんて言ったの？　おにぎり？」

「はい。この手でしっかりと握られた、おかかと昆布の海苔むすびです」

「一体、どこで？」

「はじめは会社で範平さんに頂いたんです。前の夫とのあいだでいろいろあって拒食症みたいになって、ほとんどお昼ごはんも食べられなくなってしまったときに、公園で昼休みの時間をつぶしてたら、範平さんがある日愛妻弁当を分けてくれて。これ食べなよ、うちの奥さんの手はゴジラの手みたいにふかふかで肉厚なんだよ、そんな手で握ったおにぎりは特別うまいんだ、って言って。本当にびっくりするくらいおいしかった」

鈴子はあきれて絶句した。まさか弁当をダシに女をひっかけていたなんて！

「それで鈴子さんのおにぎりのファンになって、鈴子さんが働いているお弁当屋さんで時々買うようになりました」

「えっ、うちの店に来てたの？」

「もう一人のパートのおばさんのおにぎりに当たるとがっかりでしたけど」

鈴子の仕事は接客ではなく調理担当だったから、渚が本当に店に来ていたとしても見覚えているわけはなかった。

「そんな話まで範平はしてたの？」

「範平さんの話題って、八割がたは奥さんのことだったんです。お風呂の中でどんな鼻歌を歌ってるか、とか、ゴキブリに遭遇して驚いたときのビックリダンスの様子とか、本屋で万引きした見ず知らずの中学生をどんなに親身になって叱ってやったか、とか。本日の鈴木鈴子というテーマで毎日お昼休みにおもしろおかしく話してくれました。だからわたし、鈴子さんのお風呂の鼻歌が『椰子《やし》の実』であることも、ビックリダンスの踊り方も、あなたが他人の子供を真っ赤になって涙ぐみながら叱ることも全部知ってるんですよ。そのうちに少しずつ拒食症がなおって、笑えるようになって、わたしはすっかりおにぎりだけじゃなく鈴木鈴子さんその人のファンになっていたんです」

鈴子はあっけに取られていた。範平がそんなにこまかく自分のことを観察していたことにも、それを会社の女の子に話していたことにも。あっけに取られ、そして赤面した。

「女房を笑いものにして、不倫のきっかけにしていたってこと？」

「ちがう、そんなんじゃない。信じてもらえないかもしれないけど、わたしは鈴子さんの話が聞きたくて範平さんとお昼休みを過ごしていたようなものなんです。二人がどんなに鈴子さんのことを好きだったか、その話をする時間がどんなに楽しかったか、鈴子さんもきっとその場にいたらわかってくれたと思います。まるでおとぎ話みたいに聞こえるかもしれませんけど」

「そうね。あまりにもおとぎ話みたいで、腹も立たないわ」

「範平さんとおつきあいしているあいだ、わたしはずっと万引きの中学生みたいに鈴子さんに叱ってほしかったのかもしれません。人のものを盗むのは一番いけないことなんだって」

「甘ったれてんじゃないわよ」

「そう、そんなふうに。範平さんもきっと同じ気持ちだったんじゃないかな」

　鈴子はまともに聞いていることが何だか馬鹿馬鹿しくなって、叱ってやるかわりに小さな声で『椰子の実』の歌をくちずさんだ。名もしらぬ遠き島より流れよる椰子の実ひとつ。ふーるさとの岸をはーなーれてー、のところで渚が唱和してきた。この歌を歌うといつもそうなるように、鈴子は胸がいっぱいになって、すがすがしく、さみしく、晴れやかな気持ちになった。い－ずーれの日にか－、くににかえら－ん、という最後の部分を歌うと、これもいつものことだったが、ひとつぶの涙が瞳にたまった。

「鈴子さん、三番までちゃんと全部歌えるんですね。結構むつかしい歌詞なのに」

「高校のとき、合唱部だったの。この歌が好きで好きでねえ。ピアノの伴奏の部分を聞くだけでいまだに胸が熱くなっちゃうの」

「いい歌ですよね。ほんとうに」

ベトナムでこの歌を、しかも夫の元愛人と一緒にしみじみと歌うことになるとは、人生とはなんと不思議な旅だろう。こんな経験ができるなら、ホテル側のミスで同じ部屋に寝ることになったハプニングも悪くない。鈴子はバイクの騒音を潮騒のように聞きながら、ゆっくりと眠りに落ちた。そして渚と一緒にどこかの南の島で椰子の実を拾っている、のどかで楽しげな夢を見ていた。

4

それが一種の正夢だったと気づいたのは、翌日のメコン川ツアーでのことである。

朝八時にデタム通りの旅行会社の前から出るツアーバスに乗り込んだ。参加者は三十人ほどで、日本人は六組いた。英語のガイドが一人ついた。エアコンのきいた大型バスは、ホーチミン市の市街地をぬけると国道一号線を南下して、メコンデルタの入り口の町へとひた走った。ミトーという町でバスを降りてモーター付きのボートに乗り換え、メコン川を渡った。メコン川は海のように大きく、コーヒーミルク色の豊富な水量を湛えていた。

「写真、撮らないの？」

まわりの乗客がカメラを構えてメコン川の写真を撮っているのに、渚はいつも肩からさげているカメラバッグを開けようともしなかった。鈴子の問いに渚は曖昧に微笑んだだけだった。絵になる場所を選んでいるのだろう、と鈴子は思い、自分は娘に借りてきたデジタルカメラで水辺に群生するニッパ椰子や棕櫚《しゅろ》の林、水上に浮かんだ高床式家屋などを撮りまくっていた。

ツアーは時々中洲の島に立ち寄ってライスペーパー工場やココナッツキャンディ工場などの見学をしたり、昼食を取ったり、フルーツガーデンに寄ったりする、なかなか盛りだくさんな内容だった。どこでもココナッツの生ジュースを売っていて、椰子の実を割ってストローから直接飲ませてくれる。甘く、ほんのり青臭いそのジュースを渚と一緒にひとつの実から飲みながら、ああ、あれは正夢だったのだと鈴子は思い出し、こっそりと含み笑いをした。

ツアーの一行は最後に小さな支流の川辺にたどり着いた。

「さあ、ここからがお待ちかね、ジャングル・クルーズのはじまりです。『地獄の黙示録』の世界へようこそ!」

と、ガイドがおどけて言った。どうやらこれがこのツアーのハイライトらしい。二人ずつ手漕ぎボートに乗り換えて、両岸をジャングルのように熱帯の植物が生い茂る狭い川幅を進んで行く。前と後ろでひとりずつ、三角帽子をかぶった女性の船頭が舟を漕いでいた。濃い緑のしたたるジャングルのなかは時折小鳥の囀《さえず》りが聞こえるのんびりとした光景だったが、ベトナム戦争を描いたあの映画を見たあとでは、確かにそこかしこでベトコンの兵士が息を詰め、目だけをぎらぎらさせて、葉陰や水中に潜んでいるような気がしてきた。それはアメリカ兵にとってどんなにおそろしかったことだろう、と想像しながら鈴子は静謐のジャングルに向かってさかんにシャッターを押し続けていた。絶好の撮影ポイントだというのに、それでも渚はカメラを出さなかった。

彼女が初めてその謎めいた黒いバッグの蓋《ふた》を開けたのは、参加者の小舟が次々と船着場に帰り、最初に乗ってきたモーターボートに乗り換えをはじめた瞬間だった。先に着いた者から順番にモーターボートに乗り込んでゆくのだが、全員が揃うまでにはしばらくボートの中や岸辺で待たなければならない。鈴子たちの船は三番目に着いたので、比較的待ち時間が長くあったのである。

渚がバッグから取り出したのは、カメラではなかった。それはどう見ても楽器に違いなかった。黒光りして蛇腹のある、左右にたくさんのボタンがついている、遠い異国で長い年月使い込まれて風格と歳月のしみこんだ、とても美しい楽器だった。

「それ、アコーディオン？」

と、鈴子はきいた。

「似てるけど違うの。これはね、バンドネオンっていうの」

渚は言いながら左右の指でボタンに触れ、ゆっくりと蛇腹をのばして音を出してみせた。何事かと他の参加者たちが集まってくる。もの珍しそうに渚に話しかけるアメリカ人もいる。渚はそれにみじかく二言三言答えると、いきなり曲を奏ではじめた。バンドネオンを抱きかかえるようにして、大河メコンに向かってまっすぐに立ち、川の流れに捧げるかのようにひたむきに、一心不乱にタンゴを弾いた。

腕前は決してプロ並みとは言えなかったが、その演奏には見ている者の胸を打つ響きがあった。鈴子のからだを、いや、おそらくその場にいる全員のからだを、熱い鳥肌が駆け抜けていった。すべての小舟が戻るまで、そこに留まることを許された制限時間ぎりぎりまで、渚は懸命にバンドネオンを弾き続けた。いつしか黒山の人だかりが彼女のまわりを取り囲み、音楽にあわせて踊りはじめるフランス人のカップルもいた。乗客だけではない、船頭も、地元の人たちも、この突然の場違いなショウに見とれて佇んでいた。

だが、彼女は聴衆のために弾いているのではないと鈴子は思った。おそらくこれは儀式なのだ。自分のために、あるいは誰かのために、この場所で、メコン川のほとりで弾くことに意味があるのだ。そのために彼女は、わたしたちは、はるばるこんなところまで来なければならなかったのだ。

ガイドが出航を知らせてみんなを促しに来たが、誰ひとりそこを動く者はいなかった。誰もがみんな好意的なまなざしで、くちびるにやさしい笑みを浮かべながら、この日本人の演奏にじっと耳を傾けていた。

「ベトナムでしなければいけなかったことって、あれだったのね」

メコン川一日ツアーを終えてホーチミン市に戻ってきた鈴子と渚は、サイゴン川に面した小綺麗なレストランでちょっぴり贅沢な夕食を楽しんでいた。メコンデルタの強烈な太陽に灼かれて首筋と腕が赤く日焼けし、全身がぐったりと火照っている。外で一日思いきり遊んできた子供のように心地よい疲労にまみれている。ほどよく冷えたうすいビールを喉に流し込むと、体じゅうの細胞がすみずみまで生き返るようだった。

「そうなんです。ちょっとバカみたいなんですけど」

「とんでもない。うまく言えないんだけど、なんて言うか……あのね、わたし、年甲斐もなく……ものすごーく感動しちゃった。バンドネオンの音って、なんか哀愁があって、いいわねえ。昔からやってたの？」

「いいえ。まだはじめてから三年くらいなんですよ。とても人様にお聞かせするレベルじゃないんですけど」

「そんなことない。わたしは素人だからよくわかんないけど、たったの三年であんなに弾けるなんて、実は大変なことなんじゃないの？」

「会社から帰って一日五時間練習して、土日は先生のところで二時間レッスン受けてから家で七時間練習して、やっとあんな程度です」

渚はさらりと言ってのけたが、鈴子は驚いた。

「えっ、そんなに？」

「三年間、会社以外の生活のほとんどすべてを練習に捧げても、あんな程度しか弾けないですね。バンドネオンって、ボタンの配列に規則性がなくて、蛇腹を伸ばしたときと縮めたときとで音が違う、複雑きわまりない楽器なんですよ。もっとも、その難しさに惹かれてはじめたんですけどね」

「どうしてそんなに必死になって練習するの？　プロをめざしてるの？」

まさか、と言って渚は笑った。

「プロになってもこの楽器はなかなか食べられないみたいですよ。わたしの先生もレッスンの生徒を取ってはいますけど、習いたいという生徒の数自体が絶対的に少ないし、かといってライブ活動だけでは食べていけないから、世界一周の船旅の楽団に雇われて出稼ぎに行ったりしてらっしゃいますよ」

「じゃあ、どうしてそんなに？」

一本目のビールはすぐに空いた。ベトナム風さつまあげ、蟹とアスパラガスのスープとともに二本目のビールが運ばれてきた。渚はひとくちスープを飲み、ビールで口を湿らせてから、ゆっくりとした口調で話しはじめた。

「別れた夫の家に、子供を取られて……会うことも声を聞くこともできなくて……みっともない話ですが、お酒に溺れて、ぼろぼろになりました。裁判で取り返そうと思って、会社のあとで水商売のアルバイトもしてお金を貯めたんですけど、駄目でした」

「なぜそんなひどいことに？　母親なのに」

「わたしが悪いんです。わたしがひどい形で夫を裏切ることになったから。夫の一族は古い家で、跡取りが必要だというのもあって、息子を手放してくれなかったんですよね。たぶんあの子は、まわりの大人たちからさんざん母親の悪口を聞かされて大きくなっていくんだと思います。母親に捨てられたと思い込んで、このわたしのことを恨んで恨んで、いつか新しいお母さんにかわいがられて……」

「そんな。ひどい。ひどすぎる」

「でも、いいんです。あの子がみんなに愛されて、元気に育ってくれるなら。わたしなんかの元で暮らすより、教育にもお金をかけてくれるだろうし、きっとあの子にとってはそのほうが幸せなんです。そういうふうに考えることにしました。だからわたしは、息子がもう死んだものと思って生きていくことに決めたんです。そう決めないと、とてもじゃないけどつらすぎて生きてはいられなかったから」

このひともまた、潔すぎる人だ。鈴子はそう思ったが、口にはしなかった。そのかわりに、こうきいた。なぜバンドネオンだったのか、と。

「なぜバンドネオンだったか？　それはですね、本当にただの偶然だったんですね。息子をあきらめることにしたものの、でも手元には息子を奪い返すために必死で働いて貯めたお金がある。このお金が手元にあるかぎり、わたしはあきらめきれないと思ったんです。それで、まるで今回のケースのようですけど、なるべく早く使い切ってやろうと思って、とりあえず船に乗ったんです。会社に三ヶ月半の長期休暇を申請して、駄目だったら辞めるつもりで。もしかしたらもう戻ってこないかもしれなかった。それが世界一周の船旅でした」

「ああ、そこでバンドネオンの先生と出会ったのね？」

「そのとおり。銀髪のダンディなおじいさんなんですけど、弾いてらっしゃる姿が渋くてかっこよかったんですよ。昔のタンゴ黄金時代を知っておられる方で、その頃のことをいろいろと教えてもらっているうちに、本当に本当に難しい楽器なんだということがわかってきて、これほどまでに難しい楽器を弾けるようになるためにはどれだけの時間を練習に費やさなくてはならないか、ということに気づいたんですね。簡単にはマスターできない、そこがポイントでした。古いタンゴの、何ともいえない物悲しい響きもよかった。まるで自分のための音楽のようでした。何もかも忘れて熱中できるものを、ようやく見つけたと思いました。船旅って基本的に暇ですから、それから先生に演奏タイム以外の暇な時間に個人レッスンをしてもらうようになって、最後に船を下りるとき、先生の古い楽器を安く譲り受けたら、お金はきれいになくなっていました」

すごい、と鈴子は呻《うめ》くように言った。すごいすごい。あなたって何てすごい人なの。そう繰り返して、ビールをあおった。

「ただの馬鹿なんです。それからの日々は、バンドネオンひとすじですね」

「それで……どうしてメコン川だったの？」

「ただの少女趣味のつまらない思い込みなんですよ。昔、すごく好きだった人と、いつか一緒にメコン川の夕陽を見ようねって話していて、結局実現せずに別れてしまったんですけど、別れるときに、自分の一番大切な人が死んだらメコン川に骨を流そうって約束しあったんです。なぜメコン川だったのかは、今となってはもうよく覚えていません。たぶん当時一緒に見た映画かテレビの影響だったと思いますけど」

「じゃあ、どなたかが亡くなったの？」

「息子の葬式をしたつもりでした。自分のなかで殺してしまった、かわいそうな息子の。もちろんあの子はまだ生きているから流すべき骨なんかなくて、かわりに葬送の曲のつもりでタンゴを奏でたんです。それがしたいばっかりに、必死にバンドネオンを練習していたような気もします。わたしにとってバンドネオンは、息子への想いが化けた、息子の骨そのものだと言ってもよかったから。誰かに聞かせるつもりなんてなかったけど、でも鈴子さんに聞いてもらえて、とても嬉しかったです」

三本目のビールが空いたころ、渚の長い告白話は終わったようだった。アオザイ姿のウエイトレスがもう一本どうかとすすめにきたが、二人とも首を振って断った。

「それにしても、ベトナムでタンゴを聴くとは思わなかったわね」

「きのうはサイゴン川のほとりの公園でこっそり練習してました。いきなり本番だときついですから」

「でもね、余計なお世話かもしれないけど」

「はい、何ですか？」

鈴子はそのあとに言おうとしていた言葉を、グラスに残っていたわずかなビールとともに呑み込んだ。それはやはり、余計なお世話というものだった。

「ううん、やっぱりやめとく」

「言ってください。余計なお世話をしてください」

そんなことをしてもやっぱり子供からは逃れられないわよ一生。バンドネオンがうまくなればなるほどかえって子供の成長を思い描いて子宮が涙を流すわよ。鈴子はそう言おうとしたのだった。でも、もちろんそんなことは本人が一番よくわかっているだろう。諦《あきら》めても諦めても諦めきれないものの重みを、赤の他人にとやかく言われる筋合いはないだろう。

「わたしはただ、これからうんと時間が流れて、いろんなことが変わっていって、何年先か、何十年先かわからないけど、いつかお子さんがあなたのバンドネオンを聴く日がくるといいなあって、そう思っただけ」

鈴子が遠慮がちに言うと、渚はそれには答えずに、

「やっぱりビールもう一本飲みましょうか」

と言った。

「そうね、飲んじゃえ」

と鈴子は答え、アオザイ姿のウエイトレスに向かって手を挙げた。すぐにあの神秘的な民族衣装に身をつつんだ女性がゆったりとした仕草でビールを運んできた。傍らの大甕《おおがめ》に無造作に活けられた蓮の花が、ゆるやかな夜気のなかで淡い芳香を放っていた。

蓮の花は早朝に開き、午後にはつぼんで、わずか三日で枯れ果てるという。泥の中から精一杯の気高い姿を見せる命みじかい花のために、二人はもう一度乾杯した。せめて一瞬でもかくありたいと願いながら、それぞれの明日を憂うのをひととき忘れて、二人の女は甕に浮かんだ花びらをいつまでもうっとりと眺めていた。

サイゴン・タンゴ・カフェ

1

サイゴン・タンゴ・カフェはガイドブックにもホーチミン市の地図にも載っていない。なぜならサイゴン・タンゴ・カフェは旧サイゴンにではなく、ハノイにあるからだ。かつての都の名を冠した登録商標を頑なに変えようとせず、ベトナム全土にくまなくサイゴン・ホテルやレストラン・サイゴンがあるように、このカフェもまた失われた都の名をいつまでも惜しみ続けている。

それではハノイ市の地図に載っているかといえば、やはり載ってはいない。ハノイの迷路のような旧市街で道に迷い、さんざんぐるぐると歩きまわった挙句、疲れ果てて喉を潤すためにふらりと吸い込まれていった薄暗い路地の奥のそのまた奥の、国籍も年代もとうにわからなくなった怪しげな店構えの扉をそっと開けた者だけが、たった一度、偶然にもたどり着くことのできる幻のような店なのだ。

タンゴを聴くために、あるいは踊るためにベトナムを訪れる観光客はまずいない。だからこの店を訪れる客のほとんどはそのような偶然によって導かれたさまよい人ばかりである。旧市街の迷路を経巡ってきた者たちは誰もがみな全身から並々ならぬ疲労を滲ませ、煉獄《れんごく》を経巡ってきたかのような途方にくれた貌《かお》つきでおそるおそる仄暗い店内に足を踏み入れる。外界の眩《まばゆ》いばかりの光と閉ざされた室内の濃い影のコントラストに一瞬、めまいを覚えながら。

はじめは低く流れるタンゴの調べに気がつく者はいない。天井のファンがぬるい空気を掻《か》き混ぜるのを仰ぎ見てため息をつき、べったりとシャツに張り付いた汗を少しでも乾かそうとファンの真下に座り込み、冷えたビールを胃の腑に流し込んでようやくひとごこちついたころ、足元をよぎる黒猫の影にふと目を凝らしているうちに薄暗い店内の輪郭が次第にはっきりと見えてきて、そのとき初めて年代物の蓄音機から音楽が——インドシナ半島の湿気と憂愁とに奇妙にマッチするラテンの国の物悲しい調べが——控えめに流れていることに気づくだろう。

カウンターの奥で時折レコードを取り替えているのは、この店と同じように国籍も年齢も不詳の女主人だ。いつもかけている黒眼鏡で目の色が読めないせいで、彼女はベトナム人のようにも、フランス人のようにも見える。リネンのゆったりとした黒い長袖シャツが肌を隠しているせいで、おそろしく年老いているようにも、まだ中年期の盛りを少し過ぎただけのようにも見える。無造作に波打つみじかい銀髪はつややかで、瞑想しながら虚空を見つめる横顔は年輪によって醸し出された哲学的な美に満ちており、頑なそうに引き結ばれたくちびるはタンゴの官能性とは一見無縁のストイシズムを漂わせている。

しかし全身から、彼女がタンゴに取り憑かれていることが伝わってくる。この世のあらゆる思想は信ずるに足りぬが、ただタンゴだけは無条件で愛せるのだと語っているかのような没入の背中や、リズムにあわせて小刻みに動いている足や、かぼそい指先が無意識になぞる追憶のしるしや、レコードに針を落とすときの厳かな儀式めいた仕草によって、客は女主人がタンゴに寄せるただならぬ愛を知るだろう。

そして誰もが思うはずだ、なぜこんなところに、タンゴの国からあまりに遠いインドシナ半島の片隅の穴倉のような吹きだまりのような廃墟のような一画に、タンゴに取り憑かれた老嬢がひっそりと棲息しているのか、と。もしブエノスアイレスを知っている旅人がその中にまぎれこんでいたなら、かすかな混乱がはじまるに違いない。壁じゅうに飾られた往年のタンゴスターたちのモノクロ肖像写真、色褪せたレコードジャケット、時を超えて撓《たわ》んだ空気。ここはまるきりブエノスアイレスのサンテルモあたりにある由緒正しいタンゴバーのようではないか、と。そのような目で見れば、マダムはアルゼンチン人のようにも見えてくる。そして彼女が辿ってきた数奇な運命に思いを馳せて、うすいビールでかるい酩酊を覚えるだろう。

夜遅くならフロアで踊る欧米人の姿を見ることができる。マダムにダンスを仕込まれたアオザイ姿のベトナム美人が男性客の相手を務める。気が向けばマダム自身が相手をすることもあるが、マダムの相手は女性客に限られている。マダムのほんとうの名前は誰も知らない。知る必要がない。彼女が腕に抱いている黒猫のように名前を持たず、闇の気配だけで実存している。

彼女を見ていると、ベトナムの老人は美しい、と孝子《たかこ》は思う。生粋のベトナム人でなくても、外国人でも、ベトナムで長いあいだ暮らしてきた老人の顔には慎みと生命力と諦念がまじりあった独特の美しさが滲み出ている。年齢のわりに身のこなしが軽々としているのは、誰もが例外なく痩せていることと、若い頃から精力的によく働いてきたせいなのだろう。マダムはめったに笑わないが、たまに笑うとき——それは目の前にいる人間に向かってではなく、おそらく追憶のなかの誰かに向かって——一瞬で人の心をつかむとろけるような笑顔を見せる。笑顔がいいのもベトナムの老人に共通している。いや、本当の年齢をきいたら老人と呼ぶには若すぎるのかもしれないが、少なくとも小皺の集積に確固とした老成があらわれている。

「あなたはなぜ女性としか踊らないのですか?」

その店で流れるタンゴの音楽が気に入って三日間かよったある日のこと、孝子は思いきってマダムに訊いてみた。孝子のたどたどしい英語をすぐに解して、マダムの口から返ってきたのは意外にもしっかりとした発音の揺るぎのない日本語だった。それが彼女の母国語だということはすぐにわかったが、彼女の物腰や態度があまりにも日本人とはかけ離れた雰囲気を身に纏《まと》っていたために、孝子は一瞬かるい混乱を覚えたほどだ。

「だってそのほうが楽しいからね。タンゴの醍醐味はリードする側にあるんだよ。殿方が相手では、リードされるばかりで面白くもなんともないよ」

「あ、失礼しました。日本の方だったのですか？」

「わたしがベトナム人に見える？」

「あるいはフランス人かと。東洋人にしてはお肌の色が白すぎるので」

孝子は世辞を言ったのではなかった。シャツが覆っていない肌の部分——皺だらけの手首や首筋——はその抜けるような白さを剝き出しにしていたし、たとえこの土地の太陽が彼女の肌を何十年にもわたって地元民同様に灼き尽くしていたとしても、どこか傲岸不遜に見える立ち居振る舞いや、眉間に深く刻まれて永遠に消すことのできないモニュメントのような縦皺が、彼女をかつての統治国側の人間のように見せていたのかもしれない。

「残念ながら、日本人。百パーセントまじりっけなしの、正真正銘の日本人よ」

「ハノイはもう長いのですか？」

「いつからここにいるのか、思い出せない程度にはね」

二十年だ、と彼女は言った。終わったレコードを神経質そうな指先でゆっくりと取り替え、黒光りするレコード盤を舐めつけるように丁寧に磨いてボール紙のジャケットに恭しく収めながら。四十五歳のときこの街に住み着いて、それから二十年いるのだと。そうして新しい盤を蓄音機の上にそっと置いて、吐息をはきかけるように汚れを取ると、重々しい手つきで針を落としながらこう続けた。時間は魔法のようなものね。かぞえなければなくならないような気がするの。ねえあなた、そうは思わない？

雨音のようなやるせない雑音とともに、新しい盤から古いタンゴが流れてきた。マダムはカウンターから出てきて孝子の手を取り、フロアへと導いていった。ダンスは踊れないのだと言い訳する暇も与えずに、その硬く引き締まった冷たい手に引かれて、気がつくと孝子はフロアの中央でマダムの腕の中にいた。マダムの手は冷たかったが、腕の中はねむたくなるくらい温かかった。そしてからだの隅々から——首筋や指先や髪の毛から——うっとりするようなとてもいい匂いがした。

「うまくリードしてあげるから大丈夫。力をぬいて、からだをふんわりとわたしに預けていればいいの。何も考えなくていいからね」

次の瞬間、重力が消え、孝子は風にさらわれるように舞い上がっていた。宙にうかんでいるようにふわふわと前後左右に操られ、自分の意思とはまったく無関係にフロアを疾駆させられているのだ。孝子のからだを支えるマダムの腕は力強く、動きは軽やかで、これ以上はないほどエレガントに見えた。孝子は息をとめて、ただ無心に、その優雅な嵐に巻き込まれていった。一曲ぶん踊り終わったとき、孝子はめまいを覚えながら、その体験が陶酔以外の何物でもないことを知った。

「ダンスってセックスみたいでしょう？　相手を信頼してからだを預けていれば、めくるめく快感が得られるのよ」

「すごい……今のは一体、何だったんでしょうか？」

「タンゴを踊ったのよ。初めてにしてはよくついてきたね。なかなか筋がいいわ」

「コマのようにただくるくると廻されていただけのような気が……」

マダムは穏やかに微笑んでカウンターの奥に戻っていった。その顔はもう六十代の半ばに達した人のものだった。たった今、激しい舞踏で孝子のからだを揺さぶり骨抜きにした人と同一人物だとはとても思えなかった。

「あなたはダンサーだったのですか？」

「まさか。ただ踊るのが好きなだけ」

「若い頃は何をなさっていたんですか？」

「人様に胸張って言えるような仕事じゃないねえ。仕事というより、趣味みたいなもんだったしね」

結局のところ、孝子がその店にかよいつめることになったのは、彼女の職業的好奇心からというよりは、そのときの陶酔が忘れられなかったからに違いない。自分以外の誰かに安心しきって肉体を預け、相手の思うがままにこのからだが軌道を描き、音楽に乗って空を飛ぶ恍惚を分け与えられることの喜びといったら！

ハノイ滞在の三週間のあいだ、孝子は何度もサイゴン・タンゴ・カフェにかよってマダムにダンスの相手をせがんだ。そしてその折々にタンゴについての講義を受けたり、マダムの口からぽつりぽつりと語られる昔語りを聞かせてもらうことになった。マダムはきっと日本語で会話することにひどく飢えていたのだろうと思われる。そうでなければ、いくら孝子が聞き上手の記者でも、ここまで深い愛の物語を彼女の記憶の底から引き出すことはできなかっただろう。彼女が長いあいだ蓋をしつづけ、遠ざけてきた記憶のスイッチを入れてしまったのは、孝子の職業的習性ではなく、彼女の母国語に対する焦がれるような憧れにも似た思いだったのだ。

＊　＊　＊

「へえ、あんた、週刊誌の記者なの？　じゃあ、ハノイへは取材で来てるの？」

バーバーバービールの缶を渡してくれながらマダムは言った。名前のない黒猫が、カウンターの上でじっと孝子を睨みつけている。天井のファンがけだるそうに部屋の空気を掻き混ぜている。耳のうしろから塩分の濃い汗がこぼれる。この店のエアコンはたびたび故障するので、孝子は冷えたビールを額に押し当てて涼を取らなくてはならない。

六月のハノイは雨季に入り、朝か夕にマンゴーシャワーと呼ばれる激しいスコールが街を洗い尽くしたが、そうでないときは気温が四十度近くまで上がる日もある輝く夏の季節だった。北部の夏は南のホーチミンやメコンデルタのあたりよりも厳しいと聞いてはいたが、うっかり帽子を忘れてホテルの外に出ようものなら、十五分もしないうちに苛酷な太陽にやられて歩く速度が三倍速で落ちてゆき、水分を補給するためひっきりなしに手近なカフェに飛び込まなければならなかった。さらに日焼け止めを忘れると全身が火傷のようにひりひりと灼かれてシャワーを浴びるとき飛び上がる羽目になった。

しかしどんなに暑くても、ハノイにはベトナムの他の街にはどこにもない、いやひょっとしたら世界中どこを探してもないのではないかと思われるほどのふんだんな街路樹が街いちめんを覆い尽くしていて、目からとびきりの涼を与えてくれる。大木から滴る緑は街のいたるところに濃い日陰をつくり出し、風さえ吹けばこたえられない日よけになってくれる。今ならばちょうど火炎樹が燃えさかる真紅の花をつけるころで、炎のようにじゅりと赤いその花を見るたび、そのあまりに烈しく鮮やかな赤さに孝子は落ち着かない気持ちになったものだった。たぶんそれが熱く焼けただれた誰かの心臓のように見えたからかもしれない。

「ええ、取材そのものは最初の一週間で終わったのですが、ついでに二週間の休暇を取りました。やっと大きな仕事が一区切りついて、有給もかなりたまってたものですから」

「それは結構なご身分だね」

「もう二年越しで休日返上で働きづめだったんですよ。土日も出勤で、夏休みも正月休みもほとんど取れなくて、うつ病寸前だったんですよ。ベトナム取材は本当は上司が行くはずだったんですけど、こんなわたしを見かねて譲ってくれて、いい機会だからついでに有給を消化してのんびりしてこいって、粋なはからいをしてもらったんです。いわばご褒美みたいなものです。まだ三十代の若さで過労死されても困ると思ったのでしょうね。有り難く受けさせていただきました」

「いい上司じゃない。それで、何を取材しに来たの？」

「ベトナムで急増中の深刻なバイク事故についてです。政府がヘルメットの着用を義務づけても一向に市民がつけようとしないから、本来なら死ななくてもすむ事故が悲惨な死亡事故になっているというレポートをまとめたんです」

「あれはたしかにひどいわね。ほんの数年前までは、ハノイにもこんなに多くのバイクは走ってなかった。今やまがい物のホンダで街じゅうが溢れてる。事故だけじゃない。排気ガスもすごいもんよ。ベトナム人の肺はみんな真っ黒だよ」

バイクの話になるとマダムは眉をひそめながら黒猫を抱き上げて胸におさめた。このあいだもうちの猫がバイクに轢かれそうになった、かわいそうにこの猫はしばらくバイクのクラクションを聞くとぶるぶるふるえてしまうようになった、ここじゃ朝から晩までバイクのクラクションが鳴り止まないからつまりは一日中ふるえていてとても見てはいられなかったと、さも忌々しげに毒づいてみせる。

「そういうマダムご自身はバイクには乗らないのですか？」

「乗らないね。この上のアパートに住んでいるし、ドンスアン市場へは歩いて行けるし、ビールもキャットフードもミネラルウォーターも酒屋が電話一本で配達してくれるしね。ほとんど旧市街から出ることなく生活のすべては賄えてしまうから。二十年間、もうずっと、この狭い旧市街のなかで息を潜めて暮らしてきたの。ちょっと街なかへ出るときはいつも決まったシクロのおっちゃんを呼ぶし、どうしても遠くへ出かけなきゃならないときはタクシーを使う。バイクの世話にはならないわ」

遠く、という言葉はマダムにとってどのへんまでを指すのだろうと思うと、孝子の胸はかるい痛みを覚えた。ハノイの旧市街はよそ者にとっては摩訶不思議な迷宮のように複雑だが、住み慣れた者にとっては細かな路地の奥まで知り尽くした庭のようなものなのだろう。二十年間、その小さな輪の中からほとんど出ることもなく、この土地に溶け込んで外国人が身すぎ世すぎをすることの大変さは想像に難くない。マダムにとって遠くとは、空港よりも先であることはあるまいと思われた。孝子はますます彼女の境涯に興味を惹かれ、店のビールの消費量を増やすことになった。

だがマダムはもうその話題には興味を失ったかのようにレモン水をこしらえながら、

「じゃあ、あんたはもうしばらくはハノイにいるんだね？」

と言った。孝子はその言葉の響きにかすかな歓迎の意を汲み取って、しみじみと嬉しくなってきた。

「それにしてもここにはまったく日本人が来ないですね。日本人が経営しているカフェなら、在住日本人のたまり場になりそうなものですが」

「宣伝してないし、日本人社会ともつきあいはないからね。でも旅行者はたまに迷い込んでくるよ。あんたのように」

そう、はじめは孝子も迷い込んでここにやって来た。あてもなく旧市街をぶらついているとき、迷宮にはまりこんで偶然扉を開けたに過ぎない。決してわざわざ誰かを探しに来たわけではない。この街のどこかに隠れ住んでいるというある日本人の噂話は耳にしていたが、もしハノイでちょっと時間が余ったら調べてみてくれないか、という上司の頼みもそのときはすっかり忘れていたのだった。

それが、カウンターの奥で黒猫を撫でているマダムの姿をひと目見たとき、遠い昔に雑誌の記事で見たことのある作家の肖像写真をふいに思い出したのである。あの写真でも女流作家は黒猫を胸に抱いて細く流れるような綺麗な手でその背を撫でていたからだ。作家の表情は忘れているのに、抱き方も、撫で方も、猫そのものさえ、そっくりそのまま同じだという強い確信に孝子は打たれた。上司に探してほしいと頼まれた、二十年も前に失踪して行方不明になっている作家そのひとが、まさに目の前にいたのである。

＊＊＊

「津田穂波《つだほなみ》って、まだ生きてるんですか？」

日本を出る前日、現地での調査費用の足しにと上司が差し出すポケットマネーを受け取りながら、孝子はうっかりそんなことを口走っていた。恵比須一平《えびすいっぺい》は悲しそうに顔を歪めてため息をついた。彼がまだ現在の部署に移る前、若くてばりばり仕事をしていた時代には文芸誌の編集者としてその名を馳せ、かつて津田穂波の担当でもあったことを思い出し、孝子は自らの不用意な発言をたちまち後悔した。彼がこっそりポケットマネーを孝子に託したのは、あくまで社用としてではなく、個人的にその作家を捜してほしいということだった。

「確かにもう彼女の本はほとんどが絶版になっているし、ここ十年ほどは文壇の話題にものぼらないけど、津田穂波はまだ死んじゃいない。数年前にベトナムでそれらしい人物を見たという目撃情報を頼りに、俺たちはずっと彼女の行方を捜し続けてきたんだ。それがどんなに儚い希望でも、生存説を裏付ける情報を根気よく集め続けてきたんだよ」

「俺たちって、かつての担当編集者の人たちですか？」

「その有志が一部、あとは熱烈なホナミストってとこだ。東京と関西にまだ残っているホナミストの会がひとつずつあるんだ。それぞれささやかなホームページを持っていて、穂波さんに関するどんな小さな情報でも交換しあってきた」

「もしかして孤塚《こづか》さんもその中に含まれているんですか？」

その名前を言いにくそうに孝子が呟くと、彼は一瞬無表情になり、それから大きく頷いた。

「ああ、もちろんそうに違いないさ。津田穂波の復活を願う気持ちは彼女が誰よりも強く持っているはずだよ」

「孤塚さんとまだ連絡を取り合っているんですか？」

「だといいんだがね。連絡が途絶えてもう八年になるかな。でもきっと元気でいるはずだ。彼女のことだ、地方の小さな出版社で細々と本を作っているんじゃないかな。編集者になるしか能のない女だったからなあ」

津田穂波の話になると必ず孤塚真樹《まき》の名前がついてまわる。作家とその代表作のように、あるいは作家の一部分であるかのように、決して切り離せない、常に語り継がれることになる特別な名前だ。恵比須にとってかつての部下であり、結婚まで申し込んだ女性であることは、社内の人間なら誰でも知っている。

「それで、恵比須さん、万が一ですよ、津田穂波が見つかったとして……どうしてほしいんですか？」

「何もしなくていいよ。元気かどうか確かめて、所在を報告してくれればそれでいい」

「会いに行くつもりですか？　もう一度小説を書けと説得しに行くつもりなんですか？」

「そんなことは彼女が見つかったら考えるよ。生きているとすれば六十五歳か。でもあの人は極端に体の弱い人だったからなあ」

しかしマダムと最初にタンゴを踊ったとき、孝子はまだ半信半疑だった。彼女は本当に日本人離れした雰囲気を身につけていたし、年齢もまったく読めなかった。マダムが津田穂波であると孝子が確信したのは、彼女が女性客としか踊らない理由に遅ればせながら気づいたときだった。もし孝子が彼女の小説の熱心な読者であったならすぐに気づいてしかるべきだったが、孝子はそれまで彼女の短篇集を一冊しか読んだことがなく、それも最後まで読み通していなかった。津田穂波が日本の文壇においてはいささか特殊な位置にあるいわゆる異端児だということさえ、すっかり失念していたのである。それが二十年という歳月の意味なのかもしれない。

同性愛者であることを公言し、同性愛をテーマに恋愛小説だけを書き続けたという点において、津田穂波は稀有な作家だったと言えるだろう。現代においてさえそのような生き方を貫くのはたやすいことではないが、彼女が現役の作家生活を送っていたのは今から三十年以上も前のことなのだ。世間の偏見は今よりもさらに根強く、彼女の作家活動に課せられる枷《かせ》は想像を絶するほど大きかったに違いない。

しかもデビュー当時の津田穂波はまだ十七歳の美少女だったのだから、必要以上に嫉まれもして、ほとんどバッシング同然の嫌がらせを受けていたとしても不思議はない。処女作につけられた鮮烈な著者近影を覚えている人は多いだろう。まるで世の中に対して全身で反抗と挑戦を訴えているような目つきの、早熟で物憂げな少女は、強烈な拒絶か熱烈な愛情か、そのどちらかしかいらないと訴えているように見える。トルーマン・カポーティの若き日の肖像が文学史に残る物議をかもしたのとはまた別の意味で、彼女のあまりにイノセントな美貌は見る者の胸を落ち着かなく痛々しい気持ちにさせてしまうのだ。

それでも津田穂波は二年に一作という超スローペースながらもこつこつと質の高い文学作品を発表し続けた。自らのセクシュアリティが世間に受け容れられないように、自らの文学もまた大方の俗世間とやらには受け容れられなくてもいい、と宣言しているかのような、ある意味では読者を選ぶ小説だったから、そしていつ新刊が出るかわからない寡作ぶりだったから、彼女の本はあまり売れなかった。選ばれた少数の熱心な読者によって支えられ続けて、彼女は細々と地道な作家活動を続けていたわけである。

インタビューはほとんど受けず、文壇のパーティにも出なかった。処女作につけられたあのセンセーショナルな写真のつけを回収でもするかのように、彼女は表に出ることなく、写真もめったに公表せず、隠遁に近い暮らしぶりを続けた。大きな文学賞とも無縁で、孤高の作家と呼ばれたが、文壇内外にホナミストと呼ばれる熱狂的な支持者がついていて、

「現代の無頼派」としてその名は秘かに高まりつつあった。

二年に一作というペースは頑なに守り続けたから、著作は十年かかってわずか五冊、三十代に入ってからはさらにペースが落ちたおかげで、二十年かかって七冊しか残していない。多作をもってよしとされる文壇の風潮に逆らうような仕事ぶりだが、この数字がかえって津田穂波の稀少性を高め、幻の作家というレッテルを与え、伝説を作り上げていくことになったのである。

ファンは今年こそはと新刊を待ちわび、新刊が出るたびこれが遺作になるのではないかと案じて、ますます熱を上げることになる。彼女の作品に一貫して流れる刹那的・厭世的な匂いがそんなふうに思わせるのだが、今にも死んでしまいそうな儚げな風情の十七歳のポートレートがいつまでもこの作家のイメージにつきまとい続けたせいもあるのだろう。また、文庫本あとがきや、たまさか発表されるエッセイの中でも、体が弱くて病気がちであることをしばしば言及しているせいもあるのだろう。

実のところ、津田穂波のなかで何が起きたのかは知るべくもない。三十七歳から四十五歳にかけての八年間にわたって彼女は完全に沈黙を守り、筆を折ることになった。そしてそのあいだ、さまざまな憶測が囁かれ続けた。いわく、ペンネームを変えてポルノ小説を書きまくりながら六人の愛人の面倒を見ている。いわく、精神に異常をきたし、ドイツの精神病院で入院生活を送っている。いわく、飛び降り自殺に失敗して半身不随の体になり、聖路加《せいろか》病院の特別室で暮らしている……。いずれも根も葉もない無責任な噂に過ぎないが、細部がやけにこまかいところが奇妙なリアリティを感じさせて微苦笑を誘う。

だが八年後、四十五歳のとき、津田穂波の名前が颯爽と文芸誌の巻頭を飾ることになる。彼女に再び文壇へのカムバックを果たさせたのは当時二十八歳の若い編集者・孤塚真樹だった。八年間の沈黙を破って発表された新作は圧倒的な好評で迎えられ、津田穂波に初めての大きな文学賞をもたらし、映画化までされた。そしてその作品を最後に、津田は突然日本から、文壇から、姿を消してしまったのである。

これが津田穂波について孝子が調べ、知りえたあらかたの事実だ。ただでさえ日本の現代小説というものをほとんど読む習慣のない孝子のような人間がとうに現役をはずれたマイナーでマニアックな作家のことを覚えていたのは、恵比須が酔っ払うたびに彼女の小説の話ばかりするからだった。それは彼の失った最愛の作家への未練というより、小説づくりの現場への未練のように思われて、もどかしく痛々しい思いをいつもさせられるからだった。

＊　＊　＊

「もし間違っていたらごめんなさい。あなたは小説家の津田穂波さんではありませんか？」

マダムの腕の中で五回目のタンゴを踊ったとき、孝子は思いきって訊いてみた。そのときの客は彼女ひとりで、唯一の従業員であるアオザイ姿のベトナム美人は夜八時にならないと出勤してこない。話をきくなら今がチャンスだと思った。帰国の日は翌日に迫っており、これ以上先延ばしにすることはできなかった。マダムはイエスともノーとも答えず、巧みに孝子をリードしながらレコードに注意を傾けて、

「この曲、『盲目の雄鶏』っていうの。ぎょっとするようなタイトルだけど、ニワトリを土の中に埋めてもぐら叩きをする子供の遊びから取ったもので、深い意味はないの。アルゼンチンタンゴって、そういうのが結構多い。ようはリズムが大事で、踊れりゃいいのよ」

とはぐらかすように言った。

「このきっぱりとしたリズムの強弱のつけ方は……プグリエーセ楽団ですか？」

「そう。あんたもだんだん覚えてきたね」

「ベトナムに来てアルゼンチンタンゴに詳しくなるとは思いませんでした」

「あんたが取材したいのはバイクの事故のことじゃなくて、本当はその小説家のこと？」

「いいえ、穂波さんのことは取材とは関係ありません。あなたがたとえ穂波さんであったとしても、ここで会ったことは誰にも言いません」

津田さん、ではなく、穂波さん、とファーストネームで親しげな呼び方をしたのがお気

に召したのか、マダムはにっこりと微笑んで腕を離した。そんなふうに呼びかけられるのはたぶん二十年ぶりだったのだろう。作家はかつてそう呼ばれることが好きだったと、孝子は恵比須一平から聞き齧っていた。

「この街を一歩出たらタンゴのことも、一緒に踊った婆さんのことも、あんたはきっとすぐに忘れてしまうよ。再び訪れようとしても二度は来られない。だからもしあんたが小説家の話を聞きたいのなら、話してやってもかまわないよ」

「そんなはずはありません。ホアンキエム湖の向こうから毎日こんなにかよっているのに、道を忘れるわけないですよ」

「旧市街のところどころには結界が張りめぐらされているんだよ。それを越えられるのは、恋しくて恋しくてどうしても会わずにはいられない、会わないと死んでしまう恋人たちだけなんだ」

「なんだかあなたの小説のようなお話ですね」

「その若さで、わたしの小説を読んだことがあるの？」

「『火炎樹』という短篇を読みました」

「ああ、あれは初期の、ろくでもないやつ」

マダムは突然、気難しい作家の顔になって、吐き捨てるように言った。バーのマダムからいつ作家の顔に豹変したのか、じつに鮮やかな転換の瞬間だった。孝子ははっとして、思わずその顔に見とれずにはいられなかった。

「そんなことないです。高校生の頃に読んだのに、今でもこまかいところまではっきりと覚えているんです。火炎樹の花びらがあんまり赤くて、誰かの焼けただれた心臓のようだという描写とか」

夢中で言い募りながら、孝子は今さらのように気がついた。自分があの花について持っている印象は自分自身で感じたことではなく、あの小説の一節をなぞっていたに過ぎなかったのだ、と。若い頃の読書とは実におそろしいものである。いや、というより、津田穂波の小説のイメージ喚起力がすぐれていた、ということなのだろう。

レコードはもう鳴り止んでいた。マダムは針を戻すと、もう新しい盤は載せずに、アルミのフィルターでコーヒーを淹れてくれた。カップの底にコンデンスミルクをたっぷりと敷き詰め、どろりとしたベトナムコーヒーが落ちるまでのあいだ、猫にえさをやってグラスを洗った。

「あれから読んだんなら、先が続かなかったでしょ？　あれでおなかいっぱいになって、津田穂波はもういい、って放り出す読者はたくさんいたから」

図星だった。表紙から孝子が勝手に抱いていた「女同士の美しい友情物語」のイメージとはひどくかけ離れた、リアルで生々しい、皮膚の内側をナイフで抉って血まみれの細胞をこれでもかと見せつけられるような、奈落の底にどこまでも突き落とされるような、吐き気を伴う嫌悪感と気の触れそうな多幸感とを同時に与えられるような、激しく過剰な性愛描写がえんえんと続いていたからである。

これは麻薬だ、と高校生の孝子は本能的に思った。体によくないばかりか、心までが毒に侵され、健全な社会生活を営む妨げになるに違いない、と。言葉の力だけでこんなにも人の感情をかき乱すことができるのは、おそろしいことなのだ、と。覚醒剤やめますか、それとも人間やめますか、という麻薬撲滅キャンペーンのキャッチコピーが脈絡もなく孝子の頭を駆け巡り、こんなものに手を出してまっとうな人間でいられなくなるのはごめんだ、と思ったのだ。短篇集に入っていた小説をすべて読みきることなく孝子は本を閉じ、以後、津田穂波の世界には二度と近づかなかった。

「確かにわたしは、穂波さんのよい読者ではありませんでした。というより、文学というものから生きるための栄養を汲み取るタイプではなかったんだと思います。小説よりノンフィクションのほうが好きでしたし、だからこそこんな仕事に就いたのでしょう」

正直な人だね、とマダムは笑いながらフィルターをはずして、ようやく落ちきったコーヒーを出してくれた。

「それならかえって話しやすいわ。あんたがもしわたしの愛読者だったらお引取り願ってたところだけど、これで気が楽になった」

店内の隅々にコーヒーの高い香りが満ちわたった。名前のない黒猫がカウンターの上で

身繕いに精を出している。天井のファンがゆっくりと愚直にまわり続けている。マダムが窓から空を眺めて、

「風が強くなってきた。もうじきスコールが来るよ」

と言った。

「雨宿りをするあいだ、お話を聞かせてもらってもいいですか？」

「どんな話を聞きたいの？」

「いろいろありますが、ひとくちで言えば、小説家がなぜ小説を捨ててハノイでタンゴ・カフェをやるに至ったか、ですね」

「言っとくけど、たいしておもしろい話じゃないよ。スコールが上がるまでの暇つぶしにはちょうどいいかもしれないがね」

街路樹の枝が横殴りの風に煽《あお》られてぱたぱたと音を立てている。天秤棒を担いだバナナ売りの女が雨を避けようと早足で通りを駆けてゆく。人々はバイクから降りて大急ぎでサランラップのように薄く頼りないビニールのポンチョをつけはじめる。スコールが来たら街は身動きが取れなくなる。と、見る間に最初の大きな一粒が窓ガラスに落ちてきた。マダムは大儀そうに腰を上げて、緑色のペンキで塗られた観音開きの扉を閉めにかかった。

2

小説家が小説を捨てる理由なんてね、ひとつしかないんだよ。書く理由がなくなるからだよ。才能の枯渇とか、そういう問題じゃない。だいいち才能ってものは、それが本物であればだが、決して枯渇しないものなんだ。小説家が自殺をする理由もひとつしかない。書く理由はあるのに、書けなくなってしまうからさ。でもここが難しいところなんだけど、書く理由がなくなるのと、書けなくなってしまうのとは、じつはとても見分けがつきにくいものなんだ。小説家自身も混乱して、自分がどっちなのかわからずに死んでいく例もたくさんあることだろうね。

わたしも長いあいだ、書けなくなったんだと思ってた。恋愛ができなくなったから、もう恋愛小説が書けなくなってしまったんだ、と。それなら恋愛小説じゃないものを書けばいいじゃないかって言うかもしれないけどね、世間の人たち、読者や編集者は、わたしが恋愛小説以外のものを書くことをまったく求めていなかったんだよ。というより、許してさえくれなかった。とても長いあいだ、おそろしく残酷な愛され方で、わたしは読者や編集者から愛され続けてきたんだよ。俗にホナミストって呼ばれる人たちのことだよ。

わたしの本なんてそんなに売れなかったのにね。彼らにしてみたら、そこが不憫だったのかもしれないね。津田穂波の作品を理解できるのは自分たちだけだという思いで連帯してたみたい。読者はわたしの目に触れないからまだいい。でも編集者はその愛ゆえに包囲網をつくって、わたしをがんじがらめにしようとした。こういう話は津田穂波らしくないとか、こういう表現はホナミストをがっかりさせるとか、勝手なイメージを作り上げてそれをわたしに嵌《は》め込もうとした。これじゃあ作家として脱皮も冒険も変革もできやしない。

わたしはもともとスランプの達人ではあったけどね。何しろ一冊出すのに二年はかかるから、読者は待つのに慣れているわけ。一年八ヶ月しか間隔が開かなかったときには、逆に心配されたりしたものでね。雑誌の連載をやってもわたしなんか平気で締め切り落としちゃうし、書き下ろしの約束が二年や三年遅れても編集者は文句も言わずに待ってくれた。これはじつは、作家にとってはこわいことでね。だって待たせてるあいだに掛け金がどんどんつり上がっていくんだからね。途方もない傑作とひきかえでなければ、満足してくれないわけよ。

二、三年くらいなら黙って待っていた編集者も、四年目に入るとなるとさすがに焦ってきてね。そのあたりが境目だったかな、お中元とお歳暮が届かなくなりはじめて、文庫が初めて絶版になった。作家が出版社から見捨てられていくときって、すごく具体的でわかりやすいのよね。五年もたつとうちの電話はほとんど鳴らなくなった。そりゃあそうよね。もともと売れない作家なんだから、五年も何も書かないでいたら、忘れられるのは当然のことよ。

それでも一人だけ、諦めない男がいたの。各社の編集者が次々とわたしを見放していくなかで、彼だけは毎月のように北鎌倉にかよってきて、一緒にごはんを食べてくれた。書いてますか、なんて一言も言わずに、誰それの新刊がよかったとか、誰それが異動して偉くなったとか、こないだ北陸に旅行して鮨屋に入ったら貝にあたってひどい目にあったとか、そんなどうでもいい世間話をしてくれた。

「恋愛してますか、穂波さん？」

というのが彼、恵比須一平の口癖だった。

「四十代で枯れるのは早すぎますよ。もう一回大恋愛して、大恋愛小説書いてくださいよ。僕、それ読みたくて仕方ないですよ。それ以上に読みたい小説なんて、正直なんにもないんですよ」

と、酔うたびにいつも彼は言った。

「ああ、僕が女だったら、この体を喜んで穂波さんの小説のために捧げるのに」

と言って、いつもわたしを笑わせた。わたしが笑うのを見ると、嬉しそうに彼も笑った。そんな夜を、恵比須くんとはいくつもいくつも数え切れないくらい一緒に過ごしたものだった。

そんなある日、いつもの約束の時間に彼はあらわれなかった。三十分遅れでかわりにやって来たのは、まだ若い、緊張という名前の服を着て歩いているような、それでも眼鏡の奥のふたつの目がきらきらと発光して輝いている女の子だった。

「申し訳ありません、ぎっくり腰なのです」

といきなり彼女はひきつった声で叫び、頰を染めたままうちの玄関先に仁王立ちして、眼鏡の奥の目をしばたかせた。こまっているような、こわがっているような、でも何かが爆発しそうに高揚している彼女の顔を、わたしは今でもこの手で触れられそうなほどくっきりと鮮やかに思い出すことができる。彼女が一緒に運んできた雨上がりの庭の土の匂いまでも、鼻先にありありと再現することができる。それは七月に入ったばかりの、濃い夏の緑が眩しく目にしみわたる、とびきり暑い夕方のことだった。

「あら、それは大変。どうぞお座りになって」

「いいえ、わたしではなく、恵比須がっ」

「ああ、それで……彼は来ないんですね」

「本日は参上できず、申し訳ないとくれぐれも恵比須がっ！」

彼女は深々とお辞儀をして、左手に持っていた鞄《かばん》をわたしに差し出した。たぶん緊張のあまり、右手に持っていた菓子折りの包みと間違えたのだろう。受け取るわけにもいかず困っていると、彼女はすぐに自分の失態に気づいて手の中のものを持ち替え、ピンク色の頰をさらに真っ赤に染めた。

「わざわざどうも、ありがとう」

「わたくしは、こういう者で」

片手が空いた代理の女の子は猛烈な勢いで鞄の中をがさごそやって名刺入れを見つけ出すと、中から一枚抜いて恭しくわたしに差し出した。印刷会社の営業係の名刺で、しかも名前は太郎だった。まじまじと眺めていると彼女はほとんど泣きそうになって正しい名刺と交換してくれた。

「孤塚、真樹、と申します。この春から編集部に配属になったばかりの新米ですが、津田先生のお作品は中学生の頃から拝読しておりました。本日は恵比須の代理ではございますが、お目にかかれて……」

孤塚真樹はいったん言葉を止めて、可愛らしいくしゃみをし、たいへん光栄です、と言い終えた。そして敬語の使い方が間違っていなかったかどうかチェックするように、瞳をクルクルとうごかしてみせた。

「可愛いくしゃみですね」

返答に詰まったので、仕方なくそう言った。嬉しいことは嬉しいのだが、中学生の頃から読んでいますと大人の女性に言われると、ほんの少しだけ複雑な気分のするものである。

「すみません。緊張するとくしゃみが出るたちなのです」

「おならが出るよりは、いいでしょう」

「それはそうですね。津田先生の前でおならなどしてしまったら、わたしはその場で舌を噛んで死んでしまいそうです」

笑わせるつもりで言ったのだが、孤塚真樹は少しも笑わず、真面目な顔でそう言った。わたしはますます返答に詰まり、とりあえず彼女を玄関先から居間に上げた。冷たい麦茶が切れていたので、湯を沸かす間めったにつけないテレビをつけたら、ちょうど大相撲が結びの一番に入ったところだった。二人して緊張したまま画面を眺めていると、手のひらに汗が滲んできた。

「千代の富士は、強いですねえ」

「強すぎて、面白くも何ともないですねえ」

重苦しい空気のなかでそんな会話を交わすのもいたたまれず、わたしは台所に引っ込んでお茶を淹れる隙に編集部の恵比須に電話をかけた。

「ああ、すいませーん。ぎっくり腰で動けなくなっちゃって。孤塚はもう到着しましたか？　穂波さんのファンで、筋金入りですから、すみませんが相手してやってください」

「わたしが人見知りなの、知ってるでしょ？」

「メシ食うだけならお邪魔にならないと思いますし、すこし変わってるけどいい子ですよ。たまには熱烈な愛読者と話をするのも何かの刺激になるんじゃないですか。穂波さんのご趣味じゃないことはわかってますが、一応女の子ですし。いつもいつもむさくるしい僕なんかとメシ食うよりは、ちょっぴり楽しいでしょ？」

「もしかして、何か企んでる？」

「まさかあ。それはないですよ。だって穂波さん、若い女なんて好きじゃないでしょ？だから安心して遣わしたんじゃないですか。ここだけの話ですが、じつは僕、彼女のこと狙ってるんですよ。だから絶対に手は出さないでくださいね」

「熱烈な愛読者と話なんかしたくない。それにあの子がものすごく緊張してるから、こっちまで緊張がうつって、息が詰まるよ」

「まあそう言わずに。まだ若いから思いの丈をぶちまけるかもしれませんけど、適当に聞き流してやってください。じゃあ僕これから会議なんで、あとはよろしく」

恵比須はそそくさと電話を切った。わたしはとうとうこれで彼からも見放されてしまったのかと思った。右も左もわからない新米編集者に担当を変えることで、ゆるやかにわたしとの関係性を断ち切ろうとしているのか、と。あからさまに連絡してこなくなる他社の編集者よりはそのほうがまだましなのかもしれないが、それでもやはり少なからず傷ついてしまうほどには、わたしはあの男が好きだったし、頼りにもしていたのである。

「本日は恵比須が『つるや』を予約しているそうですので、早速参りましょうか」

せっかく淹れてやった上等のお茶をろくに味わいもせず、一気に飲み干すところが気に入らない。それにつるやは鰻を注文してから出てくるまでに四十五分かかるので、恵比須ならあらかじめ店に向かう前に注文の電話を入れて待ち時間を少なくするよう気を遣ってくれるのに、そういうことに気が回らないのも気に入らない。わたしはたったそれだけのことですっかり臍《へそ》を曲げてしまい、店に向かうタクシーの中でほとんど口をきかなかった。孤塚真樹はわたしが黙っていると無理に何かを喋ろうとはしない。重い沈黙のなかでタクシーの車窓を眺め、鰻が出てくるのをひたすら待ち続けた。

孤塚真樹が思いの丈をぶちまけはじめたのは、二階の座敷でのぎこちない沈黙の四十五分が過ぎ、香ばしい匂いとともに極上のうな重が運ばれてきた瞬間だった。心からほっとして鎌倉彫りの蓋を開け、山椒をふりかけ、箸を割ったまさにそのとき、かたく閉じていた口が突然開いて、わたしの小説がいかにすばらしいか、どの作品のどのシーンでいつも泣いてしまうか、わたしの文章のひとつひとつがいかに青春期の自分の人格形成に影響を与えたか、熱をこめて、愛をこめて、言葉を尽くして、涙さえ浮かべて、切々と訴えはじめたのである。

途中で遮ることなんか、とてもできなかった。そんな熱弁を聞きながらものを食べられるような神経の太さもわたしは持ち合わせていなかった。大好物である焼きたての熱々の鰻は、ほとんどひとくちも箸をつけられることのないまま、目の前でゆっくりと虚しく冷えていった。わたしは生唾を飲み込みながらタレのしみこんだ鰻と白いご飯を見つめ、彼女の話に胸をいっぱいにして、ただじっと体をこわばらせていた。

「あっ、ごめんなさい、わたしとしたことが……せっかくの鰻が冷めてしまいましたね。申し訳ありません」

彼女はふと我に返って言った。格闘技でもしてきたかのように汗をかき、ぐったりと疲れて、わたしを見つめていた。わたしはぬるいお茶をひとくち飲んで、ありがとう、と言った。

「担当でもないのに、そんなに一生懸命しゃべってくれて、どうもありがとう。嬉しかったです」

「わたしのような読者がたくさんいると思います。穂波さんの小説でなければ駄目なんだという読者がずっとあなたの新作を待ちわびています。どうかもう一度、小説を書いてくださいませんか？　たぶんこんなことは、いろんな編集者に百万回くらい言われていらっしゃると思いますけど」

「そんなに直球ストレートに言われたのは初めてなので、なんだかとても新鮮で、感動しました」

わたしは皮肉を言ったのではなかった。三十代の頃だったらこの若さを煙たがったかもしれないが、わたしはもう四十代の半ばになっていた。

「みなさんそんなにまわりくどい言い方で、原稿依頼をなさるのですか？」

「わたしに原稿を依頼してくる編集者なんて、もうおたくの恵比須くんくらいのものですよ。その恵比須くんにもそろそろ愛想を尽かされるでしょう」

「いいえ。恵比須は十年でも二十年でも待ちますよ。穂波さん命の男ですから」

「彼は担当をあなたに押し付けたがっているのでは？」

「まさか。わたしがどんなにお願いしても、てこでも穂波さんの担当は譲ってくれません。穂波さんの担当になれるなら、わたし何でもするのですけど」

「彼はあなたが好きみたいですよ。デートしてあげたら、譲ってくれるんじゃないですか」

「本当に担当を譲ってもらえるのなら、デートでも結婚でも何だってしますよ」

「馬鹿ですね。書けない作家の担当になっても、何ひとつ報われませんよ」

「わたしなら、書かせてさしあげられると思います」

孤塚真樹は自信満々に宣言した。こんなふうに見得を切る編集者は、初めて見た。眼鏡の奥の目が、獲物を狙うハゲタカのそれになっている。わたしは全身に鳥肌が立っていた。

「もう一度穂波さんに小説を書かせてさしあげたいのです。わたしならきっとお役に立てると思います」

「七年も書けなかったのに、誰が何を言ってきても駄目だったのに、編集者としての経験も浅いあなたが一体、どうやって？」

「確かにわたしは雑誌編集の経験がまだ五年あるに過ぎません。文芸編集者としては圧倒的に経験不足です。しかも穂波さんの担当になるなど十年早いと恵比須にも言われました。こんなことを申し上げるのはおそれおおいのですが、穂波さんの長すぎるスランプはどんなにベテランの編集者にもどうすることもできなかったのですから、こんなわたしでも試してみる価値はあるのではありませんか？　わたしが編集部の、いえ社内の誰よりもあなたの作品を愛しているからではありません。わたしには他の編集者にはないセールスポイントというか、武器があるからです」

わたしはさすがに少し笑った。いくらなんでも、ハッタリのきかせすぎだろう。しかし、大胆不敵な若いひとは決して嫌いではない。

「おもしろいこと言いますね。それは一体どんな武器なんです？」

「わたしはあなたと同じ種類の人間なのです」

「どういう意味ですか？」

「つまりあなたと……セクシュアリティが同じなのです」

そのときわたしの目の前を、あばら骨が透けて見える、かぼそい手と足と首をもつ、あわれに痩せこけて今にも消えかかっている、おぼろげな風情の小説の神様が、さみしそうな後ろ姿を見せながらゆっくりと通り過ぎていったような気がした。神様、とわたしは呼び止めてその手に縋りつきたかった。もうずいぶん長いことあなたの姿をお見かけしていませんでしたね、と声をかけて少しでもわたしのそばに引き留めたかった。

だが神様はまばたきをした次の瞬間にはもう消えていた。わたしの目の前には若くてきれいで畏れを知らないお嬢さんがいて、真剣な顔をしてじっとわたしを見つめていた。わたしは目をそらさずにその瞳の中を覗き込もうとしたが、眼鏡に遮られて奥の奥の表情まではよく読めなかった。

「だからって、それが何だというんですか？」

わたしはやや投げやりに言った。

「セクシュアリティが同じだというだけで、それのどこが特別な意味をもつんですか？」

「穂波さんがこれまでどれほど周囲の偏見と無理解と闘いながら小説を書いてこられたか、わたしにはわかります。ヘテロの編集者たちに囲まれて、あなたがどれだけ孤独だったか。彼らにとって永遠に異教徒でしかないあなたを、彼らは勝手に神殿に祀《まつ》り上げたのです。その違和感や息苦しさを、同じ異教徒としてわたしにも少しは理解できます。わたしならもっとあなたのおそば近くに寄り添ってお仕事ができると思います。同じセクシュアリティの編集者にしかできないサポートがきっとあるはずです」

「ありがとう。仰《おつしや》っていることはよくわかります。お気持ちはとても嬉しいけれど、でもたぶんそれだけでは足りないのですよ」

「あなたと同じ星に生まれて、あなたの作品をこの世の誰よりも愛していて、それでもまだ足りないですか？」

ああ神様、とわたしは網膜の裏側にまだ残っているさきほどの残像に向かってつぶやいた。それだけで充分なのだと、この子の手を握って言ってやれたら。本当はわたしだってそうしたかった。何もかも奪われる前であったなら、彼女の申し出をどんなに有り難く受け取っていたことだったろう。

「わたしが書けないのは、恋愛ができなくなってしまったからです。恋愛のできなくなった恋愛小説家は、声帯をなくした歌手や、足を切断したランナーと同じなんですよ」

「穂波さんが恋愛できなくなったのは、前の恋人の方との失恋が原因なんですよね？　とても手ひどい失恋をなさって、いまだにそのショックから立ち直れずにいらっしゃるようだと恵比須から聞きました」

「おしゃべりな男ですね」

「恵比須でなくても、業界の人間なら誰でも知っています」

「それなら誰も知らないことを教えてあげましょう。あなたがとっておきの秘密を打ち明けてくださったお礼として、あなたにだけ特別に教えてあげますから、絶対に誰にも言わないと約束してください」

「もちろんです。お約束します」

わたしは息を吸い、息を吐いた。孤塚真樹が固唾《かたず》をのむ気配が伝わってきた。

「あれは失恋なんてものじゃなかった。失恋以上でした。だって彼女は、わたしと幸せに暮らしながら、ある日突然何の理由も告げずに自ら命を断ってしまったのだから。とりたてて深刻な悩みを抱えているようでもなかったし、心の病でもなかった。誰にもこれといって思い当たる原因はなかった。一緒に暮らして九ヶ月目の出来事です。人生をともにできるパートナーとやっとめぐり会えたと思っていたのに、わたしに現世の幸福というものを初めて教えてくれたひとだったのに、わたしひとりをこの世界に置き去りにして、電話もかけられない遠いところへ行ってしまったんです。さよならも言わずにね。これ以上の裏切りがありますか？」

孤塚真樹は胸に手を当てて痛ましそうに顔を歪め、深いため息をついた。

「まさかそんなことがあったとは……まるで津田穂波の小説のような人生を、穂波さんは実際に生きていらっしゃるのですね」

「こんな残酷な小説はわたしにも書けませんよ」

「そんな体験をなさったら、確かにもう恋愛ができなくなってしまうかもしれませんね」

「わかっていただけましたか？　わたしのスランプの原因はそれほどまでに根深いのです。たとえあなたがわたしと同じセクシュアリティの持ち主でも、編集者として類《たぐい》まれな資質と才能に恵まれているとしても、どうすることもできないのです」

「わたしはそうは思いません」

孤塚真樹は静かに言った。一歩も引かぬ構えの、自信に満ちた声だった。

「なぜそれを書こうとしないのですか？　作家なら、とくにあなたのような作家なら、それをこそ書くべきではありませんか？」

「もちろん書こうとしましたよ。この七年間、何度も何度も。傷口をさらにナイフで抉って、すべてを使おうと……。でも書き出しを数枚書くだけで、必ず吐いてしまうんです。頭ではどんなに冷静になったつもりでいても、体は正直に反応してしまう。胃の中がからっぽになるまで吐いても、どんどん何かがこみあげてきて、しまいには内臓そのものを吐いているような気になります。そこまでしても言葉が何も出てこない」

ああ、と孤塚真樹は嘆息した。わたしは彼女が泣き出すのではないかと思って身構えた。だが次の瞬間、彼女はテーブルの向こうからおずおずと手を伸ばして、そっとわたしの手に触れたのである。それはまったく思いがけない行動だった。目の前で編集者に泣かれることには慣れていたが、手に触れられるのは初めてだった。

「どうか乗り越えてください。穂波さんが吐いているとき、背中をさすってさしあげたい。どうかおそばにいさせてください。あなたの美しい言葉が健やかに紡ぎだされる手助けをさせてください。わたしはそのために編集者になったのです」

彼女の手は口よりも多くのことをわたしに向かって語りかけていた。まるでわたしの骸《むくろ》のような手のひらを、彼女の生気と熱を孕《はら》んだ手のひらで暖め、この世にとどまれと必死で励ましているかのような触り方だった。わたしはほとんど泣きそうになり、こらえきれずにその手を握り返した。

「あなたの作品をこの手で手がけたいという夢を抱いたからこそ、あなたの作品を最も多く出版しているうちの会社に入ったのです。そしてようやく願いが叶って文芸の世界に足を踏み入れることを許され、こうしてあなたの前に立つことを許されたのです。まだ担当にはなれなくても、わたしがここにいます。いつか晴れて担当になるまで、書くことを諦めないでください。わたしが必ず追いかけて、あなたにその小説を書かせてさしあげます。どうかそれまで待っていてください」

わたしは彼女の渦に巻き込まれまいとして、歯を食いしばった。

「すごい殺し文句ですね。あんまりすごすぎて、言葉も出ません。作家冥利に尽きます」

「待っていてくださいますね？」

「わかりました。生きているかぎりは」

「必ず生きていてください」

「それはお約束できませんね。わたしは死神にもたいそう好かれているので」

「いいえ、わたしが死なせません。どんなことをしても、穂波さんを死神から守ってさしあげます。そして小説の神様と添い遂げていただきます」

鰻屋の座敷の開け放した窓から、初夏の甘やかな夕風が吹き込んできた。この風の匂いを嗅ぐと、ああまた夏が来るのだと思って、わたしは胸の隙間を締め付けられるようなえもいわれぬ切なさにつつまれることになる。夏に生まれ夏に逝った、夏を愛していた夏のような女が、今年もわたしに季節の挨拶を送り、まだ自分を愛しているかと控えめに問いかけているような気がするからかもしれない。

＊　＊　＊

孤塚真樹はそのようにしてわたしの人生に登場し、強烈なインパクトを残すことになった。

しかし担当ではないからその後彼女と会う機会はなかなか訪れなかった。もし以前の恋愛体質の自分だったら、彼女を口説きたいと思っただろうか、とわたしは他人事のように考えてみた。年齢が十七歳も離れすぎていることをのぞけば、顔も体も声も話し方も言葉遣いもわたしの好みだったし、あそこまで熱心にアピールされたら手を出さないほうが礼儀知らずというものだろう。でも最後の最後のところでやはり彼女とは寝なかっただろう、とわたしは結論づけた。

それはなぜだろうと考えたとき、自分が彼女と一緒に仕事したがっているからだということにわたしは気づいた。わたしならもう一度あなたに小説を書かせてさしあげることができます、という酔っ払いの戯言のような、甘ったるいケーキのような実体のない言葉を思い出して胸焼けを起こすと同時に、詐欺師のたらし文句と知りながら身を任せてしまう女たちのようにふらふらとその美しすぎる響きに縋りつきたがっている自分自身を発見するのだった。

そして彼女の手の感触を夜中にそっと思い出しては、せめて朝までは生きていよう、明日一日だけでも生き延びてみよう、そうすればまた言葉が降りてくるかもしれないし、その言葉が連なって文章になるかもしれないのだし、文章が積み重なればそれは物語になるかもしれないのだからと、自分に言い聞かせているのだった。

わたしとしたことが、十七歳も年下の女の子にまんまとたらし込まれてしまったのか？　わたしは混乱し、この気持ちの正体を知りたくなって、いてもたってもいられなくなった。もう一度あの子に会って、自分の心の中で起こっている事態を客観的に把握したい。何とかして孤塚真樹に会う方策はないものかと案をめぐらし、やがてわたしはうってつけの機会が間近にあることを思いついた。彼女の出版社が主催する文学賞のパーティが翌週にあり、そこに行けば必ず文芸局の人間に会えることに気づいたのだ。パーティが嫌いで、社交が苦手で、そういう場所に一度も顔を出したことのないこのわたしが、そうまでしても孤塚真樹に会って自分の気持ちを確認してみたかったのである。

わたしは半年ぶりに美容院へ行って髪型を整え、よそ行きのスーツに袖を通して、机の奥にしまいこんだままの香水をふりかけた。化粧している自分を鏡越しに見るのはずいぶん久しぶりのことだった。電車を乗り継いで東京に出るのも、大きなホテルの車寄せにタクシーで乗りつけるのも、ずいぶん久しぶりのことだった。

「あれ、穂波さん、穂波さんじゃありませんか！」

最初にわたしに気づいて駆け寄ってきてくれたのは恵比須一平だった。彼は青天の霹靂《へきれき》でも起こったかのような顔つきをして、どこかの作家に運ぼうとしていたワインのグラスを両手に持ったままあたふたと近づいてきた。

「一体どうしちゃったんですか？　あのパーティ嫌いの穂波さんがパーティにいらっしゃるなんて！　いやあ、びっくりしたなあもう！　いらっしゃるならそう言ってくれればお迎えにあがりましたのに！」

「ただちょっと気まぐれを起こしただけ。たまには都会に出て、人の間に入っていくのも悪くないかなあと思ってね」

「そうですよ。穂波さんはひきこもりすぎなんですよ。こんな機会はめったにないですから、ただいま部長と局長にご挨拶させますからね。ちょっと待っててください。ここにいてくださいよ」

そんな偉い人は呼んでこなくていいから、と止める前に、恵比須はもう広い会場を浮遊しながら人ごみの中に吸い込まれていった。彼を待っているあいだにも顔見知りの編集者が数人、やあやあ珍しいですねと言いながら近づいてきた。彼らと立ち話をしながら、わたしは視線の端で孤塚真樹の姿を探し続けた。

「こんなところであなたに会うとは」

背後から肩をたたかれ、振り向くと、わたしの処女作を手がけたベテラン編集者が幽霊でも見るように立ち尽くしていた。

「穂波ちゃんだよね？　いや驚いたね」

「ああ、お久しぶりです、忠兵衛《ちゅうべえ》さん」

彼はとっくに出版社を定年退職していたが、自分で小さな編集プロダクションを経営してまだ現役で仕事をしており、こうしてパーティにも変わらずに顔を出しているようだった。忠平《ただひら》というのが彼の名前だが、若い頃から近松の心中ものに出てくるやさ男のような面構えと雰囲気を纏っていたために、彼を慕う作家や編集者仲間からは忠兵衛さんと呼ばれていた。

「僕のことまだそんなふうに呼んでくれるなんて、嬉しいねえ」

「忠兵衛さんはいつ見ても年を取りませんね」

「そんなことないよ。僕もう立派なおじいちゃんだよ。しばらく書いてないようだけど、暮らし向きは大丈夫なの？」

処女作を手がけた編集者というのは作家にとって親のようなものである。長いつきあいの中で愛憎がさまざまに交錯し、複雑なしがらみで結びつけられている。感謝も恨みも一緒くたになってまざりあい、何度も絶交してはよりを戻し、つねにどこかで気にかけあっているものだ。冠婚葬祭には一切出ない主義のわたしでも、彼が死んだらきっと葬式には行くだろう。そして人知れず泣くだろう。

「文庫が細々と売れているので、何とかやっております」

「それにしても七年は長すぎるんじゃない？　あなた、そろそろ限界でしょ。駄作でもいいから発表する勇気を持たなきゃ。このままだと潰《つぶ》れるよ」

「駄作さえ書けないんですよ」

「駄作さえ書けないか……僕、あなたの駄作ってやつ、いっぺん読んでみたいねえ」

「忠兵衛さんの目が黒いうちは、そんなものを外に出すわけにはいきません」

「北鎌倉の家の押入れには未発表原稿が山ほど眠っているって、そんな噂もあるよ」

「くだらない。誰がそんなことを？」

「ホナミストはみんなそう思いたいのさ。もしそんなものがあるとして、死んでから発表されたって、あなたには一銭も入らないんだよ。生きてるうちにいい思いしないでどうするの？」

「だからそんなものは隠してませんし、いい思いならこれまでさんざん忠兵衛さんにさせていただきましたから。わずか十七歳でデビューさせていただいて、身に余るほどの栄光と汚辱をさんざん味わわせていただきましたから」

処女作にあの恥ずかしい肖像写真を勝手に使われたことを、わたしはいまだに許していなかった。津田穂波という作家の大方のイメージづくりは、この男の独断と偏見によってなされたものだ。恨みは深いが、彼がいなければわたしは作家になれなかった。わたしにとって頭が上がらない人間はただひとり、忠兵衛さんだけだった。

「なら、最後に恩返しをしておくれよ。押入れにあるもの、穂波ちゃんがもし僕よりも先に死んだら、僕におくれよ」

「そんなものはないって言ってるのに」

「溜めこんでおいたって預金じゃねえんだから利子がつくわけでもあるめえし、たかが小説じゃねえか、もったいぶらねえでどんどん出しなよ」

わざと芝居がかったべらんめえ口調で忠兵衛さんが言うのを笑ってごまかし、飲み物を取りに行くふりをしてその場を離れようとしたとき、恵比須に先導されたスーツ姿の一団がわたしに向かって歩いてくるのが見えた。恵比須は得意げに鼻の穴をふくらませて次々と上司たちを紹介した。文芸局長と文芸部長の名刺が渡されたそのあとで、宣伝と営業の担当者が続いた。その一番後ろに、人影に隠れるようにして頬を紅潮させながらにこにこと佇んでいる孤塚真樹の姿があった。尻尾をちぎれるほど振っている犬のように嬉しそうなその顔を見ただけでわたしは深い満足を覚えた。

「遠くからずっと穂波さんを見ていました。移動されるたびこっそり背中を追いかけて、後ろ姿を眺めていました。振り向いてくださるようにとテレパシーを送り続けていたのですが、お気づきになりませんでしたか？」

孤塚真樹は恵比須に聞こえないようにそっとわたしに耳打ちした。このいじらしさは天然のものなのか、それとも編集者としての手管なのか、わたしにはわからない。わかるのは自分自身の心の動きをもう一人の自分がおもしろがっているということだった。わたしの死に絶えた感情の装置は、彼女に接するときだけはどうやら息を吹き返すらしいのだ。彼女の緊張も、高揚も、喜びも、いちいちビビッドに伝わって、わたしの感情に反映してしまう。それはこの子が内側に豊かで深い湖を持っているからだ。澄んだ水を惜しげもなく湛えて、溢れそうになっているからだ。わたしの枯れた泉はその水を渇望し、再び潤うことを求めているのだろう。

わたしはその湖が見たい。湖面に映る自分の顔を見てみたい。そこで聞こえる鳥たちの囀りや木々のそよぎにじっと耳を傾けたい。つめたい水をこの手に掬って、舌の上でころがし、どんな味か確かめたい。この子の中に分け入って、湖を見なければならない、とわたしは思った。

「全然気づきませんでした」

「わたしのテレパシーが弱いのですね。もっと鍛えなければ。穂波さんはいつも何時頃お休みになるのですか？」

「朝の五時頃ですが、なぜ？」

「それでは毎日その時間にお祈りのテレパシーをお送りすることにします。穂波さんが今日も一日よいお仕事をされて、安らかに眠りに就けますように、と」

「そんなことされたら、夢の中にあなたが出てきそうですね」

「わたしは毎晩穂波さんの夢を見ていますよ。担当になって、怒られてばかりいる悲しい夢ですけど」

「わたしは怒りっぽいので、担当になったら本当に大変だと思いますよ」

「怒られたいです。思いきりわがままを言っていただきたいです。そういうときは少なくとも書こうとしているときだから、何でもしてあげたくなるって恵比須が言ってました」

顔を寄せてひそひそ話をしているわたしたちをじっと見つめている二つの視線にわたしは気づいた。すぐ近くで恵比須が嫉妬をむき出しにして見つめており、少し離れたところから忠兵衛さんが愉快でたまらないというようにその三人を見つめていた。やがて恵比須が平然を装ってわたしたちの間に割って入り、孤塚真樹は別の作家に呼ばれてどこかへ行ってしまった。

「このあと銀座で一杯いかがですか」

「いいよ。わたしもあなたに話がある」

「何ですか、こわいなあ。いい話ですか、悪い話ですか？」

「大局的に見ればいい話だと思うよ」

遠くから眺めていると、孤塚真樹はあちこちの作家から声がかかって、回遊魚のように広い会場を泳ぎまわっていた。なかなかの人気者らしい、とりあえずわたしは安堵して、恵比須に促されるまま会場を後にした。

「孤塚さんって、どんな人なの？」

パーティ流れの関係者に鉢合わせするのを嫌っていつもの文壇バーを避け、ホテルのバーに落ち着いて二杯目が運ばれてきたころ、わたしは恵比須に切り出した。

「やる気があって、熱いやつです。人の三倍働きます。小説も読めるし、センスも悪くない。作家に惚れたらとことん尽くすタイプですね。育ちがよすぎて多少浮き世離れしたところはありますが、彼女はきっといい編集者になりますよ。僕が鍛えて、いい編集者に育ててみせますよ」

「あなたがそんなに褒めるなんて珍しいね。よっぽど優秀なんだね」

「どうしたんですか？　孤塚が気に入ったんですか？」

「ひとつお願いがあります。孤塚さんをわたしにつけてくれませんか？」

彼はしばらく何も言わなかった。しらじらとした顔でわたしを見つめ、わたしの前では決して吸わない煙草に断りもなく火をつけた。

「孤塚のどこがそんなに気に入ったんですか？」

「あなたも編集長になったんだし、いつまでも書かない作家を担当してる暇なんてないんじゃない？」

「僕では駄目だと仰るんですか？」

「そうじゃないよ。でもわたしも崖っぷちに立ってる。それどころか、もう体半分落ちかかってる。這い上がるためなら、そのへんに咲いてる花にだって手を伸ばす」

「駄目ですよ、穂波さん。孤塚をそんなふうに使わないでください。いくらあなたでもそれは通用しないよ。女なら他にいくらでもいるでしょう」

「そういう意味じゃありません。彼女と仕事がしてみたいだけです。この前会って話をしたとき、ふと書けるかもしれないと思ったんです」

恵比須は頭をかきむしって、シングルモルトをがぶ飲みした。

「作家が編集者にラブコール送るなんて、聞いたことないや。逆はたくさんありますけどね。孤塚からも連日あなたの担当にしてくれって訴えられてます。まるで相思相愛じゃないですか。僕が彼女を好きだってこと知ってるくせに。なんて残酷なひとなんだ」

「絶対に口説かないし、手は出さないと約束する」

「絶対に？」

「誓ってもいい」

「でも彼女のほうが好きになったら？」

「それでも手は出さない。もしそういうことになったら、担当をはずしてくれてもかまわない」

「あなたの頼みを僕が絶対に断れないって知っててそんなこと言うなんて、ずるいんだよ、あなたってひとは」

「でもそれで書けるなら文句はないでしょう」

「聞きましたよ、穂波さん。男と女の約束だ。そんなわがまま通す以上、何がなんでも書いてもらいますよ。期限は一年です。一年以内に何も書けなかったら、担当は元に戻させてもらいますよ」

「わかった。約束する」

そのときは、まさか一年以内に自分がもう一度小説を書けるようになるとはまったく思っていなかった。これであと一年、生き延びる理由ができたなと思っただけだった。

わたしはそんなふうに何がしかの理由をつけてはあと半年、あと一ヶ月、あと一日と、生きなければならない時間を区切りながら毎日をやり過ごしてきた。人生が半永久的に連続して続いていくことなど、かけらも信じてはいなかった。隣で眠っていた女が、次の日にはもうこの世にいない。その不確かさに怯えることがわたしにとって生きるということだった。何かわかりやすい明確な理由がなければ、一日たりともこんなおそろしい世界にとどまっていたくはないと思っていた。

3

晴れてわたしの担当になった孤塚真樹は、毎週のように北鎌倉にかよってくるようになった。

わたしはその日を心待ちにするようになり、わざわざ花屋に出向いて生花を買ったり、和菓子屋に出向いてもてなしの茶菓を買い調えておくようになった。編集者を迎えるというよりは、想い人を迎えるような気の遣いようである。そんな自分をどこか滑稽に感じると同時に、一種の擬似恋愛のような関係を愉しんでいる風情もあり、玄関先に活ける一輪の切り花をどれにしようかと庭に佇んであれこれ思いを巡らす時間も何とも言えず楽しいものだった。

「すごいレコードコレクションですねえ。恵比須から聞いたのですが、これ全部タンゴなんですって？　ＣＤではなくレコードにこだわってこれだけ集められるのはかなりの資金と手間がかかるのでしょうね」

「わたしから小説と恋愛を取ったら、あとにはもうタンゴしか残りませんから」

彼女を初めて書斎兼音楽室に招き入れたのは、三度目の訪問になる八月のはじめのことだった。そこに入ったことのある客のほとんどがそうであるように、彼女もまた壁一面にしつらえられたレコード棚をしげしげと眺めて感嘆の声をあげた。和洋折衷の古びた屋敷はドイツ文学者が五十年前に建てたもので、十五畳の板張りの床と高い天井のついたこの部屋以外はあまり価値がない。建てつけが悪くて隙間風が入るし、和室の畳はささくれだって沈んでいるし、風呂場にはヤスデとナメクジが出没するし、庭の手入れにも手間を取られること夥しい。駅からも二十分は歩かねばならず、バス便も極めて悪い。

それでもこの部屋で心ゆくまでタンゴを聴き、ときには踊るためにこの家を借りている。書くことをやめ、愛することをやめたこの七年間、わたしはひたすらタンゴだけに耽溺して尽きることのない無聊を慰めてきた。こつこつとレコードを集め、ダンス教室にかよい、有り余る暇を潰してきた。少なくとも体を動かしてさえいれば、死神がわたしのなかに入り込む隙間はなかったのだ。レコードはほとんどがブエノスアイレスからの直輸入盤であることを説明すると、彼女は詩の一節でもつぶやくように、

「ブエノス、アイレス」

と三回繰り返した。

「穂波さんはブエノスアイレスへ行かれたことがあるのですか?」

「計画したことはありますが、体が弱くて長時間のフライトに耐えられないから、まだなんです。日本から三十時間もかかるんですよ。世界で一番行きたい街なのに、たぶん一生行けないでしょうね」

「連れてってさしあげたいです。飛行機が駄目なら船で行かれてはいかがでしょうか？」

「長時間の移動が駄目なんです。子供の頃から旅行というものをほとんどしたことがありません」

「それはお気の毒に」

「そのかわり、本を読んで想像する楽しみがあります。ブエノスアイレス、南米のパリ、移民の多い港町、哀愁の漂う石畳、狭い路地を曲がるとどこからともなく聞こえてくるタンゴの音楽……。そんな情景を想像しながら古いタンゴを聴いていると、ついさっきまで北鎌倉のあばら家でヒグラシの声を聞きながら草むしりをしていても、一瞬にしてブエノスアイレスに飛んでゆける。頭の中だけで旅をしていれば、実際の街の汚さに幻滅することもないし、言葉がわからなくて途方に暮れることもない。ぼられることもなければ、泥棒にもあわない。それに何より、ただですからね」

「せめて国内でもいいから穂波さんを書斎から連れ出して、外の世界を見ていただきたいのです。古今東西の作家たちが旅先の土地の風景や空気感にインスパイアされて物語をつくってきたように」

　わたしに何らかの刺激を与えようとそんな提案をしてくれる孤塚真樹の気持ちは有り難かったが、わたしは旅というものにほとんど魅力を感じない人間であった。というより、旅というものが強迫的に嫌いだと言ってよかった。大事な猫を人に預け、長い時間乗り物に揺られて、朝は八時にごはんを食べさせられて、誰が使ったかわからないスリッパを履かされて、慣れない枕で不眠に耐えるためにわざわざお金を払う気になれないのだ。

それよりは好きな本と好きなレコードに囲まれた、珈琲と愛猫の匂いのしみこんだ狭い空間に日がな一日身を置いて、ぼんやりと小説のことを考える暮らしが何よりも気に入っていた。考えることに疲れたら古いレコードをかけて死者と一緒にタンゴを踊る。そうしていると死んだ女が黄泉の国からわたしを迎えに来て、連れて行かれそうな気がするのだった。

するとそんなわたしの胸の内を見透かすかのように孤塚真樹が、

「この場所から少し離れたほうがよいのではありませんか？」

と言った。

「もうそろそろ生きた人間と話をしませんか？」

と言って、眼鏡越しに強い輝きを放つ目でじっとわたしを覗き込んだ。

「孤塚さん、あなたタンゴは踊れますか？」

わたしはなぜか反射的にそう言っていた。

「すみません、スポーツは万能というほどではないにせよたいていのものはこなせますし、楽器はピアノとフルートができるのですが、ダンスだけは駄目なのです。母がお稽古事おたくだったせいで茶道も華道もお料理も英会話もひととおり習いましたけど、ダンスだけは一度もやったことがありません。なぜそこだけ避けて通ってきたのか、今となっては悔しくてならないです。ごめんなさい」

孤塚真樹はしんから悔しそうに言った。なるほど、この子は絵にかいたようなお嬢様だったのか、だから他人に何かを与えることがごく自然に嫌味なくできるのか、とわたしは納得した。

「それは残念ですね。わたしは口下手なので、会話はいつもダンスでするのです。無用な言葉など費やさなくても一瞬でわかりあえるし、言葉で相手を傷つけることもありませんから」

それは過去の恋愛経験から得たほとんど唯一の教訓だった。わたしの言葉は強すぎて、ときに相手を完膚なきまでに叩きのめしてしまうことがある。二度と立ち上がれないほど傷つけてしまうことがある。あなたの言葉は人を殺せる凶器にもなりうるのだと何度か言われたことがある。だから自分でも気づかぬうちに、まったく無意識のまま、わたしの言葉が恋人を死に追いやってしまったのではないかという自責の念がいつまでも取りついて消えることがない。

「それはもったいない！　この国で最も美しい日本語を書かれる小説家が、ふだん言葉を惜しまれるなんて」

「日常において言葉をみだりに使いすぎることをわたしは自分に禁じています。言葉とは気軽にばらまくものでなく、小説のなかで徹底的に吟味して一分の隙もなく使われるべきものです。つまりわたしにとっては商売道具なのです」

「それでは穂波さんは恋人と長電話をなさったり、ラブレターを送りあったりはなさらないのですか？」

「しません。話すかわりにタンゴを踊ります。ラブレターのかわりに小説を書きます。それを恋人に捧げます」

「何だかとても羨ましいような、お気の毒なような……」

「ですからわたしと話をしたければ、タンゴを習ってください。猫に嚙みつかれるのが嫌でなければ、わたしが教えてさしあげてもかまいませんが」

「猫が？　嚙みつくのですか？」

「この部屋は彼の寝室でもあるのです。わたしと同じようにタンゴをこよなく愛する彼は、上手く踊れない客人を見ると神経が苛立つみたいで、いきなり足に嚙みつく癖があります」

孤塚真樹は笑いをこらえて、わかりました、と言った。

「恵比須がタンゴ教室にかようべきかと悩んでいた理由がこれでわかりました。穂波さんの担当として十全に仕事をするためには、タンゴが踊れることが必須なのですね」

「これまで本当にタンゴを習った編集者は一人もいませんでしたけどね」

「承知いたしました。新しい趣味を覚えられるのは一石二鳥ですし、早速アルゼンチンタンゴのお教室にかようことにいたします。基本的なステップが踏めるようになりましたら、またお伺いいたします。そのときはお相手をよろしくお願いします」

わたしは孤塚真樹のその言葉を信じていたわけではなかった。編集者がそんな外交辞令を口にすることはよくあることだったし、大手出版社の文芸誌の編集部員は驚くほど多忙を極めているものだ。しかも彼女は会社から将来を嘱望されている若手のホープで、人の三倍働くというではないか。ダンス教室にかよう暇などひねり出せるはずがないのである。

翌週も、その次の週も、孤塚真樹は北鎌倉にあらわれなかった。雑誌の校了でわたしの相手をしている暇などないのだろうか、それとも病気にでもなったのだろうか、と気になってたまらず、何度も編集部に電話をかけようとしては受話器を戻し、恵比須から様子を探ることもためらわれて、落ち着かない日々を送っていた。だから十七日目に彼女があらわれたときには嬉しくて、柄にもなく玄関ドアを開ける手がすこしふるえた。

「まだボックスとゆりかごだけなのですが、ようやく何とか形になりましたので、参上いたしました。ダンスのお相手をお願いできますでしょうか？」

初めて会ったときのように玄関先で緊張しながら孤塚真樹が頬を染めて立っていた。わたしは思わず彼女を抱きしめたい衝動に駆られたが、恵比須との約束を思い出して踏みとどまった。

「本当に習っていたんですか？　あれからずっと？」

「おみ足を踏んでしまったらお許しください。あの、わたしは女役のほうでよろしいのですよね？」

「もちろん。わたしはどちらでも踊れますから」

わたしは茶を出すのも忘れて彼女を音楽室に連れて行き、早速レコードに針を落とした。彼女は体を硬くしながらもよく音楽に乗り、精一杯ついてきた。基本中の基本のステップをただ繰り返すことしかできなかったが、それでも確かに一緒に踊っている一体感を感じることができた。短期間のうちにかなり集中して練習していたことがすぐにわかる程度には、動きがさまになっていた。

「足なんか踏んでもいいから、下ばかり見ないで、わたしを見なさい」

「は、はい。すみません」

「これは『心の底から』というタイトルの曲です」

「とてもいい曲ですね」

「ゆっくりはじまって、だんだんテンポが速くなります。でもうまくリードしてあげますから、焦らなくても大丈夫」

「あ、ごめんなさい、今おみ足を……」

「いくらでも踏んでいいですよ。そうやってだんだん上手くなるんです」

「ああ、すごい！　わたし、穂波さんとタンゴを踊っています！」

「姿勢をよくして。そうそう、その調子。なかなかお上手ですよ」

　まさかこの部屋で、生きている女とタンゴを踊るとは思わなかった。わたしの腕の中の女はあたたかな体温をもち、高鳴る心臓の鼓動を響かせて、甘い香りのする汗を額に滲ませていた。長い髪が振動で揺れて、濡れたくちびるがかすかに開いて、細い指が意志と力をもってわたしの手に絡みついていた。ああ生きて脈打っている、まばたきをして吐息をついている、くちびるから笑みがこぼれている、わたしが前に進めば後ろに下がり、右に行けば左に動く、このからだは命そのものだ、命の水を湛えた湖だ、しっかりとした体重をもち、よく光るふたつの目をもち、ふるえるちいさな肩をもち、リズムに乗って躍動している！

　わたしは腕の中の女のぬくもりを噛みしめながら、気が遠くなるのを覚え、わずかに強く彼女の肩を抱き寄せた。ちょうどそこで曲が終わった。孤塚真樹はわたしの腕の中にとどまったまま、息を整えながら潤んだ目でそっとわたしを見上げていた。

「大丈夫ですか、穂波さん？」

「何でもありません。ちょっとめまいがしただけです。誰かとタンゴを踊るのはとても久しぶりだったので」

「何かわたしにできることはありませんか？　穂波さんがもう一度小説を書けるようにな

るために」

「ひとつだけ、あるかもしれません」

「何でしょうか？　どうぞ何でも仰ってください」

死んだ女がわたしの髪の毛を引っ張って、向こう側へ連れて行こうとしている。他の女と踊ったから、生きた女と踊ったから、嫉妬しているのだ。わたしは彼女から引き剝がされまいとして、さらに強く孤塚真樹のからだにしがみついた。

「湖が見たいのです。あなたのなかにある美しい湖が」

「わたしのなかに……湖が？」

孤塚真樹は穏やかに微笑んで、すべてを呑み込むような顔をして、そっとわたしの髪に触れた。それだけで死者の手がするするとほどかれて、呪縛が解かれた。気がつくと孤塚真樹の手はいとおしそうにわたしの髪を撫でていた。

「どうぞ、穂波さんのお望みのままに」

「でもそれを見るためには、あなたのなかに入っていかなくてはなりません。あなたのすべてを知らなくてはなりません」

「わたしなら、かまいません。どのような形であれ、あなたのお役に立ちたいのです。もしわたしがあなたの小説の供物《くもつ》になることができるなら、本望です」

彼女のくちびるが躊躇《ためら》いながらゆっくりと近づいてきた。このままミツバチに吸われてしまおうと観念して目を閉じたとき、猫がわたしの足の指をちくりと噛んだ。警告を与えるように、ちくりと噛んだ。小説の神様にぶたれたような気がした。何かが違う。ひっかかるものがある。わたしは我に返って彼女のからだをさっと離した。ほとんど突き飛ばすような恰好だった。

「供物ですって？」

と、わたしは夢から醒めたように言った。

「あなたは勘違いをされているようです。わたしはそんなものがほしいのではありません」

孤塚真樹の顔は見る見る青ざめていった。

「お気に障ったらおゆるしください」

「わたしを一体誰だと思っているんですか？　馬鹿にしないでください」

「断じて馬鹿になんかしていません。どうかお願いですから、怒らないでください」

「気分を害しました。もう結構です。お帰りください」

「わたしの言葉が足りなかったらお詫びします。せめて少しだけでも話をさせてもらえませんか？」

「あなたに向かって怒りの言葉をぶつける前に、早くここからいなくなってください」

わたしはドアを指差して、出て行くように促した。孤塚真樹は青ざめたまま目に涙をためて、それ以上何も言わずに出て行った。

＊　＊　＊

その翌々日、孤塚真樹から速達が届いた。

津田穂波様。

あなたが人一倍高貴な魂をもつ気高いお方であることをうっかり失念していたわけではありませんが、あなたと踊れた嬉しさについ心が緩やかに解放され、不適切な言葉遣いをしてあなたのご機嫌を損ねてしまったことを深くお詫びいたします。

あのとき、あの素敵な音楽室でタンゴを踊ったとき、あなたの触れがたいお心に触れ、近づきがたいお心に少しでも近づけたような気がして、天にも昇る気持ちでした。昨日今日あなたの担当になったばかりの新参者にとっては、あなたが思索をされる場所に立ち入ることを許されただけでもったいないほどの喜びでしたのに、その大切な場所で、しかもあなたが骨身を削られて扱っておられる言葉によって粗相をしてしまったのですから、編集者として悔やんでも悔やみきれない思いです。

供物という言葉がそれほどまでにあなたの逆鱗に触れたのは、もしやわたしが原稿をいただくために作家と寝るような女だと思われたからでしょうか？　好きでもないお方と、ただ仕事のためだけにおのれを空しくして寝ることのできる卑しい女だと思われたからなのでしょうか？　供物という言葉にはたしかにそういう意味合いが含まれているのかもしれません。あなたの鋭敏な言語感覚は、自己犠牲という美徳の裏に隠れた或る種の胡散臭さを瞬時にして嗅ぎ取り、本能的に反発なさったのではないかと拝察いたします。

ですが、わたしは決してそのような意味合いであの言葉を申し上げたのではないのです。わたしが愛してやまないあなたの美しい小説への捧げものになれるなら、おのれを空しくするどころか、わたしにとってはこのうえもない幸福であることを、どうか信じていただきたいと思います。わたしというちっぽけな存在が再びあなたにペンを握らせる何らかのよすがになるのなら、わたしは本当に心からの充足と幸福を感じることができるのです。こんなふうに感じることができる作家はわたしにとってこの広い世界でただひとり、津田穂波さまだけであると胸をはってお誓い申し上げることができます。

しかし、穂波さんが求めていらっしゃるのはおそらく恋愛感情なのでしょう。わたしに供物ではなく恋人になることをお望みなのではありませんか？　だからこそあのようにお怒りになったのではないでしょうか？

帰りの電車の中で遅ればせながらそのことに思い至ったとき、わたしはやはり天にも昇る気持ちで舞い上がり、動揺を抑えることができませんでした。あなたの恋人になるという可能性を考えることは編集者として最大のタブーでありながら、しかし、一人の女性として正直に申し上げれば、叶うはずのない夢が叶うかもしれない奇跡のように嬉しいことでした。もしそんなすばらしいことが本当に起こりうるのならば、理性で自らの道徳観を束ねることなど到底できないほどの圧倒的な喜びに埋もれてしまうことでしょう。

つまりわたし自身もまた、心の奥底では、いつかあなたの恋人にしていただけることを焦がれるように願い、求めていたのです。供物とか、捧げものとかいった言葉は、見映えのよいただの言い訳に過ぎなかったのだと思います。そんなおそれ多いことを認めるのがこわかったから、思慕ではなく崇拝の念で接することが編集者としての務めだと思っていましたから、女ではなく編集者たらんとするあまり、結果的にあなたを怒らせてしまうことになりました。

鈍感で不甲斐ないわたしをどうかお赦しくださいませ。こんなわたしに失望しないでもう一度チャンスを与えてくださるならば、今度こそはあなたのお心に添うことができると思います。あなたが仰ってくださったように、わたしのなかにもし湖があるのなら、そのほとりで穂波さんを憩わせてさしあげたい。あなたを眠らせ、小説を書くあなたを見つめ、どこからどこまでもあなたのお心に寄り添って、あなたに魂を捧げたいと切望します。

闇の中からあなたを連れ出し、その手を引いて再び光の中へまっすぐに進ませてさしあげることが、わたしの使命だと思っています。

孤塚真樹拝

それは編集者から作家に書き送るラブレターとしては、ほぼ満点に近い、完璧なものだった。あまりにも完璧すぎて、わたしは有頂天になるより先に不安を覚えるほどだった。自ら定めた戒律を破って思わずラブレターの返事を書いてしまいたくなるほどには、彼女の手紙はわたしのひび割れた心を充分に動かしはしたが、それでもやはり返事を書かなかったのは恵比須との約束に縛られていたからに他ならない。恋愛小説家のわたしが腕によりをかけたラブレターを綴れば、互いの胸の内に芽生えかけた恋心にさらに火をつけることになるのは目に見えていたからだ。

わたしは言葉の匙加減ひとつでいくらでも火力を調節することができた。相手の望む言葉を望む強さで提供し、いかようにも心を奪うことができた。落としたい女がいたら手紙を一通か二通書きさえすればほぼ百パーセント落とすことができた。孤塚真樹はドアを全開にしてわたしからの愛の言葉を待っている。すでに種火はついている。いきなり全速力で引き返せない極点にまで彼女を連れてゆくことはたやすいことだ。必要最低限の言葉を効果的に用いるだけで、わたしたちはあっけなく熱烈な恋に落ちるだろう。

わたしは心の奥底ではそうなることを望みながらも、しかし決定的におそれる気持ちのほうが大きかった。恵比須との約束のせいばかりではない。孤塚真樹の手紙の隙のなさがもたらす漠然とした不安感が、先へ先へと行きたがる恋愛感情に歯止めをかけていたからである。わたしは彼女のあまりにも純粋すぎる熱情がこわかった。わたしの髪に触れるだけで死神をいともたやすく締め出してしまう熱い手がこわかった。たった一度タンゴを踊っただけでわたしの欲望を理解し受け容れようとする勘の良さと懐の深さがこわかった。彼女の湖にずるずると吸い込まれ、なすすべもなく溺れるのがこわかったのだ。

動かぬ岩のようにじりじりと無視を決め込み、精一杯の痩せ我慢を押し通していたら、孤塚真樹が何事もなかったような顔をして突然北鎌倉にあらわれた。手紙を受け取ってから一週間後のことである。彼女は遠足にでも出かける女学生のようないでたちと屈託のない笑顔で、

「合宿に出かけましょう、穂波さん」

と言った。

「えっ……合宿？」

「南房総にうちの会社の保養所があるのです。やや寂れた不便なところですが、窓からは海しか見えなくて、静かにお仕事をなさるにはうってつけの環境だと思います。北鎌倉も

よいところですけど、ここには海がありません。目の前に海が見えるだけでもずいぶんとご気分が変わられるのではないかと思うのですよ。ご旅行は気が進まないようですから、せめて合宿をいたしましょう。いわゆる転地療法というやつですね」

「それは別名、カンヅメとも言いますね」

わたしは思わず苦笑して、彼女の白い夏の帽子と、爽やかな軽装をながめていた。

「恵比須にも連れて行かれましたか？」

「何度か連れて行かれそうになりましたが、猫がいるので断りました」

「それならご心配には及びません。わたしが車でお連れいたしますので、猫も一緒に乗せて行けますよ。猫砂もキャットフードも、重たいものだってへっちゃらです」

「なるほど。そういうことなら、断る理由がないですね」

「とりあえず一週間押さえてあります。筆が進まれるようでしたら、もう一週間なんとかします」

「今ハイシーズンなのに、海辺の保養所がよく取れましたね」

「利用申し込みを入れていた人たちに頼み込んで、無理やりずらしてもらいました」

「そんなことまでして……」

「社員が遊びのために使うより、穂波さんがご執筆のために使われるほうがはるかに有意義というものです」

そこまでされては行かないわけにはいかなかった。いきなり今からではいくら何でも強引すぎるのではないかと思ったが、こういうことは何日か考えてしまうと腰が重くなって結局断ることになるのだから、勢いでパッと出かけたほうがいいのかもしれないと思い直した。彼女の夏の帽子がとてもよく似合っていて、しばらく見ていない海辺の風景を見たいと思ったせいもある。何より彼女と一緒に海辺をドライブできるのは理屈ぬきで素敵なことのように思われた。

数日分の着替えと洗面用具、原稿用紙と筆記用具をバッグに詰め込み、猫と猫用品を後部座席に詰め込んで、わたしたちは慌しく出発した。一週間前に踊ったタンゴのことも、その後に届いたラブレターのこともまるでなかったようなふりをして、お互いそのことには頑なに触れずに、合宿という都合のいい大義名分のもと、また会えた嬉しさをひた隠しながら。彼女の愛車ルノー・シュペールサンクは彼女にとても似つかわしく、乗っていると彼女自身のようにわたしへの親密さに満ち溢れているように感じられた。

「運転、お上手ですね」

「大切な作家の方を乗せているので慎重なだけです。穂波さんも運転なさるのですか?」

「いいえ。わたしは現実の生活に役立つことは何ひとつできません。メカにも弱いし、組立家具もつくれないし、家計簿もつけられない。泳げないし、方向音痴だし、染み抜きさえできない」

「でも、小説をお書きになれます。タンゴも踊れるし、猫と話だっておできになるじゃないですか」

「そういうのはあまり現実的な役には立たないのです。それよりはうまくアイロンをかけられるほうが人としてよほど尊敬されます」

「いいんですよ、穂波さんは。それでいいのです。現実的な事柄は、誰かに任せておけばいいのです」

彼女がカーステレオのスイッチを入れると、突然ピアソラが流れてきたのには驚いた。

「ウィーンのライブ盤ですね。これは名盤です。こんなところで聴けるとは、嬉しいですね」

「タンゴ教室の先生に教わったり、銀座の山野にかよってタンゴに詳しい店員さんから情報を集めたりして、少しずつ勉強しているのですよ。穂波さんがお聴きになっているものを少しでもこの身にしみこませたくて。このところ寝ても覚めてもタンゴばかり聴いているので、母からはあきれられていますけど」

わたしはたちまち胸がいっぱいになった。でもそれは「ブエノスアイレスの夏」という曲のせいなのだと思おうとした。

「タンゴを好きになってくれましたか？」

「はい、とても。アルゼンチンタンゴというのは、思っていたよりもずっと奥の深い音楽ですね。穂波さんの作品のすべてに通奏低音として流れている旋律とどこか似かよっているように思いました」

「わたしは自分がもしかしたらアルゼンチン人ではないかと思うことがあります。地球の反対側で暮らしているのがほんとうなのに、何かの間違いでこんな国に生まれて、売れない小説を書いている。だからわたしはいつも体のどこかで地球の反対側のことを考えているような気がします。夏には冬のことを、冬には夏のことをね。いつでも四季をさかさまにして、三十時間ぶん人より遅れて生きているような」

「もし人生をリセットして何もかもやり直すことができたら、ブエノスアイレスで暮らしますか？」

「そうできたらどんなにいいでしょうね。ダンサーや音楽家にはなれなくても、タンゴバーの客引きやレコード屋の店員でもいいから、何かしらタンゴと関わって生きていたい」

「小説は書かないのですか？」

「書かないで生きられたら、それに越したことはないんですよ」

孤塚真樹はふと黙りこくって、ごめんなさい、と言った。作家に小説を書かせるのが仕事なのに、そのことについて謝った編集者は初めてだった。その声の小ささ、誠実さ、人間的なぬくもりに、わたしの胸はかきむしられた。ハンドルの上に置かれた彼女の手を、もう少しで握りしめてしまいそうだった。

「ああ、ついしゃべりすぎました。ドライブというのは話が弾むものですね」

「どうぞお休みになってらしてください。房総の潮騒が聞こえたら起こしてさしあげます」

彼女は背もたれを倒し、ステレオのヴォリュームを絞ってくれた。隅から隅まで穏やかな運転を心がけてくれたせいで、わたしはいつのまにかぐっすりと眠りに落ちた。そして開いた窓から漏れてくる潮騒の音に揺り起こされるようにして目を覚ましたとき、じっとわたしの顔を覗き込んでいる孤塚真樹の気配に気づいた。

「着きましたよ」

「ああ、海ですね」

「眠っているときでさえ、穂波さんの眉間の皺は消えないのですね。この手で伸ばしてさしあげたいです。その皺を見るたび、いつもいつも強迫観念みたいに、ああ伸ばしてさしあげなくては、って思ってしまいます」

しまった、編集者に寝顔を見られるなんて、と思った瞬間、彼女の手が本当にわたしの眉間に向かって伸びてきた。中指と人差し指の腹でこすりあげるように皺を伸ばそうとする。そのやさしい仕草をどうしても止めることができなくて、わたしはされるがままになっていた。猫は後部座席で深く眠り込んでいる。もう誰もわたしたちの衝動に警告を与えてくれる者はいない。

「この皺の半分くらいは、恵比須くんが原稿とひきかえに拵えていったものですよ。それが編集者の仕事です。あなたのしていることは、矛盾しています」

「そうかもしれません。でもわたしは、編集者としてあなたの眉間に皺をつくっても、そのあとでそれを伸ばしてさしあげたいのです。編集者としてではなく、あなたを愛する者として」

「あなたは結局、原稿がほしいだけなのではありませんか？」

「お原稿はもちろん、喉から手が出るほどいただきたいです。むしろそれだけだったら、どんなに楽だっただろうかと思います」

彼女は苦しげにため息を吐いた。わたしはそれを聞いてやっと彼女の手を止めた。その手をかるく握り、指を絡ませて、やさしすぎる仕草を止めた。

「そんなことしたって、この皺は消えません。長年にわたって刻み込まれた、これはわたしの十字架ですから」

「十字架……ですか？」

彼女はうっとりとその言葉を反復した。

「書くことは自分の肉体や魂を削り取って十字架のかたちに捏《こ》ね、それを神様に捧げることです。自分をどんどん使い果たしながら祈ることです。命がけの激しい宗教的行為に似ています」

「わかります。そんなことができるのは、言葉の神に愛されたお方だけです。穂波さん、あなたの十字架にくちづけをさせてくださいませんか？」

猫はまだ起きない。もう誰もわたしたちの愛に水をさす者はいない。いや、これが愛ではないことくらい、頭ではわかっていた。彼女はわたしの中の小説の神様にひれ伏しているだけなのであって、わたし自身を欲しているわけではないのだと。孤塚真樹のくちびるがいささかの躊躇いもなく、わたしの眉間に向かって近づいてきた。わたしは目を閉じてそれを受けた。しかるのち、謹んでくちびるに返礼をした。くちびるの隙間から潮風が入り込んできて、わたしたちのキスは海の味で満たされた。海そのものに呑み込まれたようだった。

＊　＊　＊

「死んだ方のこと、話してください」

と、孤塚真樹が言った。

まるで外科手術に取りかかる前に問診と内科的処置を施す医師のような口ぶりだった。保養所に猫と荷物を置き、各自の寝る部屋を決め、数日分の食料をスーパーへ買出しに行ったあとで、出前の鮨をつまみながらリビングでビールを飲みはじめたときのことである。

彼女のくちびるのやわらかい感触がまだ生々しくわたしの舌の先に残っていた。彼女の湖のほとりに足を踏み入れるためには、この話は避けて通れないだろう、とわたしは観念した。

「昔、やっぱり別の出版社の保養所にカンヅメにされたことがあって。そのときは編集者が猫を自宅で預かってくれるというから、熱海に連れて行かれたんです。ひどく俗悪な温泉町なのになぜかしみじみと居心地がよかったのは、たぶん自分の心がどうしようもなく荒みきっていたからでしょう。書いても書いても書けなくて、でも書かなくてはならなくて、言葉を紡ぐことに心底から倦《う》んでいた。誰かと言葉を交わすのもいやで、いっそ言葉のつうじない外国に行きたかったけど体が弱いからそれもできなくて、一種の失語症のようになってしまった時期だった。そんなときです、熱海のストリップ小屋で踊っているダンサーの彼女と出会ったのは」

「えっ……ストリップ、ですか？」

「もちろん一人で行ったわけじゃないですよ。陣中見舞いに来た編集者とぶらぶら歩いていたら看板があったので、もうお酒はさんざん飲んでいたし、他に気晴らしするところもないし、そういうの見たことなかったし、彼と別れてカンヅメ部屋に帰れば仕事するしかなかったのでね、なんとなく入りましょうか、とわたしが言い出して。その編集者はすれた遊び人で、通俗を極めている男だったので、わたしのような女流作家がストリップを見ても何かしら小説のこやしになると考えたのでしょう」

「もしかしてその方は忠兵衛さんですか？」

「そう。悪い、おそろしい男です。わたしに小説を書かせるためならどんなことでもする、悪魔のような編集者です。それでそのストリップショウは三人のダンサーが順番に一人ずつ十分くらいの持ち時間を踊るのね。一番最初は六十歳くらいのおばあさんで、いきなり全部脱いで性器を見せて、いわゆる花電車という卑猥な芸を見せるんです。あまりに即物的で見ているのがつらくてね、飲んだ酒を吐きそうになって、忠兵衛さんにもう出ようと目で訴えるんだけど彼はまだ見ていろという。次の四十代のおばさんも、多少くねくねと踊ったりはするけどやはり売り物はさらに過激な花電車で、ファンタジーのかけらもないの。ダンサーたちはそれぞれ自分専用のカセットテープを持って舞台に上がってきて、舞台の端に置いてあるカセットデッキにセットしてから踊りだすのね。場末の小屋だから音響係も照明係もいないわけ。たぶん自分の好きな曲で踊りたいんでしょう。前の二人は歌謡曲だった。ところが忠兵衛さんを置いてもう出ようと出口に行きかけたとき、三人目のダンサーが登場して、カセットデッキからタンゴが流れてきたの」

「タンゴが？」

「その音だけに反応してわたしはもう一度席に戻った。舞台の上には三十代半ばくらいの女がしっかりと着衣のまま、挑むような目つきで客席を舐めまわしながら立っていてね。

体のつくりが、前の二人とは全然違ってた。鍛え上げられた筋肉、緊張感のある立ち姿、指先まで行き届いた神経、力のある瞳、彼女は本物のダンサーだった。服を着て踊ってもお金の取れる、服を脱ぐまでのあいだに料金分の芸をきちんと見せる、テクニックもプライドもある本物のダンサーです。もちろんストリップだから最後には全裸になって局部を見せてしまうんだけれども、彼女は花電車はしなかった。酔っ払いのオヤジに下品な野次を飛ばされても、堂々として全裸でタンゴを踊ってた。あんなに美しいダンスを、わたしはそれまで見たことがなかった」

「ひと目惚れですか？」

わたしは頷いた。

「次の日からひとりで劇場にかよって、彼女の出番だけを見続けた。三日目にステージの上から彼女が声をかけてくれた。お姉さん、タンゴが好きなんでしょ。そんなに熱心にあたしの踊り見てくれるの、お姉さんだけだよ。でもね、ここは女がかようとこじゃないよ。まわりじゅう敵だらけのジャングルの中を長いあいださまよった果てにようやく味方にめぐり会った兵士のような笑顔だった。それから仕事のあとで毎晩一緒に飲むようになって、彼女の部屋で毎晩一緒に寝るようになって、一日たりとも離れられなくなるまでにたいして時間はかからなかった。

様子を見に来た忠兵衛さんは、わたしが保養所を脱走して彼女のアパートに転がり込んでいることをおそるべき勘で突き止めると嬉しそうに会いに来て、原稿用紙を差し入れして、ついでに原稿料の前払いと称してまとまったお金を置いていってくれた。書くために他に何か必要なものはあるか、というので、ミラーボールがほしい、とわたしは言った。それがあればこの畳の部屋でも彼女とタンゴが踊れるから、と。

次の週に簡易式のミラーボールが届いて、それを取り付けると六畳一間のアパートが一瞬でダンスホールみたいになった。それは安っぽいまやかしの魔法に過ぎなかったけど、わたしたちは語り明かすかわりに一晩中でも踊り明かし、踊ることに疲れたらそのキラキラした照明の下で抱き合って、抱き合うことに疲れたら絡み合ったまま眠りについた。あれほどの深い眠りを貪ったのは、後にも先にもあの熱海での日々だけだった。

からだの相性もよかったけど、わたしたちは互いに無口で、相手のことを一切何も詮索しないからうまくいったんだと思う。無駄口もたたかないし、人の噂話もしない。愛の言葉なんか求めない。罵りあいのケンカもしない。一緒にいても、必要最小限のことしか喋らない。からだを使う商売の人は口数が少なくてこちらの想念を邪魔しないところが気に入っている。だからダンサーと小説家って、案外理想的な組み合わせかもしれない。

彼女といると、さびしい光であたためあっているようだった。書けなくなった小説家と場末のストリッパーは、きっと同じ暗闇を体の奥に抱えていて、自分を憐れむことが相手をいとおしむことになったんだよね。彼女は傍目から見たら夏そのもののような明るい人だったけど、本当は夏の終わりの海の家のようにがらんとして、忘れ物がいっぱいあって、いろんな隙間にこまかい砂粒がざらざらと詰まっているような人だった。

次の夏が来て再びここが賑わうまで、自分が番をしていようって思ったの。ここでなら自分は心から落ち着けるし、言葉を使わずに体で会話ができるし、小説も書けるから、と。そこは本当に居心地がよかった。疲れて帰ってきた彼女のいびきは潮騒のようにやさしく聞こえた。わたしたちは互いに相手の何も脅《おびや》かさず、奪ったりせず、自分の気配が相手の邪魔にならないように寄り添いあった。野良猫がテリトリーを尊重しあうみたいに慎み深く、夢なんか一度も語り合うこともなく。時には相手が泣いていることにさえ気づかないほど静かにしずかに」

「その方のそばにいらっしゃるとき、穂波さんは小説が書けたんですね。それで本格的に熱海に移住を?」

「それから二人は末永く幸せに暮らしました、チャンチャン……って終われたらよかったんだけれど。ごめんなさい、今日はこのへんにしてください」

それだけのことを話すのにひどく疲れてしまい、わたしは自分の部屋に引き上げて横になった。すぐにノックの音がして、孤塚真樹が入ってきた。わたしは涙を見られまいとして反射的に背中を向けた。電気もつけない暗い部屋のなかで、彼女は黙ったままわたしの背中を撫でさすった。そして詰まっているものを吐かせるように、時折トントン、と背中を叩いた。母親が幼な子にするような仕草だった。わたしはくちびるを噛んで嗚咽をこらえた。

「つらいお話を無理やりお聞きしてごめんなさい。でもさらにつらい後半部分をお聞きしなくてはなりません」

「残酷なひとですね。続きは小説で書きますから、勘弁してください」

「ごめんなさい。でも、穂波さんはもう七年間も死者と愛を交わされてこられたのです。書いてしまわなければ永遠に終わらないと思います。書いて決着をつけなければ、いつまでも新しい恋をはじめることはできないのではありませんか？」

「あなたは死者に嫉妬しているの？」

「そうですね。そうかもしれません。死者の冷たい手で抱きしめられ続けてすっかり凍りついてしまったあなたの体を、生きて血のかよったわたしの手であたためてさしあげたい。この手で穂波さんをあちら側からこちらの世界に奪い返したい。どなたにも囚《とら》われていてほしくないのです」

「わたしはもうあなたに囚われています」

背中を撫でさする手に熱と力がくわわり、やがて彼女の手はわたしの髪を撫で、濡れた頬を撫で、さらに熱いくちびるがわたしの首筋に押し付けられた。死んだ女の啜り泣きが耳元で聞こえたような気がしたが、生きて血のかよった女の啜り泣きがそれを上回った。

わたしは夢中で彼女のからだに手を伸ばした。頭の中でミラーボールが点滅するかと思ったが、導線はとうに断ち切られていた。わたしには湖しか見えなかった。

4

「スコールが止んだね」

マダムは窓を開けて、外の風を入れた。たっぷりと雨を含んだ街路樹の葉陰から、もう強い陽光が射し込んでいる。

「バイクの煤《すす》が洗い流されて、街がきれいになった」

「これからがいいところなのに」

「本当だ。肝心なところにさしかかる前に、いつも予定枚数が終わってしまうわたしの小説みたい。だからずるずると長くなって、編集者に怒られる」

「そのとき書いた小説が、あなたが発表した最後の作品なんですよね？　最高傑作とも謳《うた》われ、大きな文学賞も取り、映画化もされた」

孝子は深呼吸をし、話の余韻に浸りながらきいた。

「まあ、そうだね。最高傑作かどうかはともかくとして、あれが一番売れたことは確か」

「確か死んだ女と生きている女が一人の男の愛を奪い合うというお話でした。穂波さんにしては珍しく主人公がヘテロの男性で、それまでと趣向を変えて異性愛の物語として描いたために、普遍性を獲得して一般の読者にも受け容れられたんですよね。でもホナミストと呼ばれる熱狂的なファンからは激しい抗議が殺到したとか」

孝子はその作品を読んでいたわけではなかったが、事前に調べていたことをそのままぶつけた。

「そりゃあもうすごかった。売るために宗旨替えして男女の恋愛を書くなんて堕落だ、とかさんざん言われてね。過剰な愛はいつだってたやすく過剰な憎悪にすりかわるものだから」

「あまりにひどいバッシングに嫌気がさして失踪した、とも言われていますが、それは本当なんですか？」

「それもまったくなくはなかったけど、バッシングなんていつものことだし、それが原因というわけじゃないよ」

「なぜハノイだったのでしょう？　つまり、ブエノスアイレスではなくて？」

「わたしは大方、ブエノスアイレスにいると思われていた。日本から遠いぶん、南米の日本人社会は結束が強くて、互いによりかかって暮らしてるらしい。そんなところに逃げ込めばすぐに居所が知られてしまうと思ってね、意表を突いてみたんだよ。タンゴとベトナムを結ぶ接点も、わたしとベトナムを結ぶ接点も、まったく何もなかったからね。とにかくわたしは誰にも見つけてほしくなかったんだよ」

マダムは飄々として孝子の質問を受け流していた。もうじきアオザイ姿の従業員が出勤してくる時間だ。店も混み始めるだろう。そろそろ核心に迫らなければ、と孝子は思った。

「孤塚さんのために一作しか書かなかったのはなぜですか？　そこまで尽くしてくれた編集者となら、そのあともずっとコンビを組んで作品を発表したいと思われなかったんですか？」

「あの小説が賞を取ったり、映画化が決まったりした一連の騒ぎのあと、彼女が編集部を異動になってしまってね。結局、二作めのチャンスはまわってこなかった。それで書く気力がなくなってしまったというか、書く理由がなくなってしまったんだよ」

「孤塚さんがあなたの書く理由になっていたということですか？」

マダムは何も答えずに窓の外をながめていた。否定もしないが、肯定もしない。そんなときは大概、肯定しているということだ。

「それにしても、それはいささか不審な人事ですね。時期的にも中途半端だし、異動したばかりなのにまたすぐに異動だなんて不自然です。何か社内でトラブルでもあったんでしょうか？」

「たぶんわたしたちの関係に激しく嫉妬する人間がいたんだろう。どうあってもわたしたちの絆を引き裂かずにはいられなかった人間が」

「お話に出てきた恵比須という編集者ですか？」

孝子は彼の部下であることを伏せたまま尋ねた。マダムは苦々しく頷いた。

「彼にしてみたら無理もない話だよ。最愛の女を最愛の作家に奪われ、最愛の作家を最愛の女に奪われたんだからね」

「でも、たとえ担当をはずされても、お二人は愛し合っていらしたのでしょう？　孤塚さんのために書き続けるという選択肢はあったのではありませんか？　小説の現場にいなくても、孤塚さんのような編集者ならあなたに小説を書かせるためにどんな手助けでもしたはずだと思うのですが」

マダムは困ったように微笑んだ。ちょうどそのとき、アオザイ姿の従業員が入ってきて、マダムとベトナム語で短い会話を交わした。それから立て続けに二組の客が入ってきた。狭い店内は本格的な夜の営業タイムに突入しようとしていた。一介の旅行者の好奇心を満たすために商売の邪魔をするわけにはいかない。孝子は勘定を払って席を立った。

「また今度、スコールのときにでも続きを聞かせてください。今日はよいお話をありがとうございました」

マダムはカウンターの奥からかるく目礼を返して、夜の最初の一枚を選びにかかった。

＊　＊　＊

ホテルに戻ると、孝子は会社に国際電話をかけた。日本は夜の十時をまわっているが、恵比須なら普通に会社にいる時間だ。

「本当か？　本人に間違いないか？　穂波さんはお元気だったのか？」

孝子からの報告を聞くと、恵比須は押し殺した声を少しふるわせて言った。

「なぜ小説を書くことをやめて失踪したのか、その理由は言わなかったのか？」

「ええ。書く理由がなくなったからだ、としか……。孤塚さんと引き離されたことが何らかの原因ではないかという印象は受けましたが」

「俺を恨んでいるふうだったか？」

「さあ、そこまではわかりません。でももう過去のことにはこだわっていないというか、すべて水に流したようなすっきりとしたお顔をなさっていました。何しろ二十年ですからね。今のあの人はタンゴバーのマダムでいることに心から充足しているように見えましたよ」

信じられない、と恵比須は呻くように言った。

「作家の業《ごう》ってのは、そんなもんじゃないぞ。どんな状況に追い込まれても書かずにはいられないのが作家だし、どんなに書けなくても最後まで書こうとあがくのが作家なんだ。あの人たちは金儲けのためじゃなく、生きるために書いてるんだ。あの人がそんなに簡単に書くことを諦められるとは思えない」

「そこまで惚れ込んでいるのなら、なぜあの人と孤塚さんの間を引き裂いたんですか？」

言うべきことではないと思ったが、孝子はつい作家のほうに感情移入してそんなことを口走っていた。彼女の話を聞いてしまったことで、恵比須を悪玉のように感じはじめていたのかもしれない。すると恵比須は重いため息をつきながら、

「引き裂いた、か……この俺が、あの二人を……やっぱり穂波さんはそんなふうに思っていたんだな」

と言った。

「えっ……違うんですか？」

恵比須は声をひそめ、これは誰にも言うなよ、とクギをさしたうえで話しはじめた。

「俺は当時たしかに編集長だったけど、部下を俺の一存で別の部署に飛ばせるような人事権なんか持っちゃいなかったぜ。だいいち、孤塚が会社に損害を与えるようなミスをしでかしたならともかく、長年スランプだった作家の原稿を取り、賞を取らせ、ヒットさせたんだ。たとえ俺にそんな権力があったとしたって、誰にも文句を言わせない業績を残した編集者を、個人的な感情で飛ばしたりできるわけがない」

「じゃあ、なぜ孤塚さんは異動になったんですか？」

「本人の強い希望があったからだよ。津田穂波だけではなく、文芸の現場からはずしてもらいたい、と。二人の関係はうまく行っていると思っていたから、これには驚いたね。彼女の株は業界全体でうなぎのぼりの時だったんで、取締役まで総出で引き留めたんだが、頑として聞かない。希望を聞き入れてもらえないのなら退職するしかないと言って、辞表を突きつけてきた。結局のところ会社が彼女の異動願いを呑んだのは、辞表と一緒に医師の診断書がつけられていたからだ。今で言うところのうつ病だな。極度のストレスと過労で精神のバランスを失っているため、充分な休養と余裕のある職場への転職が勧告されていたんだよ」

「すごいですね。津田穂波の担当って、うつ病になるほど大変だったんですか？」

「たしかに普通の作家の十倍くらいは手のかかる作家だった。わがままで、エゴイストで、たった一言で相手を決定的に傷つける天才だったから、怒られると半月は立ち直れない。初めての顔合わせの時いきなりタメ口をきいてその場でクビになった編集者もいたし、ろくに著作を読まずにインタビューに来た新聞記者に一言も口をきかなかったこともある。とにかく扱いにくい人だった。そのくせ普通の作家の十分の一しか書かないし、売れないんだけどね。津田穂波をデビューさせた忠兵衛さんっていう伝説的な編集者がいたんだが、あれくらい老獪《ろうかい》な人じゃないと彼女の担当は務まらないと言われてた。だから二十八歳の女の子にはかなり無理があったのかもしれない。この俺でさえ穂波さんのこと、時々ぶっ殺してやりたくなったもんな。しかも彼女は八年ぶりの原稿を取ったんだ。北鎌倉から帰ってきては、よく泣いていたよ。ただでさえ人の三倍は働く頑張り屋で、まわりに弱音も吐かないようなやつだったから、会社で涙を見せるなんて相当のストレスがかかっていたんだろう。でもまさかうつ病になるほど追い詰められていたとは、さすがの俺も気づかなかった」

孝子はその話に何となく違和感を覚えた。さっき自分が聞いてきたのは、一から十まで恋の話だったはずである。孤塚真樹が北鎌倉から帰ったあと泣いていたというのは、津田穂波との仕事がつらかったからではなく、彼女への恋情のせいなのではないか。二人のあいだに恋愛感情があったことは疑うべくもなく、どちらかといえば孤塚のほうが積極的にアピールしていたという印象を受ける。原稿ほしさのための編集者の演技であるとは思えないほど、孤塚の気持ちは津田に傾いていたと思われる。津田のほうでも彼女のことを好きになり、彼女に捧げる小説を書くことで恋愛を成就させたのではなかったか？

それほどまでに想いあった二人なのに、なぜ孤塚のほうからわざわざ津田の担当をはずしてもらわなければならなかったのだろう。そればかりではなく、あれほど打ち込んでいた文芸の世界から身を引いてしまったのはなぜなのだろう。彼女はなぜ心の病にかかり、そこまで悪化させることになったのか、孝子にはどうしても腑に落ちなかった。津田の話が小説家の作り話であるとはとても思えなかったからである。

「穂波さんは孤塚さんの病気のこと、ご存知だったんでしょうか?」

「いや、ただ体調を崩して今の職場にいられなくなったとだけしか伝えなかった。孤塚からもかたく口止めされていたしね。もちろんそんな曖昧な理由で納得するような人じゃない。だからこそ穂波さんは俺を恨むしかなかったんだと思うよ」

「孤塚さんはその後どういう部署で働いていたんですか?」

「できるだけ暇な部署で好きな編集の仕事ができるよう、季刊の旅行雑誌への異動を取り計らったはずだ。何しろバブルの走りの頃だったからな、金持ちの個人旅行者向けにオールカラーの贅沢なムック本を作る編集部があったんだよ。取材にたっぷり時間と経費をかけられるおいしい雑誌で、年四回の締め切り前以外は定時に帰れるという、ほとんど重役が趣味でやってるようなのんびりとした職場環境でね。あんな優雅な時代もあったんだよなあ。もちろんバブルの崩壊とともに真っ先につぶれたけどな」

「それって、『ラブリー・プラネット』ですか? あの『ロンリー・プラネット』をもじったという? たしか家の本棚にも一冊、バリ島版があったような」

「そうそう、それだよ。『ロンリー・プラネット』の質実剛健さとはまるで違う豪華な本だったけどね」

恵比須が電話の向こうで、あっ、と小さなするどい声を上げた。孝子のほうでもまた、ほとんど同時に同じような声を出していた。

「孤塚が異動になって最初に作った号がたしかベトナム特集だったんだ！」

「それでハノイとつながりましたね」

「穂波さんはその雑誌を読んでいたのかな」

「孤塚さんが送ったんでしょうか？」

「うつ病になるほどつらい思いをしたのに、それはないだろう。穂波さんと完全に縁を切るために文芸の現場から離れたがったんだぜ。担当をはずれても同じ世界で仕事していれば必ずどこかで会ってしまうものだからね」

「しかしですね、恵比須さん。あの二人がそんなに気まずい別れ方をしたとは、わたしにはどうしても思えなかったんです。孤塚さんのことを語るときの穂波さんはとても愛情に溢れていて……きっとまだ忘れられずに愛し続けていらっしゃるんだなと思いました」

しばらくのあいだ、恵比須は黙り込んだ。この言葉をどう受け止めるべきか、逡巡しているようだった。やがて恵比須の口から絞り出された声には、二十年分の苦悩と重みが凝縮されているように孝子には感じられた。

「なあ、教えてくれ。穂波さんは孤塚とのことについて、愛という言葉を使われたのか？」

「はい……いえ、ストレートにその言葉を使ったかどうかはよく覚えていないんですが、わたしにはお二人が恋愛感情で結びついていたように見受けられました」

「よく喩《たと》えられることだが、作家と編集者の密接な関係は一種の擬似恋愛のようなものなんだよ」

「いいえ。擬似ではなく、本物の恋愛という意味です」

「それならなぜ、孤塚は穂波さんから離れていったんだ？　文芸の世界にいるかぎり、病気が治ればまた担当に戻ることもできたのに、その可能性さえなぜ捨ててしまったんだ？」

「もしかしたら……いえ、これはわたしの勝手な想像なのですが……」

「何だ、言ってみろ」

「仕事を絡めず、ひとりの恋人としてそばにいるために、孤塚さんは穂波さんと離れたのではないですか？」

「ありえない」

「どうして？　フラットな気持ちで仕事を続けるにはあまりにも穂波さんのことを愛しすぎてしまったから、身を引くしかなかったのかもしれませんよ」

「編集者なら、誰よりも彼女の本を作りたいはずだよ。それはすべてに優先される欲望なんだ。作家と編集者が惚れあうってのは、そういうことなんだ」

「はあ、そういうものなんですか……門外漢のわたしにはよくわからない感情ですね」

「それにだいいち、もしそうだとしたら、なぜ穂波さんはすべてを捨てて一人で失踪しなくてはならなかったんだ？」

「それもそうですね。そのあとも孤塚さんはうちの会社で十二年間も働き続けていたわけですし」

「いいか、失踪だぞ。引越しじゃないんだぞ。誰かが仕事の依頼をしたくても、著作権のことを問い合わせたくても、連絡先がまったくわからない。それどころか、生きてるのか死んでるのかもわからない。身寄りのいない人だったし、友だちもほとんどいなかったみたいだし、もちろん秘書もいなかった。文芸家協会にも入ってなかった。過去に絶版になった文庫を復刊させようとしても、誰が著作権を管理してるかわからないから、契約が結べないんだよ。そういう作家は忘れられていくしかないんだ。津田穂波は自分が世の中に忘れられていくことを本気で望んでいたんだよ。この世の中から消えてしまうことを！　ちくしょうめ！　それが一体なぜだったのか、俺はどうしても知らなきゃならない。二十年たってもまだ、俺はあの人に縛られてるんだ！」

恵比須は苦しげな呻き声を上げ、再び黙り込んだ。しばらくするとカサカサという乾いた音が受話器越しに聞こえてきた。手帳をめくっているのだろう、と孝子は思った。

「おまえのハノイ滞在は明日までだったよな？」

「はい。明日の深夜便で帰ります」

「俺は明日の午前便でハノイへ向かう。三時頃には着くはずだから、どこかで落ち合ってその店へ案内してもらえないか？」

「いいですけど、いきなり明日で大丈夫なんですか？」

「二十年間このときを待ってたんだ。穂波さんより重要なはずせない仕事なんて、俺にはないよ」

待ち合わせ場所を決め、じゃあなと電話を切ろうとした恵比須を、孝子は慌てて遮った。

「あっ、ちょっと待って。ひとつ教えてください。穂波さんの最後の小説はどんな結末だったんですか？　死んだ女と生きている女とで一人の男の愛を奪いあった挙句、どちらが勝ったんですか？」

「生きている女だよ。そうして男は再び生きる力を取り戻すという、穂波さんには珍しい前向きな終わり方だった。それまでの彼女の小説なら死者に軍配を上げていたかもしれないが、何か心境の変化があったんだろうな。だからこそ俺は余計に悔しかったんだよ。ホナミストたちの囲い込みからようやく自由になって、より多くの読者を獲得できる小説をこれからどんどん書いていただきたいという矢先のことだったからね」

「その本、読んでみたいので、明日持ってきてもらえますか？」

「おう、いいとも。俺も久しぶりに往きの機内で読み返してみるよ。ホナミストには叩かれたが、あれは傑作だったと俺は思ってる。穂波さんは決して堕落したんじゃない。四十五歳にしてやっと普通の小説が書けるようになったんだ。十七歳でデビューして、早熟の天才少女とか言われて、それから一貫してエキセントリックな作品ばかり書き続けてきたけど、あの人は長いあいだずっと普通の小説を書きたかったんだよ」

やはりこの男は記者というよりは、根っからの編集者なのだ、と孝子は思った。そんな天職を失うことになったのは、津田穂波という彼にとっての最愛の作家を彼が永遠に失ってしまったからに違いない。そのことによって彼もまた編集者であり続ける理由をなくしてしまったのかもしれない。

孤塚真樹が異動になったあとも、恵比須は遠くから彼女を気遣い、つかず離れずして見守り続けたと言われている。彼女と津田穂波とのあいだの不愉快な噂——色仕掛けで作家をたらしこみ、体で原稿を取ったという——が流れたときも、恵比須は真っ先に彼女を庇い、噂を否定し続けたと言われている。そして孤塚真樹にプロポーズを断られても、ずっと彼女のことを想い続けた、とも。その後五十五歳の今に至るまで誰とも結婚しなかったのがその証拠だ。孤塚のほうでも独身を押し通したが、やはり津田穂波のことを忘れられなかったからに違いない。

彼女が四十歳で会社を辞めたとき、孝子はまだ新入社員だった。言葉を交わしたことはなかったが、エレベーターや社員食堂ですれ違うたび、品があって物静かな、何とも言えずエレガントな日本語を話す、独特の雰囲気のあるきれいな人だと思っていた。ずいぶん後になってからその人が津田穂波の恋人だったという噂を耳にしたが、それはとてもよくわかると孝子は思ったものだった。恵比須からも作家からも熱烈に愛されるに足る女性だと思ったのだ。会社を辞めたあとの孤塚は社内の誰とも音信不通となり、どこで何をしているかはわかっていない。

恵比須がハノイに飛んでくることで、この息詰まる三角関係は二十年の歳月を超えていまだに続いているのではあるまいか、と孝子はおそろしくなった。恵比須が津田穂波をずっと探し続けていたのは、あるいは孤塚真樹の行方に関する手がかりを探りたかったからなのかもしれない。二人の女がいまだにどこかでつながっているかもしれないことを、彼はひそかに夢想しているのかもしれない。

＊　＊　＊

翌日の夕刻、ホアンキエム湖にほど近い滞在先のホテルのロビーで孝子は恵比須と落ち合った。

その数時間前、孝子はひとりでサイゴン・タンゴ・カフェを訪れて、念のためマダムに席の予約を入れておいた。週末の夜は欧米人たちで混み合い、店に入れないこともあったからである。それは記者という職業にしみついた何事にも万全を期す習性のためだったが、マダムにはけらけらと笑い飛ばされる始末だった。

「ベトナムじゃいちいち予約なんかしないよ。日本人の悪癖だね」

「でも今日は日本から特別な客が来るんですよ。あなたに会いに」

急にマダムの顔から笑みが消えた。ここで自分に会ったことは誰にも言わない約束だったんじゃないのか、という目でじろりと孝子を睨みつけている。

「ごめんなさい。約束を破ったことは謝ります。でも二十年間、あなたに会う日を待ち焦がれていた人がいます。わたしの上司、恵比須一平です」

「あんたの上司だって?」

「彼は今ではもう小説の編集者ではありません。わたしと同じ部署の部長をしています。知り合いだということを黙っていて、すみませんでした」

やれやれ、というようにマダムは肩をすくめてみせた。そしてそれきりプイと背中を向けて、レコード棚をながめはじめた。あきらかに機嫌を損ねたようだった。

「今日の五時に彼をここに連れてきます。いきなりお会いになるよりは、心の準備をなさってからのほうがいいと判断したので、言いに来ました。会ってくださいますよね?」

「カフェのいいところはね」

背中を向けたままマダムが言った。

「客を選り好みしないところさ。どんな客でも受け容れて、くつろいでもらう。そんなフランスのカフェ文化がこの国のカフェにも根強く残っているんだ。だから、来たけりゃ誰でも勝手に来ればいい」

「ありがとうございます。では、後ほど」

孝子が店を出るときも、マダムは背中を向けたままだった。名前のない黒い猫が、いつものようにカウンターの上に寝そべって毛繕いに精を出していた。

「おまえ、日焼けしたなあ！　まるでそのへんのベトナム人と見分けがつかないじゃないかよ！」

ホテルのロビーにあらわれた恵比須は暑さにぐったりした様子で憎まれ口をたたいたが、彼なりに緊張しているのが孝子には痛いほどよくわかった。

「今夜の宿はどうしました？　まだならここを押さえましょうか？」

「いや、ちゃんと取ってある」

恵比須はカバンから『ラブリー・プラネット』の古びたバックナンバーを出して孝子に見せ、表紙を指差した。会社の資料室の蔵書であることを示す判が押してある。ベトナムを特集したその号の表紙には、ハノイ一の名門ホテルの白い優美な全景がライトアップされた写真が使われていた。

「メトロポールに泊まるんですか？　いいなあ。わたしも泊まりたかったんですけど、予算オーバーで諦めたんですよ。すっごいお高いじゃないですか」

「ここは別格だからな。ハノイ一どころかベトナム一、ひょっとするとインドシナ半島一なんじゃないか。この雑誌でもかなりのページを割いてメトロポールの紹介をしている。

文章の癖でわかったんだが、ハノイのページはどうやらすべて孤塚が担当していたようだ。特にこのホテルについては彼女の思い入れの強さがひしひしと伝わってきたから、ぜひ泊まってみたくなってね。ゆうべ予約のファクスを入れたときは満室だと断られたんだが、今朝になって運良く旧館のクラシックルームにひとつキャンセルが出たという連絡をもらって、泊まれることになったんだ」

「それはラッキーでしたね。孤塚さんの思し召しですかね」

「いや、穂波さんの思し召しだろう。そろそろ行こうか」

恵比須の喉が潤ったところで、二人は旧市街まで歩き、サイゴン・タンゴ・カフェへ向かった。

ところがどうしたことか、あれだけ何度もかよいなれた店だというのに、孝子は道に迷ってしまった。迷路のような細い路地をぐるぐると歩き回り、何度も角を曲がり直しては目じるしのフォー屋をめざすのだが、簡易屋台のようなつくりのフォー屋そのものが家《や》うつりでもしてしまったか、行けども行けども見つからない。

「おい、どうした？　道がわからなくなったのか？」

「えーと、ここはハンガン通りで、右へ行くとハンブオム通り、左に行くとランオン通り……あれえ、おかしいなあ」

「ここはさっき通らなかったか？　ほら、風呂椅子みたいなプラスチックの椅子を店先に出して居眠りしてるおばあさん、さっきも見ただろ」

「そんなおばあさんはそこら中にいるんですってば」

「いや、確かに通ったぞ。さっきも同じ場所で天秤棒のパイナップル売りの女がとうもろこし売りの男と立ち話をしてた」

「ハノイの旧市街で道に迷うと、どこを通ってもどこかで見たような光景にぶつかって、抜けられなくなるんですよ」

「さっきからぐるぐるぐるぐる、ずっと同じところを歩いてるような気がするぞ。誰かつかまえて道をきいてみろよ」

「英語はほとんど通じないんですよ。それにその店は看板も出さずにひっそりと営業してるんで、英語が通じてもわかるかどうか……」

「だったら店に電話して道をきけばいいじゃないか」

「その店には電話もないんですよう」

どうやら本格的に道を見失ってしまったらしい。夕方の五時を過ぎても気温は下がらず、湿度はさらに増してくるように感じられる。足は棒のようになり、意識は少しずつ朦朧としていく。だが孝子の困憊ぶりとは裏腹に、恵比須の目は一歩ごとに輝きを増していくようだった。

「やっぱりあの話は本当だったのかも」

「え？　何の話だ」

「結界ですよ。旧市街のところどころには結界が張り巡らされていて、それを抜けられるのは熱愛中の恋人同士だけなんですって」

「何かの小説の話かい」

「穂波さんがそう仰ったんですよ」

「ふん、いかにも言いそうなことだな」

「やっぱり、わたしと恵比須さんとはご縁がないんですかねえ」

　地図をながめているとめまいがしてきて、孝子はその場にしゃがみこんだ。自分が思いを寄せていることをさりげなく伝えたつもりだったが、恵比須はまったく気づいてもくれない。真剣な目つきで街の隅々を観察しているばかりだ。

「穂波さんはこういうところで二十年も暮らしてきたのか……こんなゴチャゴチャとした、とても清潔とは言えない、バイクの音がうるさいところで……似合わないなあ……面白いなあ……ここの一体何がそんなにお気に召したのかな……」

　疲労に眠気がまじりこんで、下手をするとこのまま眠ってしまいそうだった。夢中になってふらふらと反対側へ歩き出した恵比須が後ろから来たバイクに撥《は》ねられそうになり、すさまじいクラクションの砲撃を浴びている。その音で孝子はようやく我に返った。

「勝手に歩かないでください。迷子になったら二度とここから出られませんよ。ここで動かずに待っていてください」

何とかしなければと、片っ端からバイクタクシーやシクロの運転手をつかまえては店の名前をあげてみるのだが、誰も知っている者はいなかった。通りの名前さえわからないのでは、どうにもならない。初めてのとき、なぜ偶然にあそこに行き着き、二度目も三度目も四度目も五度目も迷わずにたどり着けたのか、今となってはそのことが不思議でならなかった。

「駄目です。ごめんなさい。どうしても道がわかりません。せっかく日本から来てくださったのに……穂波さんに会わせてあげたかったのに……」

とうとう匙を投げ、泣きそうになっている孝子を見て、恵比須は笑って肩をたたいた。

「もういいさ。気にするな。穂波さんの住んでる街を見られただけでよかったよ。来る前は半信半疑だったんだが、実際にここを歩いてみて何となく腑に落ちた。ここの街路樹はなんてすばらしいんだ！　それに路地のあちこちからうまそうな匂いが漂ってくる。誰も他人のことなんか気にしない。ガキをボコボコこしらえて、のびのびと育ててる。天秤棒で材料を運んで、道のそのへんに椅子を並べて、即席のメシ屋にしてしまう。それがみんな実にうまそうなんだ。タフで、働き者で、しなやかなベトナム人に受け容れられて、あの人はここで生きてきたんだってことが、肌身をとおして理解できたような気がする。おまえのおかげだよ。ありがとうな、孝子」

名前で呼んでくれたのは初めてのような気がした。嬉しさと申し訳なさに感極まって、孝子はついに泣き出してしまった。

「泣くんじゃないよ。お礼にメトロポールのレストランでメシおごるからさ。ネットで調べたらフレンチもベトナム料理もどっちも評判がいいみたいなんだが、おまえどっちがいい？」

どちらでも、としゃくりあげながら孝子が言うと、恵比須はシクロをつかまえて、メトロポールへ、と告げた。

「乗る前に料金交渉しなくて大丈夫ですか？」

「この運転手は大丈夫だ」

「なぜわかるんですか？」

「顔を見てみろ。実直そうな、実にいい顔をしている。だから絶対にぼられない。ぼられたとしても、このおっさんなら腹も立たない。言い値で払ってやるさ」

たしかにハノイの街なかには、年取った天使のような顔立ちのおじさんが時々いて、ニコニコとシクロを漕いでいたり、フォーを作っていたりする。どのように生きればこんな顔になれるのだろう、と孝子も何度か見とれたものだった。

「こんな顔のおっさん、今の日本には絶対いない。穂波さんがここに住んだの、わかるような気がするな」

「この人、運転も絶妙に上手いですね。こんなにバイクがひしめきあっているのに、すごく安心して乗っていられます」

「うん、これがプロってもんだ。仕事に誇りを持ってるんだ。なんだか泣きたくなっちまうぜ」

恵比須はテンションを上げ続けたまま日本からやって来て、それが今ピークに達しているのだろう。本当はどんなに悔しいことだろう。部下の手前あからさまに落胆することも悔し泣きすることもできずに、こんなふうに涙を浮かべている男を、孝子はやはり好きだと思った。

恋心というものはこのように決して交わることなく一方通行の平行線のまま、四角にも五角にもなって果てしなく増幅されていくのだろうか。この世界のいたるところには目に見えない恋心の平行線の糸が蜘蛛の巣のように絡み合って張り巡らされ、それが結界となって人を道に迷わせたり、翻弄したりするのだろうか。そんなことをやりきれぬ気持ちで孝子が考えていると、メトロポールホテルの車寄せが見えてきて、シクロの屋根にスコールの最初の一粒が落ちてきた。孝子と恵比須はタイミングの良さに感謝しながら、チップをおおいにはずんで、シクロを降りた。

笑顔のハンサムなドアマンにドアを開けてもらい、ロビーに足を踏み入れた途端に、ザーッとバケツをひっくり返したような激しい雨が降り出した。アオザイの制服を着た美しいスタッフが、ちょうどよいときに到着されましたね、と声をかけてきたとき、孝子の隣を歩いていた恵比須の呼吸が一瞬止まり、体がこわばるのが伝わってきた。

彼の視線の先には、二十年前と変わらぬであろう威厳をたたえて穏やかに微笑んでいる、彼の最愛の作家がいたのである。

5

孝子は、恵比須が泣くのではないかと思った。彼がよろよろと駆け寄っていくと、津田穂波はソファから立ち上がり、あのとろけるような微笑で彼を迎えた。二人はしばらくのあいだ無言で見つめあい、やがてどちらからともなく腕を伸ばしてその手に触れあい、互いに相手が生きていることを確かめあった。自分がもしこの場にいなかったら恵比須は号泣していたかもしれないな、と孝子は思った。

「人のことは言えないけど、あんたも年取ったね」

「もう五十五ですよ。定年までカウントダウンに入っちゃいましたよ」

「わたしなんか棺桶までカウントダウンだよ」

「いやいや、すっかり逞しくなられて。昔とは見違えるようです。ベトナムの水がお体に合うんですかね？」

「そういえばこっちに来てから風邪もひかなくなったし、おなかもあまり壊さなくなったわ。ベトナムの水が合うというより、小説を書かなくなったせいじゃないかしら。きっとカフェの経営のほうがわたしの天職だったんだね」

「それを言われると痛いですが、この調子なら百まで長生きしそうじゃないですか。安心しましたよ」

「それにしてもマダム、なぜここがお分かりになったんですか？」

孝子が疑問をぶつけると、作家はマダムの顔に戻って孝子に笑いかけた。

「あんたたちが店に来なかったんで、こっちから出向いてやったんだよ。スコールのときに続きを話す約束だったろう？　恵比須くんならきっとここに泊まるだろうと思ってね」

「さすが穂波さんだ。二十年会わなくても、僕のことはお見通しなんですね」

恵比須が顔をくしゃくしゃにして喜んでいる。作家の前に出た途端に「俺」ではなく「僕」と言うところが、孝子には何とも微笑ましかった。支配人らしき風格の男がロビーを通りかかり、津田の姿を認めると満面の笑みを浮かべながら近づいてきて、彼女と親しげに挨拶を交わし、握手をして、離れていった。その様子からどうやら彼女がこのホテルの上客らしいことが見て取れた。

「ここ、よく使われるんですか？」

「たまにね。外の空気が吸いたくなったときに、ほんのちょっぴり贅沢するの」

「よかったら食事をしながらお話ししませんか。穂波さん、フランス料理お好きでしたよね？　昔はさんざん東京じゅうのフレンチの名店を一緒に食べ歩いたものでしたね」

「ありがとう。せっかくだけど、もう年でね。とてもフレンチのコースなんて食べられなくなってしまったんだよ。この頃じゃお椀に一杯のフォーで充分おなかいっぱいになるの」

津田がそう言ったので、三人は館内のベトナム料理レストランに腰を落ち着けた。ここでも店長自らが津田に挨拶に来て、奥まった一番いい席に案内された。メニューが配られると津田はろくに見ようともせず、何でもいいから軽いものを、と言っただけだった。

「あんなに食べることに貪欲だった穂波さんらしくないですねえ。まさか柄にもなく遠慮してるんじゃないでしょうね」

「あんたに遠慮なんかするもんか。うっかり老眼鏡を忘れて、字が読めないの。それに店を女の子に任せてちょいと抜け出してきただけだから、あまりゆっくりできないんだよ」

再会を祝してシャンパンで乾杯すると、民俗楽器の生演奏とダンスのサーヴィスがはじまった。だがそれに耳と目を向けている余裕は孝子にも恵比須にもなかった。彼女は突然話しはじめた。津田穂波の口から語られる言葉の一言一句を、全身で聞き取ろうとすることに精一杯だった。

＊
＊
＊

あんたたちが訊きたいのは、わたしと真樹のことだったね。それはとてもスコールが上がるまでのあいだに話し切れるものじゃない。たぶん一晩でも足りないだろう。長い長い話なんだよ……真樹とのことは。

彼女が担当だったとき、わたしたちが愛し合っていたかどうかって？　それはわからない。わからないんだよ、本当のところどうだったのか。作家と編集者の駆け引きなんて、狐と狸の化かしあいみたいなものでね。編集者は会社の意向を背負っていて、部数だとか何だとかどうしても利害が絡まってしまうから、純粋な恋愛は成立しにくいところがある。編集者ってのはつねに作家の足元を見て、値踏みして、どこをどう押してどう転がせばよりよい原稿を絞り取れるか、それしか考えてない。作家のほうがよほどウブな生き物なんだよ。もちろんこれはただの一般論で、彼女がそうだったと言ってるわけじゃないよ。すべてはこの男に仕組まれただけだったような気もするしね。

ねえあんた、恵比須くん、わたしと彼女が恋に落ちるように仕向けたでしょ？　わざと反対して、手を出したら担当をはずす約束までさせて。でもそんなのは恋する者にとっては火に油を注ぐようなものだってこともお見通しだった。悪い男だねえ。結局あんたの目論見どおりになって、小説がひとつ出来上がった。

違うかい？　そうじゃなきゃ、わたしのことたぶらかして原稿取ってこいって命令しなかった？　小説の供物なんて言葉、いかにもあんたが好きそうな言葉だったよねえ。ひょっとしてラブレターの添削までしてたんじゃないの？　わたしが言われたがっている言葉、好きそうな言葉、あんたほどよくわかっている編集者はいなかったからね。それを若いきれいな女の子に言わせたらたちまちわたしがメロメロになるって思ったんだろう。

わたしにはずっとわからなかった。彼女は原稿がほしいだけだったのか。それとも本当にわたしを愛していたのか。百回好きだと言われても、この手で抱いても、どうしてもわからなかった。

それにはもうひとつ理由がある。わたしと出会ったとき、彼女にはすでに将来を約束したパートナーがいたんだよ。それを知らされたのは小説を渡した直後のことで、もう抱いてしまったあとだった。

「もっと早くお話しするべきでしたが、そのために穂波さんのやる気が損なわれたらと思うと、どうしても言えなかったのです。ごめんなさい」

「やっぱりあなたは原稿がほしかっただけなんですね」

「それは違います。彼女がいながらどうしようもなくあなたに惹かれていく気持ちを、自分でもどうすることもできませんでした。彼女に申し訳ないと思いながらも、わたしはあなたを求め、あなたを好きになってしまったのです。それだけはどうか信じてください」

真樹はひどく泣いていた。たった今渡したばかりの、八年ぶりに書き上げた小説を、彼女の手から奪い返して、びりびりに引き裂いて捨ててやろうかとわたしは思った。それくらいの気持ちだったが、それでもどうにか表面は冷静さを装って、彼女に尋ねた。

「正直に打ち明けてくれて、ありがとう。それであなたは、この先どうするおつもりなんですか？　彼女と別れてわたしとおつきあいをしたいですか？　それとも……」

「もちろん、心はすべてをなげうって穂波さんに傾きたがっています。でも彼女とのあいだには責任もあります。もう五年もつきあっているので、簡単に別れることはできません」

「すると、わたしとのことをなかったことにしたいと？」

「いいえ。断じて。わたしはもうあなたを愛しているのです。この気持ちに蓋をしたまま、この先の人生を彼女と二人で生きていくことなんかできません」

「それなら、一体どうしたいのです？　まさかその彼女と、十七歳も年上の担当作家と、二股をかけ続ける気じゃないでしょうね？」

「人一倍プライドの高い穂波さんがそんなことをお許しにならないことくらい承知しています。でも信じていただきたいのは、わたしと彼女がもう家族というか、親友のようになってしまっているということです。セックスは最初の一年でなくなって、今では身内のように寄り添っている穏やかな関係性が続いています。つまり、わたしと彼女はもはや恋愛関係とは呼べないのです」

「寝なければいいというものではないでしょう。そんなにも深い絆で結びついた恋人を裏切って、あなたはわたしと寝たんですか？　そのことに良心の呵責はないのですか？　わたしに対しても、彼女に対しても、恥ずかしいとは思わないんですか？」

「ごめんなさい……ゆるしてください……」

会えばそんな諍いばかりの日々がしばらく続いた。その一方で、仕事は着々と進行していった。通常なら雑誌担当者が書籍をつくることはあまりないのだが、あのときは特別に真樹が書籍担当もやりたいと会社に申し出て、わたしの本をつくることになった。恵比須くんにしてみたらすべてが思惑どおりに運んで、してやったりとほくそ笑んだことだろうね。そして真樹には間を置かずに次の作品を取ってくるようにと催促を急《せ》かしたことだろう。真樹にとっては、あの頃が一番つらかったのではないだろうか。あの頃の彼女の顔を思い出すとき、泣き顔しか浮かんでこない。わたしと会えばいつ相方と別れるのかと責められ、会社に戻ればいつ津田の新作を書かせられるのかと急かされ、気持ちの休まる暇がなかったことだろう。

でもわたしのほうだって、気が狂いそうな毎日だったんだよ。真樹はどうしても片方を選べないと言った。愛してるのはわたしであり、わたしとしか寝ていないと言いながら、それでも相方と別れることはできないのだと。

「セックスがないなら簡単でしょう。なぜ別れられないの？　彼女のどこがそんなにいいんですか？　彼女にあってわたしにないもの、彼女がわたしよりすぐれている点を挙げてみてください」

「比較の問題ではなく、年月の問題です。五年という時間をわたしたちはともに積み重ねてきたのです。彼女は穂波さんのように有名な作家でもないし、ただの平凡な会社員ですが、わたしという人間を一番よくわかっていて、わたしが一人前の編集者になるまでのあいだずっとそばにいて、励まし続けてくれたんです。わたしがあなたの担当になったときも、一番喜んでくれたのは彼女でした。彼女がいなければわたしは自分のセクシュアリティを受け容れることもできなかったし、この社会で胸を張って仕事をすることもできなかった。わかってください。自我の確立に深く関わっている人なんです。そういう人を、新しく好きになった相手ができたからといって、簡単に切り捨てるわけにはいかないのです。穂波さんの小説にもそういう不器用なヒロインがよく出てきますよね。恋人はそのように誠実に愛するべきだと、あなたは小説の中でわたしたちに教えてくださったではありませんか？」

「わたしの小説のせいにしないで。あなたのようなやり方のどこが誠実なんですか？　あなたは自分が傷つきたくないだけでしょう。恋愛はきれい事じゃありません。人間はね、同時に二人の人は愛せないようになってます。どちらか一人を選ばなくてはならない。あなたがどうしてもその方と別れることができないのなら、わたしが身を引くまでです。わたしはこんな三角関係に耐えられる人間ではありません」

「いやです。穂波さんとは絶対に別れたくありません」

「もう原稿はお渡ししたから、元は取ったはずです。あなたは原稿のために恋愛ごっこを仕掛け、わたしはまんまとそれに引っかかった。でもそのおかげで小説がひとつ出来たのだから、それでいいじゃないですか」

「わたしの気持ちは恋愛ごっこなんかじゃありません。それにわたしはこの先ももっともっとあなたの小説をいただきたいのです」

「お断りします。二股をかけられている卑しい編集者に、二度とわたしの小説をさしあげるつもりはありません。その汚い手で、わたしの髪を撫でたあとで別の女の手を握る汚らしい手で、わたしの神聖な原稿を触ってほしくないですね」

わたしの言葉は次第に毒を増していき、凶器となって、際限なく彼女を刺し続けた。それなのに会えば抱かずにはいられず、抱いてしまえば彼女への愛を深めずにはいられなかった。そして愛が深まれば深まるほど、身悶えするように苦しみも深くなった。考えてみれば彼女のほうがわたしよりずっと苦しみが深かったはずなのに、わたしは自分の苦しみに目が眩んで、彼女を思いやる余裕がなかった。

「時間をください」

と、真樹はさんざん泣いたあとで言った。

「すぐには無理だと思いますが、彼女には時間をかけてわかってもらいます。ですからどうか、わたしに彼女を説得するだけの時間をください」

「一ヶ月ですか、二ヶ月ですか？」

「わかりません。一年か二年か……いいえ、一年以内には何とかしたいと思っています」

「お話にならない。お断りします」

「彼女はとてもわたしを愛してくれていて、わたしを失えば生きてはいられないほどわたしのことを必要としてくれていて……だからどうか一年だけ待ってくださいませんか」

「あなたを愛していて、あなたを失ったら生きていけないのはわたしも同じですよ」

愛の言葉が相手を打ちのめす瞬間を、わたしは初めて目撃した。真樹はからだを二つに折って何かを吐くような仕草をし、心臓に手を当てて、とうに枯れきった涙を瞳から血のようにこぼしてみせた。わたしは本当に血が流れたのではないかと思った。

「なるべくなら言わずにおこうと思っていましたが、穂波さんにそこまで仰っていただいた以上は申し上げなくてはなりません。実は彼女は現在、五十六歳になります。そのうえ、もう四年も難しい病気と闘っています。手術で腫瘍を摘出しましたが、再発のおそれをつねに抱えています。今度再発して大きな手術をすることになればもう助からないかもしれわたしはまず相手の年齢に衝撃を受けた。五十六歳といえば彼女の倍の年齢であり、わたしより一回りも年上ではないか。わたしは勝手にその女のことを彼女と同世代だと思い込んでいたのだ。それから病気の話に対しての衝撃がやってきた。わたしの頭はパニック状態に陥った。

パニックがおさまったとき、彼女がなぜその人と別れられないか、ようやくすとんと腑に落ちた。セックスが最初の一年でなくなったわけも、家族のように寄り添っているという言葉も、彼女に対して責任があるということの意味も。何もかもが鮮やかに腑に落ちて、それから深い悲しみにつつまれた。

「なぜもっと早く言ってくれなかったんですか？」

「彼女の病気を言い訳にしたくなかったのです。あの人はわたしの恋とは無縁のところで必死に病魔と闘っているので」

「言ってくれてよかった。でなければ、あなたを恨み続けるところでした。それにしても、あなたはうんと年上の女性がタイプなの？」

「年輪の滲み出た美しい皺のある方にしか、わたしはエロスを感じないのですよ」

「そのうえ病弱な人が好きだなんて、わざわざ苦労をしたいんですか」

「一年だけ待ってくださいますね？」

「ひとつ教えてください。その人にはあなたの他に面倒を見てくれる身内はいないんですか？」

「お年を召したお母様が一人だけ。でも、ぼけがかなり進んでいて、介護施設で暮らしています。病人に付き添うことはできません」

「そういうことなら、その必要はありません。わたしが諦めます。そんな人を捨ててわたしのところに来てくれと迫るほど、わたしは人非人ではないつもりです。一年と言わず、五年でも十年でもいつまでも、心ゆくまでその人のそばにいてあげてください。その人のほうがわたしよりもずっと切実にあなたのことが必要でしょう」

「それは本心からのお言葉ですか？」

「もちろん。わたしは健康な分だけまだ、あなたを失うショックに耐えられる。でも病人の場合は命にかかわる。わたしが我慢すればすむことです」

「そんなの嘘です。穂波さんだって命にかかわると、わたしを失ったら生きてはいけないと、さっき仰ってくださいましたよね？　それはわたしも同じなのです。あなたを失えばわたしもまた生きてはいられないのです」

今度はわたしが泣く番だった。わたしたちはこんなにも愛し合っているのに、どうして添うことができないのだろう。神様、理不尽です、と天に向かって呪詛の言葉を投げつけながら、わたしは泣いた。真樹のからだを抱きしめて泣いていると、彼女がいつも涙と鼻水を舐め取ってくれた。

「穂波さんが泣くとき、いつでもわたしが鼻水を舐めてさしあげますからね。だから思いきり泣いていいですよ。眠れないときは、胸に抱いて眠らせてさしあげたい。書けないときは、一緒にタンゴを踊ってさしあげたい。わたしがおそばにいられなくても、このからだが隅から隅まであなたのものであることをどうか一瞬たりともお疑いにならないでください。わたしの魂があなたに支配されていることをどうか片時も忘れないでください」

彼女の湖は子宮のように深く、底がないように思われた。そのほとりで憩うことを許されているのがわたしひとりだけではないからといって、どうしてそこを立ち去ることができただろう。湖のまわりには豊かな森も、やさしい光も、澄んだ空もあったのだ。そこはわたしのための場所だった。そこでわたしは蚕が糸を吐き出すように、ゆったりとした気持ちで好きなだけ言葉を紡ぎだせばよかった。糸を織物にして市場へ持っていくのは真樹の仕事だ。そのささやかな家内制手工業をこつこつと営んでいくことが、わたしのそれからの人生の目標になった。もうひとり別の誰か弱っている人がわたしたちの工場のそばで休んでいることには、目を瞑《つむ》ることに決めた。

真樹はわたしに対して負い目のようなものがあったのだろう。おそらくは他の業務をかなり犠牲にして、わたしの本を売り込むことに東奔西走してくれた。彼女のいささか常軌を逸していると思われるほどの熱意は営業を動かし、書店を動かし、評論家を動かし、出版業界のそこかしこに小さな渦を作り出していった。賞などというものは時の運だが、それさえも味方につけて、わたしの本に世俗的な付加価値を与えてくれた。

それはまさに獅子奮迅の働きだったと思う。わたしの原稿にそこまでしてもらうだけの値打ちがあったことを、わたしは誇りに思い、そして素直に喜んだ。正直に言えばわたしにとっては部数や賞などどうでもいいことだったが、それによって彼女が心の底から喜んでくれる顔を見るのは嬉しいことだった。もちろん、

「わたしはただ自分の仕事を誠実にしているだけですよ。負い目など関係ありません」

と真樹なら言ったかもしれないが。

しかし、運命とは皮肉なものだ。ちょうど受賞と前後するタイミングで、真樹の相方の病気が再発してしまった。それは危うい三角関係の綱渡りを続けながらわたしたちが最もおそれていたことであり、誰がバランスを崩して綱から落下してもおかしくない危険性を孕んだ分岐点だった。そのことを境に真樹がわたしから決定的に離れていくかもしれないと、わたしはどこかで覚悟していたように思う。だから、

「穂波さんのおそばにいられなくなりました。あの人を最期まで看取ってあげたいと思います。それは最初から決めていたことです。わたしは重病人を看護しながらあなたに抱かれることを夢見るような悪い女ですけど、せめて彼女が亡くなる瞬間だけは手を握っていてあげたいのです」

と真樹に言われたとき、黙ってすべてを受け容れたあとで、これで本当に彼女を失ってしまったことを知った。

真樹は悔いなく相方を看取る時間をつくるために会社に異動願いを出した。わたしと病人とのあいだで気持ちが引き裂かれて、彼女がうつ状態になっていたのは事実だったが、会社に提出した診断書はいとこにあたる医師にちょっと色をつけてもらっただけだと聞いている。そうでもしなければ異動願いを受理してもらえそうにないからと、彼女なりに頭をひねったのだろう。文芸誌の編集部にいたらほとんどプライベートな時間が持てない。文芸の世界を離れることは、その少し前から考えていたようだ。

「わたしつくづく文芸編集者には向いていないことがわかりました。だって、穂波さんのお原稿を一度でも頂いてしまったら、それ以外の原稿を読むのがどんなに苦痛でつまらないか、身にしみてわかってしまったのですよ。いっそ津田穂波専属の編集者になりたいくらいですけど、それでは会社からお給料がいただけません。だからこの世界で仕事することにもう未練はないのです。本当に面白いくらいきれいに吹っ切れてしまったんですよね」

それが本心だったのかどうかはわからない。たぶん半分くらいは強がりだったのだろう。ただひとつの心残りは、津田穂波を自分以外の誰かが担当することだと言った。穂波さんのお原稿を他の誰にも渡したくない。そう言って、いつまでも泣きじゃくっていた。ちいさな声で、拳をにぎりしめて、ままならない世界にえんえんと駄々をこね続ける子供のように、わたしの胸の中で一晩中泣きじゃくっていた。

わたしは彼女と一緒に泣くかわりに、彼女の涙をシャツにたっぷりと吸い込ませたまま音楽室にこもって、ひとりで泣いた。わたしの湖、森に囲まれた湖のほとりのあの工場を、わたしは永遠に追い出されてしまったのだ。わたしたちのささやかな家内制手工業の営み、あの祈りにも似た日々の務め、おのれを捧げあって粛々と積み上げてきた共同作業を、もう二度と一緒におこなうことはできない。

結局わたしは、彼女がわたしを捨てて病人を選んだことではなく、わたしの小説をともに製造する工場を彼女が捨ててしまったことを、どうしても許すことができなかったのだと思う。作家にとってそれ以上の裏切りも絶望もない。わたしは彼女のために気が狂うような美しい小説を書きたかった。それを彼女に捧げたかった。彼女にはいつまでも、どんなことがあっても、わたしの編集者であり続けてほしかった。わたしの小説の一番最初の、そして一番熱い読者であり続けてほしかった。最愛の女になれなくても、せめて最強の編集者であり続けてほしかったのだ。

そのようにしてわたしはわたしの湖を失い、書くための理由を失い、作家であり続ける矜持を失った。その瞬間から、あてどもなく果てしもない、底なし沼のような失墜と彷徨がはじまったのである。

これがわたしと真樹との、長くて短い物語だ。

彼女との関係は、公私ともにそのとき終わった。

この話にはひとつ後日談がある。

別れたあとで、一度だけ彼女に会ったことがある。

別れて半年ほどたった頃、突然ベトナムから国際電話がかかってきた。病人の手術がうまくいって、容態が安定している時期だと言っていた。旅行雑誌の取材でハノイに来ていて、メトロポールホテルの窓からスコールを眺めていたら、急にわたしの声が聞きたくなったのだという。考えてみればおかしな女だ。半年ぶりに連絡してきたと思ったらいきなり、

「ベトナムのスコールってすごいんですよぅ穂波さん。今から見にいらっしゃいませんか?」

とのんきな声で言うのだから。まるであのときの夏みたいに、

「合宿に出かけましょう、穂波さん」

って言われたように、わたしには聞こえた。そうしたらとても我慢ができなくて、すぐに飛んで行ってしまった。

彼女はよりを戻したかったわけではない。むしろその逆だった。半年たって、やっとい

ろんなことが本当に吹っ切れたのだろう。わたしの担当をはずれて、文芸の現場を離れて、病人に寄り添う静かな生活に馴染んだ頃、ちゃんと別れ話をしていなかったことに気づいたのだそうだ。どさくさにまぎれてなし崩しに別れたまま、わたしとの今生《こんじょう》の縁が切れたら一生後悔すると思ったのだという。

あれは今思い出してもせつなくなるような、甘くて悲しい三日間だった。ホテルの部屋の窓枠の形も、アイロンのかかった清潔なシーツの匂いも、重厚な木の床を踏みしめる感触も、長く仄暗い廊下を照らす幻想的な灯《あか》りの色も、まるで昨日のことのように思い出すことができる。ホテルは生き物のようだった。あの部屋の天井にはわたしたちのきぬぎぬの声が吸い込まれ、寝台には汗と涙がしみこんでいる。今あの扉を開けたとしても濃密な愛の気配がそのまま残っているに違いない。スコールのあとの気だるい湿気にまじりあった彼女の移り香までも生々しく封印したまま、窓辺に漂っているような気がする。

別れるためにからだを交わすことがどんなに心を切り裂くものか、知っているかい？ふわふわの柔らかい羽毛で二つの心臓をくるんで、ゆっくりと締め付けながら壊死《えし》させていくような、あれはそういうセックスだった。まるでいつ終わるとも知れぬ、とろけるような拷問を際限なく受け続けているみたいだった。あれだけは、何十年たっても忘れられるものじゃない。

まだお互いどうしようもなく愛しあい求めあっているのはわかりすぎるほどわかってい

るのに、わたしたちは互いに向かって斧《おの》を振り下ろして、離れがたいからだを離し、分かちがたい絆を分かち、ひとつに溶けあった魂を力ずくでふたつに断ち切ってみせた。そうして最後は晴れ晴れと笑って別れた。もう今生で会えなくても、来世で会えたらすぐにわかるしるしを互いのからだに刻印したから、不安も悲しみも感じなかった。

日本を引き払ってハノイに来てから、このホテルのあの部屋でしばらく暮らした。未練がましいことだけれど、二人の残り香がすっかり消えてしまうまでは、あの寝台を他の誰にも使われたくなかったのだ。はじめは国内のどこか、日本のブエノスアイレスのような港町でも探してひきこもるつもりでいたのだが、ここでしばらく暮らすうちに、別にハノイでもいいじゃないか、むしろ外国のほうが都合がいいじゃないか、と思いはじめた。大量のレコードを船便で運んだ以外はほとんど身ひとつでやって来て、気がついたら野良猫のように住み着いていた。この街とは縁もゆかりもない行きずりの外国人がひっそりと潜り込める隠れ家のような暗がりが、当時のハノイにはまだたくさんあったのだ。

旧市街の入り組んだ路地を歩いていたら迷子になって、道をきいたカフェのおばあさんと懇意になって、彼女のアパートに間借りさせてもらって、カフェの仕事を手伝いながらベトナム語を覚えた。おばあさんには身寄りがいなかったので、亡くなったあとはわたしがカフェの権利を譲り受けて、タンゴバーに変えた。

それから二十年。今ではもう血の半分がベトナム人になったような気がする。でもあとの半分は、やっぱりアルゼンチン人じゃないかとどこかで思っているんだよ。日本という国も、日本語も、小説も、もうわたしには遠すぎる。結局、最後にはタンゴしか残らなかった。本物のブエノスアイレスにはとうとう行けずじまいだったけど、ここがわたしのブエノスアイレスだったのかもしれないね。

＊　＊　＊

語り終えると、津田穂波はさばさばとした表情で二人を眺めまわし、これでおしまい、と言った。

そのとき、不思議なことが起こった。見る見るうちに津田の体がひとまわり小さくなり、腕も頬も首も痩せ衰えて、顔色が紫がかってきたかと思うと、肌の表面に老残をあらわす無数のしみがくっきりと浮かび上がってきたのである。まるで話すべきことをすべて吐き出してしまったあとで、急に空気が抜けて風船がしぼみきってしまったかのようだった。孝子も恵比須も同時にその変化に気づいたが、顔には出さないようにした。

スコールはとっくに上がっていた。テーブルの料理はあらかたなくなっていたので、孝子はコーヒーを人数分注文した。

「僕はあなたが失踪した理由を二十年間考え続けたんですがね……こうしてお話を伺って

みても、結局のところ、わかったような、わからないような……」

恵比須一平がコーヒーをひとくち飲んでから、ようやく口を開いた。

「本当に書く理由がなくなっただけなんだよ。失踪だなんて大げさなつもりはなくて、ただちょっと人生をリセットしてみたかっただけ。日本にいたらあんたが小説を書かせようとするし、書かないでいたら自分の本が絶版になっていくのを見なくちゃならない。そういうことにね、とことん疲れちゃったの。ちょうど飼っていた猫が死んで、急に身軽になったから、思いきってどこか遠くに行ってみようかなって、ただそれだけのことだったのよ」

「それで二十年たちましたって、浦島太郎じゃないんですから」

「ああ、まさにそれだわ。わたしの今の心境、浦島太郎みたいだわ」

「ご自分の著作がどうなってもいいって、本気で思ったんですか？」

「そうよ。あとは野となれ山となれって感じ。どうせ著作権継承者もいなかったし、どう考えても自分の小説が百年後も生き残っているとは思えなかったから、そんなものはゴミと同じだと思ったの」

「ゴミ、ですか？」

「それに気づいたときはむしろ爽快だったね。ゴミなら捨てればいいじゃない、捨ててもいいんだ、捨てちまえ、って」

恵比須の顔色がはっきりと変わった。赤から青に変わったときは要注意だった。それはこの男が怒りの炎を燃やしているサインであることを、孝子は職場で思い知らされていた。

「あなたが骨身を削って書いてきたものに対して、よくもそんなことを……僕はゴミと呼ばれて捨てられるものを長年ご一緒に作ってきたわけですか？」

「実際、もうほとんど絶版になってるし」

「今の時代で受け容れられなくても、それこそ百年後の読者があなたの小説を必要とするかもしれないじゃないですか。いい作品は必ず後世で復刊されるんです。それを信じないでどうするんですか？　目先の売り上げに振り回されている出版社の意向にいちいち傷ついてどうするんですか？　自分は五十年後、百年後の読者に向けて書いているんだって、あなた三十五歳のとき僕に言いましたよね？　僕があなたの担当になって、初めてご挨拶に伺った日のことでした。あなた、あのときのご自分の言葉忘れたんですか？　あのときのこころざしまでゴミのように捨てちゃったんですか？」

孝子が作家を見ると、作家も困ったように孝子を見ていた。部長飲み過ぎですよ、と孝子はわざと役職名で恵比須を呼び、彼の現在の立場を思い出させようとしたが、青鬼のような顔はどんどん青さを増していくばかりだった。

「いい年をして、相変わらず青いねえ。このお嬢さんが困ってるじゃないか」

「その後、孤塚さんとは一度も？」

孝子はとりあえず話題を変えることにした。

「うん。あれっきり」

「病人が亡くなったあとで、穂波さんのところに戻ってはこなかったんですか？」

「そういう女じゃないよ。ハノイで再会したとき聞いたんだけど、病人はわたしたちの関係を知っていたみたい。彼女が話したわけじゃなくて、わたしの最後の小説を読んで、わかったというの。そして、自分が死んだら津田さんとやり直すようにと言っていたらしい。だからなおさら、真樹にはそんなことができなかった」

「その人が亡くなったのは、孤塚が会社を辞めた年かもしれませんね。その前に慶弔休暇を取ったと聞いた覚えがあるので、確かそうです。八年前のことです。……もしそうだとすると、彼女は穂波さんと別れてから十二年間も病人と一緒に生きてきたことになるのか……うーん、幸せだったのかなあ……今頃どこでどうしているのかなあ……」

恵比須の顔はもう青から赤に戻りつつあった。今やただの酔っ払いと化して、グラスの底に残ったビールを舐めながらぶつぶつとくだを巻いている。そろそろお開きにしよう、と津田が孝子に目配せをしてきた。孝子は頷いて、ウエイターを呼んで勘定を頼んだ。深夜に出る飛行機に乗るために、孝子はあと一時間で空港に向かわなくてはならなかった。さらにバーで続きを飲みたがる恵比須に、津田はさっと立ち上がって別れの握手を求めた。

「会えてよかった。たぶんもう二度と会えないと思うけど、もしまたハノイに来ることがあって、旧市街で道に迷ったら、うちのカフェにビールを飲みに来るといい。このお嬢さんと一緒にね」

「必ず行きます。今度こそちゃんとたどり着けるように地図を描いてくださいよ」

「旧市街の地図なんて誰も正確に描けないよ。うっかりまぎれこんで、偶然にたどり着くしかないね」

孝子も手を差し出すと、マダムはあの硬く引き締まった冷たい手でしっかりと握手をしてくれた。

「マダム、いえ、穂波さんとお目にかかれて本当に楽しかったです。わたしは今夜の便で帰りますが、あと一時間ほど時間があるので、最後にお店まで送らせていただけませんか？」

「ありがとう。わたしもあんたと踊れて楽しかった。あと一時間あるなら、このおじさんと一緒にシクロに乗って、夜の街をぶらぶら流してもらうといいよ。歩くスピードで街のいろんな面が見られて、もっとハノイが好きになると思うよ。なに、二人で一時間借り切っても五ドルもかかんないよ。安上がりで最高の思い出になること請け合いだよ」

「もしかして、あなたもかつて孤塚さんと一緒に同じことをされたのですね？」

マダムは何も言わずにウインクだけ返して、夜の街へ出て行った。孝子と恵比須はそれぞれの想いでその背中を見送った。姿が完全に見えなくなると、恵比須は横顔に濃い疲労を滲ませて椅子にへたり込んだ。そしてそのまま両手で顔を覆って、何かをじっと嚙みしめていた。

「大丈夫ですか？　二十年ぶりに愛する作家に会って、緊張して飲み過ぎました？」

「あの人、病気だな。それもかなり悪い。もうそんなに長くないだろう。だからわざわざ会いに来てくれたんだ」

「そうですね。お店で会ったときには暗くてわからなかったんですけど、顔色が普通じゃなかったですね」

「ホナミストのあいだで囁かれている言い伝えを、俺はちょっと信じたくなったよ」

「言い伝えって？」

「姿を消してからの二十年間、実はひそかに小説を書き続けていて、未発表原稿が山のように眠っているという。そしてそれは彼女の死後に出版されることになっているという、まあ限りなくファンの願望に近い言い伝えがあるんだ。何の根拠もない流言飛語の類だよ。そんな話を聞くたびに俺は鼻で笑っていたんだが、今日の穂波さんを見たら本当かもしれないと思えてきた」

「なぜそう思ったんですか？」

「あの人の目がさ、書いているときの目だったんだよ。長いつきあいだから、俺にはわかるんだ。どんなに年を取っても、病気に体を蝕まれていても、書いているときの目の輝きだけは隠せない」

「そういえば、穂波さんの右手には立派なペンだこがありましたね」

「俺も気づいた。あれは日常的にペンを握りしめる生活をしていないとできるものじゃない」

「でも、未発表原稿がもしあるとして、一体誰が出版するっていうんですか？」

「そんなことのできる人間は、ひとりしかいない」

孝子は思わず食い入るように恵比須を見つめた。なぜか鳥肌が立っていた。

「しかしですね、穂波さんのお話では、あの二人の縁はとっくに切れているんじゃなかったですか？」

「小説家の打ち明け話をすべて真《ま》に受けるわけにはいかないさ。昔からあの人の話はいつも虚実入り交じっていた」

「まさか本気でそんなこと思ってるんですか？」

「ありえなくはない。二人は長年このホテルで定期的に密会を続けていたのかもしれない。会社を辞めたあと、孤塚はハノイで暮らしていたのかもしれない。俺には想像できる。カフェの営業を終えてからカウンターで小説を書いている穂波さんの姿も、このホテルで原稿を読んでいる孤塚の姿も、原稿の束が金庫に溜まっていくさまも……それはまったくありえないことじゃない。なぜなら穂波さんが生まれながらの作家であるように、孤塚もまた生まれながらの編集者だからだ。いい小説を世に広めずにはいられないからだ。津田穂波の小説を彼女が独り占めになどできるはずがない」

孝子も目を閉じて想像してみた。……年に一度、孤塚真樹はまとまった休暇を取ってハノイにやって来る。会社勤めからも病人の看護からも解放されて、自分が最も自分らしくなるために、最愛の人に会いに行くのだ。

メトロポールホテルのいつもの部屋にチェックインし、シャワーを浴びてウエルカムフルーツのマンゴーを切り分ける頃、作家が花束のかわりに原稿を、彼女に読ませるためだけに書いた原稿を抱えて彼女に会いに来る。読むのが先か、抱き合うのが先か、悩むところだが、結局はいつも抱き合ってしまう。

疲れて眠ってしまった作家の傍らで、彼女はベッドから出て書きもの机の前に姿勢を正して座り、原稿を読む。作家を起こすのは叩きつけるようなスコールの音と、彼女が髪を撫でるやさしい手のひらの感触だ。今度は作家が姿勢を正して彼女の感想を聞く。そんな逢瀬が毎年毎年、十年以上に亘って、このメトロポールホテルの部屋で繰り返されてきたのかもしれない。

病人が亡くなって責任を果たし終えた孤塚真樹は会社を辞め、今度こそ自分たちだけのために生きるべく、ハノイで第二の人生をはじめる。真樹は四十歳、穂波は五十七歳。新しく人生をやり直すには遅すぎるが、すべてを諦めてしまうにはまだ早い。タンゴのいいところは年を取っても踊れるところだ、とあの作家なら言いそうだ。小説を書くのも同じ、いくつになっても、どこにいても、ペンと紙さえあれば、そして信頼できる編集者がひとりいれば、仕事ができる。孤塚真樹はとうとう念願を果たして、津田穂波専属の編集者になったのだ。

カフェの裏方を真樹に任せて、穂波はカウンターの奥で好きな音楽をかけながら、時には客と会話したり踊ったりしながら、気ままに小説を書いている。興が乗れば店を臨時休業にして、乗らなければ彼女と踊って、のんびりと楽しみながら書いている。締め切りもないかわりに原稿料もないが、心から満ち足りて言葉を紡ぐ境地に作家はようやく達したのかもしれない。そんなふうにして少しずつ、雪が降り積もるみたいに、こつこつと小説が溜まっていく……。

そこまで想像して、孝子は深いため息をついた。自分も、恵比須も、とうとう稀代の恋愛小説家の毒にやられておかしくなってしまったか、と思い、明日からまた冷徹な現場記者としての現実に戻れるかどうかが俄かに不安になってきた。

それから二人は顔を見合わせてくつくつと忍び笑いをもらしながら、それぞれの想像が現実である可能性を弱々しく打ち消した。いくら何でもそれはあまりにロマンティックな妄想というものだろう。すべてはベトナムのとろりとした甘い夜の空気のせいだ。熱帯の果実のようなむせ返る闇の匂いが、自分たちを一夜かぎりのロマンチストに仕立て上げているのだ、と孝子は思った。

「恵比須さん、それはやっぱり、ありえないですよ。そうであったらいいとわたしも思いますけど」

「そうだよな……そんな小説みたいな話、いくら何でもありえないよな」

「やっぱり恵比須さんは飲み過ぎです。アルコールの霧で頭がおかしくなってるんですよ」

「いや、むしろ飲み足りないんだ。ベトナムのビールは薄すぎる。バーでもう少し飲まないか」

「酔っ払うと空港に行けなくなっちゃいます。わたしは酔いを醒まさないと……穂波さんおすすめのシクロに乗りませんか？」

「俺はもうちょっと飲みたいな」

「じゃあ、一人で行ってきます。恵比須さんは一人で飲んでてください」

「ああ、そうする。気をつけてな」

ホテルの正面玄関を出たところに、ちょうど客待ちのシクロが一台停まっていた。見るからに気の弱そうな青年のドライバーは、値段をきくと一時間五ドルだと言った。一人なんだから三ドルにまけてよ、と試しに孝子が値切ってみると、すぐにオーケーオーケーと応じてくれた。

「旧市街をなるべくゆっくり流してくれる?」

と注文をつけて、孝子はシクロのゆるやかな動きに身を任せた。

穂波の言うとおり、街は夜にしか見ることのできない賑わいを呈して祭りの縁日のようにさんざめいていた。夜も遅いというのに路上には簡単な麵や飯を売る屋台がいたるところで店開きをし、裸電球の頼りない灯りの下でベトナム人の家族がつつましい夕餉《ゆうげ》をとっていた。煌々《こうこう》と光のあふれる商店の軒先にはうず高く肌着や金物や乾物が積み上げられ、若い父親が幼い子供を肩車して店主と談笑しながらのんびりと商品を物色していた。バイクの車列は光に群がる蛾の大群のようにぎらぎらと欲望を漲らせ、色とりどりに膨らんで、けたたましくクラクションを鳴らしっ放しのまま途切れることなくネオンの彼方に吸い込まれていった。

ああ、この街はなんて猥雑で、なんてきれいなんだろう、と孝子は思い、不覚にも涙が滲んできた。滲んだ涙を拭おうと目をこすって再び目を開けたとき、見覚えのある屋台のフォー屋の看板が突然視界に飛び込んできた。夕方、マダムの店を探してこのあたりを歩いたときにはどうしても見つからなかった目じるしのフォー屋が、いつものように大勢の客を呑み込んでいつものように営業していたのである。家うつりしたのではなく、きっと夜遅くにならないと開店しない店だったのだろう。この店さえわかれば、サイゴン・タンゴ・カフェはもう目と鼻の先にあるはずだ。

「ここで停めて。ちょっと待ってて」

孝子はシクロを待たせて、フォー屋の脇の細い路地へ入っていった。いくつかの水溜まりをよけながら暗い一画を進んで行くと、まぎれもないマダムの店がそこにあった。観音扉の窓は半分ほど開き、中から微かな明かりが漏れていたが、ドアには鍵がかかり、ＣＬＯＳＥＤの札が掛かっていた。客が少ないから早仕舞いしたのかもしれない。孝子が窓から中を覗いてみようと思ったのは、先ほどのマダムの顔色の悪さがひどく気になったからに他ならない。もしや具合が悪くなって、中で倒れているのではないかと心配になったからだった。

だがマダムは倒れてはいなかった。絞ったヴォリュームの音楽に乗って、誰かとタンゴを踊っていた。アオザイを着ているが、いつもの従業員ではない。もう少し年を取っている。もっと動きがエレガントで、そしてはるかにマダムと息があっている。長い年月をかけて二人で踊ってきたことが素人目にもよくわかる絶妙のコンビネーションで、心から寛《くつろ》いだ様子で、二人はとても楽しそうにタンゴを踊っていた。まるでこの世に二人だけしかいないみたいに、ここが世界の片隅ではなく世界の中心であるかのように、胸をはって、背筋をのばして、相手の瞳の中の宇宙だけをうっとりと見つめながら。

ターンして態勢が変わり、その人の顔がはっきりと見えたとき、孝子はすべてを理解した。二人の絆はどんな斧をもってしても、断ち切られることはなかったのだ。二人が長年のあいだ湖のほとりの工場で粛々とおこなってきた家内制手工業の営みを、部数や世間の評価とは一切無縁のところでただ互いのためだけに書き、読むという至福の営みを、孝子は確かな実感をもって思い浮かべることができた。ひとりの作家とひとりの編集者は、それぞれの長い孤独の果てにようやく今、年輪の滲み出た美しい皺の似合うパートナーとなって、エレガントにタンゴを踊っている。あらゆる過去を超越したその姿の端正さに孝子は胸をうたれ、気がついたらとめどなく涙を流していた。なぜ赤の他人のことなのにこんなにも泣けてくるのか、自分でもわけがわからなかった。

嗚咽の音で二人の静かな時間を邪魔しないよう、孝子はそっと窓辺を離れた。待たせていたシクロに乗り込むと、ハノイの夜の喧騒が戻ってきた。耳の後ろでいつまでも摺《す》り足のようなバンドネオンの響きと、どこからともなく聞こえてくるバイクのクラクションの音が重なり合って、孝子の体を熱く痺れるように揺さぶり続けた。

「現実との三分間」「バンドネオンを弾く女」の本文中に、それぞれ次の歌詞の一部を引用しました。

ソロ　フェルナンド・E・ソラナス

映画『タンゴ―ガルデルの亡命―』監督・脚本／フェルナンド・E・ソラナス　字幕監修／野谷文昭より

椰子の実　作詞／島崎藤村　作曲／大中寅二

文庫版あとがき

なぜわたしはタンゴにこれほど惹きつけられるのだろう。

同じラテン音楽でもサルサやボサノヴァにはわたしの琴線は何も反応しないのに、アルゼンチンタンゴだけがわたしを一瞬にして別次元までさらってゆく。タンゴという音楽に宿命的に流れている暗い情念と狂熱が自分の血の中にも滔々と河のように流れているのを、はっきりと感じることができる。自分の心臓の律動に一番近いのはタンゴのリズムである。わたしはタンゴダンサーやバンドネオン弾きになるかわりに小説家になって、この血の中に流れているものを表現しているに過ぎないのだと思う。

すぐれたタンゴの曲は、官能的なのにストイックで、どこまでいってもエレガントである。ひとつの曲のなかに光と闇があり、高揚と失墜を繰り返し、透徹した様式美に貫かれている。もともとわたしは様式美というものにたいへん弱い。そういえばタンゴの曲の構造は、世阿弥言うところの物語の基本構造である「序・破・急」のセオリーに正しく則《のっと》っているように思われる。三分間のなかで緊密にドラマが展開し完結しているのだ。

これらの小説を書くためにわたしはタンゴ教室にかよってダンスのレッスンを受けたり、

バンドネオン奏者に体験レッスンをお願いしたり、ミロンガのイベントに潜入したり、飛行機に三十時間揺られてブエノスアイレスまで行ったりしたが、タンゴに取り憑かれて人生を捧げてしまった人たちに何人か会った。タンゴにはそれだけの魔力がある。この短篇集は、タンゴの音符を言葉に置き換えたらどんな物語ができあがるか、わたしなりに試みてみた結果だと言ってもよい。身も心もタンゴに惑溺し、タンゴを聴きながらでしか出てこなかった文章や台詞がたくさん詰まっているはずだ。ブエノスアイレスの石畳が、名もなき無数のタンゴダンサーたちのステップを踏みしめる形で磨り減っているのと同じように、この本にもまた、タンゴの旋律によって穿たれた見えないしるしがはっきりと刻み込まれているに違いない。

この音楽が登場人物たちに与えた影響も測り知れない。たとえばそう、もしタンゴでなかったら、ジャズやロックやフラメンコだったら、美夏さんは香典泥棒なんかしなかっただろうし、穂波さんは失踪することもなかったかもしれない。タンゴとはそういう音楽である。人を狂わせ、猫を狂わせ、めまいとともに暗転にひきずりこんで道に迷わせる。うっかり近づけばずるずると身を持ち崩しかねない。まるで情の深い悪い女みたいに、一切の計算なしでたぶらかされる。抗い難い恋に落ちるのと、よく似ている。

できればタンゴのCDを聴きながら、一篇ずつゆっくりと味わっていただけたら幸いである。

今となっては二人とも担当を離れてしまったが、一緒にこの本を作ってくれた角川書店の堀内大示さんと青山真優さんにこの場を借りてお礼申し上げたい。

特に堀内さんは長年にわたってわたしを支え、応援し続けてくださった恩人である。初めてお会いして仕事の依頼をされたのは山本周五郎賞を受賞した直後のことだったが、遅筆なわたしが浮き世の義理を果たすのに手間取って、ようやく角川で本が出せるようになるまでに七年もかかってしまった。彼はそのあいだ忍耐強く順番が回ってくるのを待っていてくれて、わたしが他社の本をひとつ書き終えてボロボロになるたびごとに駆けつけ、栄養を補給し、熱い言葉で励まし続けてくれた。売れない作家に対して、そんなことはなかなかできることではないだろう。書いても書いても世間というやつに認めてもらえぬ作家の虚無のふかさ絶望のはげしさを、そうそう受け止めきれるものでもないだろう。

そんなわたしの無言の憤懣と鬱積を、当事者ではなく次に控えている立場という、思えばまことに絶妙な距離感で、彼は吸い取り続けてくれていたように思う。わたしと誰よりも長い時間をカラオケボックスで過ごしたのも、わたしに誰よりも多くの説教を垂れたのも、間違いなくこの男である。彼は当事者ではなかったから、そしてわたしは酒が飲めないから、わたしたちは歌うしかなかったのである。ようやく順番が回ってきて当事者になったと思ったらわたしがスランプに陥ったので、やはり歌うしかなかったのである。二人で六時間ノンストップでひたすらムード歌謡を歌い続けたこともある。残暑のつづく、夏の銀座の夜だった。『サイゴン・タンゴ・カフェ』の最初の短篇は、この二日後から書きはじめたのだった。

一冊作ったら気が済んだのか、彼はさっさと現場を離れて管理職になってしまった。長篇準備中のわたしを放り出して、わたしの歌声もため息も届かぬところへ行ってしまった。宙に浮いた長篇を、どうしてくれる。誰に向かって、誰のために書けばよい。そう言いたいところだが、もうよそう。持ち歌を取り合いっこできなくなって、とてもサビシイ。もう一度、母親ぶったきみの説教が聞きたく思う。

堀内くん、七年間のご指導・ご鞭撻、本当にありがとう。期待に応えられる作家になれなくて、ごめん。いつかわたしが力尽きて筆を折ることがあったとしても、あなただけは角川書店の良心となって、よい小説を世の中に送り続けてください。

そして青山さん、一緒にタンゴを踊ってくれてどうもありがとう。ハノイの街をバイクタクシーに二人乗りして疾走したことも忘れない。あの取材のすべてが、もはや遠い夢か幻のように思える。いや、タンゴそのものが夢か幻のようなものなのかもしれない。摺り足のようにふと人生の窓辺に忍び込んできて、人の心をとろかせ、スコールのように攪乱する。ハノイの街路樹が世界で一番美しい街路樹だと、わたしは今でも思っている。劫罰のような孤独のなかで、体の奥深いところから聞こえてくるバンドネオンの残響にずっと耳を傾けつづけている。

タンゴへの愛をこめて

二〇〇九年十二月

中山　可穂

本書は二〇〇八年二月に刊行された自社単行本を
文庫化したものです。

サイゴン・タンゴ・カフェ

中山可穂《なかやまかほ》

平成22年 1月25日 初版発行
令和7年 1月20日 10版発行

発行者●山下直久

発行●株式会社KADOKAWA
〒102-8177 東京都千代田区富士見2-13-3
電話 0570-002-301(ナビダイヤル)

角川文庫 16095

印刷所●株式会社KADOKAWA
製本所●株式会社KADOKAWA

表紙画●和田三造

ISBN978-4-04-366102-2 C0193

角川文庫発刊に際して

角川源義

第二次世界大戦の敗北は、軍事力の敗北であった以上に、私たちの若い文化力の敗退であった。私たちの文化が戦争に対して如何に無力であり、単なるあだ花に過ぎなかったかを、私たちは身を以て体験し痛感した。西洋近代文化の摂取にとって、明治以後八十年の歳月は決して短かすぎたとは言えない。にもかかわらず、近代文化の伝統を確立し、自由な批判と柔軟な良識に富む文化層として自らを形成することに私たちは失敗して来た。そしてこれは、各層への文化の普及滲透を任務とする出版人の責任でもあった。

一九四五年以来、私たちは再び振出しに戻り、第一歩から踏み出すことを余儀なくされた。これは大きな不幸ではあるが、反面、これまでの混沌・未熟・歪曲の中にあった我が国の文化に秩序と確たる基礎を齎らすためには絶好の機会でもある。角川書店は、このような祖国の文化的危機にあたり、微力をも顧みず再建の礎石たるべき抱負と決意とをもって出発したが、ここに創立以来の念願を果すべく角川文庫を発刊する。これまで刊行されたあらゆる全集叢書文庫類の長所と短所とを検討し、古今東西の不朽の典籍を、良心的編集のもとに、廉価に、そして書架にふさわしい美本として、多くのひとびとに提供しようとする。しかし私たちは徒らに百科全書的な知識のジレッタントを作ることを目的とせず、あくまで祖国の文化に秩序と再建への道を示し、この文庫を角川書店の栄ある事業として、今後永久に継続発展せしめ、学芸と教養との殿堂として大成せんことを期したい。多くの読書子の愛情ある忠言と支持とによって、この希望と抱負とを完遂せしめられんことを願う。

一九四九年五月三日

角川文庫ベストセラー

熱帯感傷紀行
―アジア・センチメンタル・ロード―

中山可穂

タイ人男性にしつこくナンパされ、かき氷の誘惑にお腹を壊し、スマトラの暴走バスに命からがら……失恋、スランプ、貧乏と三重苦のわたしを待ち受けていたアジアの熱気と混沌。ほろ苦失恋旅行記。

花伽藍

中山可穂

結婚というルールを超えて結ばれた、無垢で生々しい愛の喜びと痛み。苛酷な別れがいつかきっと訪れるとわかっていながら愛さずには生きられない女の五つの出会いと別れを鮮烈に描く、珠玉の短篇集！

悲歌

中山可穂

音楽家の忘れ形見と愛弟子の報われぬ恋「蝉丸」。隅田川心中した少女とその父の後日譚「隅田川」。変死した作家の凄絶な愛「定家」。能に材を採り、狂おしく痛切な愛のかたちを浮かび上がらせる現代能楽集。

愛の国

中山可穂

満開の桜の下の墓地で行き倒れたひとりの天使――。昏い時代の波に抗い鮮烈な愛の記憶を胸に、王寺ミチルはスペインの聖地を目指す。愛と憎しみを孕む魂の長い旅路を描く恋愛小説の金字塔！

男役

中山可穂

男役トップになってすぐに事故死して以来、宝塚の守護神として語り継がれてきたファントムさん。一方、新人公演で大抜擢されたひかるを待ち受ける試練とは？愛と運命の業を描く中山可穂版・オペラ座の怪人！

角川文庫ベストセラー

娘役　中山可穂

宝塚の娘役と、ひそかに彼女を見守り続ける宝塚ファンのヤクザの組長。決して交わるはずのない二人の人生が一瞬、静かに交差する――。『男役』に続く、好評の宝塚シリーズ第二弾。

銀橋　中山可穂

キザればキザるほど、生きる力が湧いてくる。萌えれば萌えるほど、人生は楽しくなる――。愛と青春の宝塚シリーズ第3弾！　解説・早花まこ（元宝塚歌劇団雪組娘役）

パイナップルの彼方　山本文緒

堅い会社勤めでひとり暮らし、居心地のいい生活を送っていた深文。凪いだ空気が、一人の新人女性の登場でゆっくりと波を立て始めた。深文の思いはハワイに暮らす月子のもとへと飛ぶが。心に染み通る長編小説。

ブルーもしくはブルー　山本文緒

偶然、自分とそっくりな「分身（ドッペルゲンガー）」に出会った蒼子。2人は期間限定でお互いの生活を入れ替わってみるが、事態は思わぬ展開に……！　読みだしたら止まらない、中毒性あり山本ワールド！

きっと君は泣く　山本文緒

美しく生まれた女は怖いものなし、何でも思い通りのはずだった。しかし祖母はボケ、父は倒産、職場でも心の歯車が噛み合わなくなっていく。美人も泣きをみることに気づいた椿。本当に美しい心は何かを問う。

角川文庫ベストセラー

ブラック・ティー　山本文緒

結婚して子どももいるはずだった。皆と同じように生きてきたつもりだった、なのにどこで歯車が狂ったのか。賢くもなく善良でもない、心に問題を抱えた寂しがりたちが、懸命に生きるさまを綴った短篇集。

絶対泣かない　山本文緒

あなたの夢はなんですか。仕事に満足してますか、誇りを持っていますか？　専業主婦から看護婦、秘書、エステティシャン。自立と夢を追い求める15の職業の女たちの心の闘いを描いた、元気の出る小説集。

みんないってしまう　山本文緒

恋人が出て行く、母が亡くなる。永久に続くかと思ったものは、みんな過去になった。物事はどんどん流れていく――数々の喪失を越え、人が本当の自分と出会う瞬間を鮮やかにすくいとった珠玉の短篇集。

紙婚式　山本文緒

一緒に暮らして十年、こぎれいなマンションに住み、互いの生活に干渉せず、家計も別々。傍目には羨ましがられる夫婦関係は、夫の何気ない一言で砕けた。結婚のなかで手探りしあう男女の機微を描いた短篇集。

恋愛中毒　山本文緒

世界の一部にすぎないはずの恋が私のすべてをしばりつけるのはどうしてなんだろう。もう他人を愛さないと決めた水無月の心に、小説家創路は強引に踏み込んで――吉川英治文学新人賞受賞、恋愛小説の最高傑作。